NICOLA CORNICK
La dama inocente

Editado por HARLEQUIN IBÉRICA, S.A.
Núñez de Balboa, 56
28001 Madrid

© 2009 Nicola Cornick
© 2014 Harlequin Ibérica, S.A.
La dama inocente, n.º 7 - 14.10.14
Título original: The Scandals of an Innocent
Publicada originalmente por HQN™ Books
Este título fue publicado originalmente en español en 2010

Todos los derechos están reservados incluidos los de reproducción, total o parcial. Esta edición ha sido publicada con autorización de Harlequin Books S.A.
Esta es una obra de ficción. Nombres, caracteres, lugares, y situaciones son producto de la imaginación del autor o son utilizados ficticiamente, y cualquier parecido con personas, vivas o muertas, establecimientos de negocios (comerciales), hechos o situaciones son pura coincidencia.
® Harlequin, HQN y logotipo Harlequin son marcas registradas por Harlequin Enterprises Limited.
® y ™ son marcas registradas por Harlequin Enterprises Limited y sus filiales, utilizadas con licencia. Las marcas que lleven ® están registradas en la Oficina Española de Patentes y Marcas y en otros países.
Imagen de cubierta utilizada con permiso de Harlequin Enterprises Limited. Todos los derechos están reservados. Imagen de franja utilizada con permiso de Dreamstime.com

I.S.B.N.: 978-84-687-4522-0
Depósito legal: M-23844-2014

Capítulo 1

El amor, como otras artes, requiere experiencia...
Lady Caroline Lamb

El pueblo de Fortune's Folly
Yorkshire, febrero de 1810

Alice Lister no estaba hecha para la delincuencia.

Todavía no había perpetrado el robo y ya tenía las palmas de las manos húmedas por la ansiedad, y el corazón le latía a toda prisa.

«Esto», pensó Alice mientras intentaba calmarse, «es un gran error».

No había vuelta atrás. Sería una cobardía. Valientemente, alzó el farol para iluminar el interior de la tienda de vestidos. Había entrado en el taller por la parte trasera del local. Al otro lado de la habitación había una mesa alargada, con rollos de tela apilados a un extremo. En un taburete, a medio hacer, había un vestido de seda clara que relucía bajo el farol. La corriente de aire que entró por la ventana agitó e hizo crujir los patrones de papel. Había algunos rollos de cinta desenroscados por el suelo y ramos de flores artificiales en un rincón. Los adornos de encaje de los vestidos, movidos por el aire, le rozaron la mejilla a Alice como si fueran dedos fantasmales. Dio un respingo. Aquel lugar, en el que reinaba un silencio sobrenatural, y su penumbra, la trasladaban a un cuento de hadas siniestro en el que los vestidos iban a cobrar vida y a ponerse a bailar ante ella, y ella saldría corriendo y gritando de la tienda para caer en brazos del sereno. Verdaderamente, entrar a robar a la boutique de *madame* Claudine no era para los pusilánimes.

Aunque aquello no era un robo, exactamente. El vestido de novia que iba a llevarse estaba debidamente pagado. Y se habría entregado con normalidad de no ser porque *madame* Claudine había dejado el negocio de repente y había cerrado la tienda sin responder a ninguna de las preguntas de su ansiosa clientela. La modista había desaparecido una noche, sin dejar otra cosa que un montón de deudas y palabras de amargura para sus clientes aristocráticos que vivían a crédito. El contenido de la tienda de *madame* Claudine fue declarado propiedad de los acreedores, y todo el género, incautado.

Aquello era especialmente injusto para la amiga de Alice, Mary Wheeler, porque el padre de Mary había pagado ya la cuenta, con la misma prontitud con la que había pagado a un caballero para que se casara con Mary. Sir James Wheeler era uno de los que habían aprovechado El Tributo de las Damas, el edicto indignante que había promulgado el señor de Fortune's Folly, sir Montague Fortune. Sir Monty había descubierto una ley de tributos medieval que le otorgaba el derecho a cobrarles la mitad de su fortuna a todas las damas no casadas del pueblo de Fortune's Folly, a menos que se casaran en un año. Sir James Wheeler era uno de los padres afortunados que habían visto aquello como la oportunidad perfecta para casar a sus hijas con uno de los primeros cazafortunas que pidiera su mano.

Mary Wheeler se había quedado consternada al enterarse del cierre de la boutique. Durante los meses de su noviazgo, había intentando convencerse de que iba a casarse por amor, pese a que su espantoso prometido, lord Armitage, había vuelto a Londres y estaba todo el día de juerga como hacía antes del compromiso. Y, como la boda iba a celebrarse en pocas semanas, Mary se había tomado todo aquello como un mal presagio. Para ser sinceros, pensó Alice, casarse con lord Armitage ya era lo suficientemente malo sin empezar con el pie izquierdo...

—¿Alice? ¿Lo has encontrado ya?

Aquel susurro perentorio devolvió a Alice al presente. Levantó el farol de nuevo y observó con desánimo los montones de ropa, porque había tantos vestidos y estaban tan enredados como si hubiera pasado una galerna por la tienda.

—Todavía no, Lizzie —dijo Alice, y se acercó de puntillas a la ventana junto a la que estaba su cómplice, lady Elizabeth Scarlet, vigilando el callejón lateral de la tienda.

Por supuesto, toda aquella aventura había sido idea de Elizabeth. Ella había pensado que sería ma-

NICOLA CORNICK

ravilloso ir a la tienda de *madame* Claudine y llevarse el vestido de Mary. Después de todo, según había razonado Lizzie, el vestido le pertenecía a Mary y ella tenía muchas ganas de ponérselo en su boda, y aunque tuvieran que cometer el delito de allanamiento, nadie iba a enterarse y el bien estaba de su lado.

Era otra de las ideas increíblemente malas de Elizabeth. Alice cabeceó por haberse dejado convencer tan fácilmente. Naturalmente, cuando llegaron a la tienda se dieron cuenta de que Lizzie era demasiado alta como para deslizarse por la ventana y que era Alice la que tendría que colarse en la boutique.

—¿Por qué tardas tanto? —insistió Lizzie, en un tono malhumorado. Alice también se enfadó.

—Estoy haciendo lo que puedo —respondió—. Hay montañas de vestidos.

—Estás buscando uno de seda blanca con encaje y lazos plateados —le recordó Lizzie—. No será tan difícil de encontrar. ¿Cuántos vestidos hay ahí, de todos modos?

—Solo doscientos. Esto es una tienda de vestidos, Lizzie. El mismo nombre lo dice.

Con un suspiro, Alice se acercó a uno de los montones y fue examinando los trajes. Plateado con ribete rosa. Blanco con bordados verdes. Gasa dorada... aquel era bonito... blanco con encaje y lazos plateados... Alice encontró el vestido de novia justo cuando le llegaba el susurro angustiado de Lizzie.

—¡Alice! ¡Rápido! ¡Se acerca alguien!

Alice soltó un juramento muy poco adecuado para una dama y corrió hacia la ventana. Se deslizó por el resquicio e intentó salir al alféizar y poner los pies en la calle. Era un salto de solo un metro y medio, y ella se había puesto unos pantalones que había tomado prestados del armario de su hermano, Lowell, por lo que sus movimientos eran mucho más libres y fáciles. Sin embargo, cuando estaba saliendo, los pantalones se le engancharon en algo y la atraparon.

–¡Alice! –susurró Lizzie, en tono de espanto aquella vez–. ¡Date prisa! ¡Nos van a ver!

Agarró a Alice de los brazos y tiró con fuerza. Alice oyó que la tela de los pantalones se rasgaba. Consiguió avanzar unos centímetros, y de nuevo quedó enganchada. No era una mujer esbelta, y en aquel momento, tenía la sensación de que cada una de sus curvas estaba complicándole la vida. El borde del alféizar se le estaba clavando en la cadera. Se quedó allí colgada, con una pierna fuera de la ventana y la otra en el alféizar. Oía unos pasos que se acercaban con un ritmo tranquilo por la carretera de adoquines.

–Nos va a ver –gruñó Lizzie.

–Te va a oír –replicó Alice con enfado–. Si dejas de moverte y te callas durante un momento, el hombre pasará de largo del callejón. ¡Y apaga el farol!

Era demasiado tarde.

El sonido de los pasos cesó. Hubo un momento de silencio; silencio en el que a Alice le resonó su propia respiración en los oídos y el alféizar de la ventana crujió bajo su peso. Se quedó inmóvil, como un animal acechado. El instinto le dijo que el hombre también estaba observando y esperando…

–¡Corre, Lizzie! –susurró Alice–. ¡Estoy detrás de ti!

NICOLA CORNICK

Le dio a su amiga un empujón que envió a lady Elizabeth tambaleándose hacia la salida del callejón justo cuando todo se volvía ruido y movimiento a su alrededor. Un hombre se acercó corriendo desde la oscuridad, y Alice consiguió liberarse del alféizar y se abalanzó involuntariamente sobre él, envolviéndolos a los dos en los voluminosos pliegues de seda del vestido, mientras los dos caían al suelo. Aquella emboscada no habría podido ser más efectiva si la hubiera planeado.

Alice se puso de pie, pero se resbaló sobre la tela del vestido y cayó de rodillas. El hombre fue más rápido. La agarró con ambos brazos, la elevó sobre el suelo y la alejó para que el pataleo de Alice no lo alcanzara. Tenía demasiada fuerza como para que ella pudiera zafarse y salir corriendo.

–Estate quieto, granuja –dijo él.

Tenía una voz melosa y grave, y su tono sonaba divertido y despreocupado, pero su forma de sujetarla no tenía nada de desesperado. Alice supo, por instinto, que aquel no era un noble borracho que volvía a la posada de Morris Clown después de una noche de jarana. Tenía algo demasiado poderoso, decidido, algo demasiado peligroso como para subestimarlo.

Sintió pánico mientras intentaba pensar, frenéticamente, cómo escaparse. Temblaba de miedo y de furia. Cesó el forcejeo y se quedó inmóvil entre sus brazos, para intentar engañarlo y que aflojara la sujeción, pero, evidentemente, era demasiado veterano como para caer en la trampa, porque se echó a reír.

–¿Tan dócil de repente? Oye, muchacho...

La dama inocente

De golpe, se interrumpió.

Al estar tan cerca, Alice notó cómo se le tensaban los músculos del cuerpo al darse cuenta de que, pese a su atuendo, ella no era un muchacho.

—Vaya, vaya...

Su tono de voz seguía siendo de diversión, pero tenía algo diferente. Se movió, y se rozó contra la delatora suavidad del pecho de Alice, y deslizó la mano, íntimamente, sobre la curva de su trasero, en el que la rasgadura de la tela de los pantalones exponía más piel desnuda de la que ella hubiera querido. Entonces, le tomó la barbilla e hizo que girara el rostro hacia la luz del farol, y con brusquedad, le quitó el sombrero. La melena de Alice escapó de su confinamiento y le cayó por los hombros. Él le apartó los mechones enredados de la cara. Entonces, sus dedos quedaron inmóviles. Ella notó que él se estremecía de puro asombro.

—¿Señorita Lister? —preguntó con incredulidad.

Oh, Dios Santo. Sus esperanzas de que aquel hombre, fuera quien fuera, no la reconociera, se habían desvanecido. Y ella también lo reconoció. Era Miles Vickery. Conoció su voz en aquel momento. Ella había amado aquella voz. Era tan suave y tan dulce que, algunas veces, Alice pensaba que podría haberla seducido solo con palabras. Y casi lo había hecho.

Había sido tan boba al creer, aunque solo fuera por un momento, que sus atenciones hacia ella eran sinceras...

Aunque su cuerpo traicionero respondió rápidamente al roce de su mano en la mejilla, Alice sintió como si el cuchillo girara dentro de su cuerpo al recordar que a ella no le gustaba Miles Vickery en absoluto. De hecho, lo detestaba.

Sin embargo, se miraron durante un momento eterno, mientras Alice notaba los latidos del corazón en la garganta y un calor que le produjo escalofríos por todo el cuerpo. No podía moverse. No podía apartar los ojos de él. Quedó capturada en aquel momento por la mirada feroz y resuelta de sus ojos y por la exigencia extraña y dolorosa de su cuerpo allí donde se tocaba con el de él.

Entonces, pasó un carruaje por la carretera que había al final del callejón, y con el ruido repentino, los dos se sobresaltaron.

Alice aprovechó el momento para clavarle el codo en las costillas a Miles, y cuando él se inclinó hacia delante por el dolor, ella se agachó, salió corriendo y lo dejó allí, mirándola, con el vestido de novia en la mano.

Veinte minutos después, una vez acostada, Alice se quedó mirando los dibujos que proyectaba la luz de la luna en el techo, mientras las cortinas se movían suavemente, mecidas por la brisa fría que entraba a través de la abertura de la ventana.

Lizzie la estaba esperando con cientos de preguntas. Con su típico estilo melodramático, le explicó que había ido hasta Spring House, la casa de Alice, sin pararse a tomar aliento, y que allí había estado durante diez minutos angustiándose por ella.

–¡Creía que venías detrás de mí! –le dijo Lizzie, con una taza de chocolate que le había dado Alice en su cocina–. ¡Dijiste que me seguirías! ¡Cuando

La dama inocente

me di cuenta de que no estabas por ninguna parte, no sabía si esperar, o si volver a buscarte, o qué hacer!

Alice le había dado la excusa de que se había torcido el tobillo y había tenido que volver a casa sin apoyar el pie, y Lizzie se lo había creído. Después, al ver que Alice no tenía el vestido de novia, le reprochó que se lo hubiera dejado en la calle. Las chicas llevaron la taza de chocolate a su habitación, andando de puntillas por la casa silenciosa para no despertar a nadie, y Lizzie no se había dado cuenta de que Alice ya no cojeaba más.

Y en aquel momento, ya acostada, Alice no entendía bien por qué no le había contado a su amiga que Miles Vickery la había atrapado. Quizá porque no quería pensar en Miles, y menos hablar de él. No le había contado a nadie lo que ocurrió entre Miles y ella el otoño anterior, seguramente porque en realidad no había ocurrido nada. No había nada en qué pensar, ni nada que recordar. Miles era un aventurero sin un chelín, que había hecho un intento bien planeado para seducirla. Había fracasado. Y eso era todo.

O debería serlo. Alice se estremeció al sentir una punzada de dolor. Se había enamorado de Miles Vickery. Era una pasión ingenua, sin esperanza. Ella lo admiraba porque había creído que era un hombre honorable, un héroe del ejército que se había convertido en un defensor de la justicia y que trabajaba para el Ministerio del Interior protegiendo el país. Creía que tenía principios, que era valiente, audaz. Había sido una completa idiota, porque después de dos meses de galanteo, él había mostrado su verdadera forma de ser y la había abandonado para perseguir a una heredera más rica.

Después de la decepción que él le había causado, Alice se había dado cuenta de que se había imaginado a Miles tal y como quería que fuera. Se había inventado un héroe que distaba mucho de la realidad. Porque, en realidad, Miles Vickery era un mujeriego que solo estaba interesado en su dinero. Alice todavía se sentía enferma al recordar la apuesta que él había hecho: treinta guineas por su virtud.

Alice dio un puñetazo en la almohada. Miles se merecía aquel codazo en las costillas. Ojalá le hubiera golpeado con más fuerza. Cuando era sirvienta había aprendido varios trucos para disuadir a los caballeros demasiado amorosos. Miles se merecía experimentarlos todos, sobre todo el rodillazo en la entrepierna.

Apoyó la mejilla en la almohada con un suspiro. No podía conciliar el sueño. Pese a todo lo que le había hecho Miles, Alice tenía la cabeza llena de él. Todavía sentía sus manos en el cuerpo, y su pecho duro contra el de ella, y el calor, el poder y la fuerza que irradiaba. Además, no servía de nada que se repitiera una y otra vez que Miles era un hombre con mucha experiencia, que había usado su habilidad amatoria para llevarla por el mal camino. Su cuerpo desvergonzado seguía respondiendo a él de la misma manera. La traicionaba a cada momento. No tenía en cuenta que Miles fuera un canalla. Su cuerpo lo deseaba aunque ella se dijera que lo odiaba.

Alice sabía lo que era la pasión física aunque no la hubiera experimentado nunca. Se había criado en una granja, y había entrado a servir a una casa muy pronto. No había sido una debutante mimada y protegida, y cuando era criada, había visto suficientes comportamientos licenciosos como para no tener ninguna ilusión sobre la lujuria. Entendía su propia naturaleza, y sabía muy bien que se comportaría con un abandono apasionado absoluto si decidía entregarse a un hombre. No sentiría vergüenza al hacerlo, si elegía al hombre correcto. Sin embargo, aquel hombre debía ser honesto, sincero, respetuoso y digno de confianza. Cada una de aquellas virtudes excluía a Miles Vickery.

Alice volvió a dar una vuelta por la cama, intentando sofocar la llama que ardía en lo más profundo de su ser. Miles le había demostrado que era deshonesto y mentiroso, y ella debía recordarlo. Debía hacer caso omiso de aquella respuesta física hacia él. No significaba nada, y era peligrosa.

Se estremeció un poco bajo la manta. No esperaba volver a ver a Miles. Aunque había oído el rumor de que él había vuelto a Yorkshire, por algún asunto de trabajo para el gobierno, se imaginó que sería una visita efímera y que regresaría pronto a Londres. Evidentemente, la gran ciudad le convenía más. Después de haber fracasado en su intento de casarse con la rica heredera, había recorrido todos los burdeles de la capital y se había enredado con una de las cortesanas más famosas de todo Londres.

Lizzie Scarlet le había contado todo a Alice, y ella había fingido que no le importaba nada. Pero sí le importaba. Le importaba muchísimo. Le había dolido mucho pensar en el comportamiento libertino de Miles cuando poco antes había imaginado, con ingenuidad, que él podía sentir algo por ella. Aquello había sido una gran lección en contra de la tentación de enamorarse. Nunca volvería a cometer aquel error.

Alice ahuecó la almohada por última vez y se colocó de costado para intentar dormirse. Era una lástima que Miles la hubiera reconocido aquella noche. Se preguntó qué haría él. Cuando había oído el rumor de aquella despreciable apuesta, le había escrito para pedirle que no se acercara a ella nunca más. Su orgullo la había empujado a decirle lo que pensaba de él, y confiadamente, Alice había supuesto que no volvería a verlo. Sin embargo, tenía la sospecha de que él iba a buscarla para averiguar qué demonios se proponía robando en una tienda de vestidos en mitad de la noche. A pesar de su desvergonzado comportamiento, él era un oficial de la Corona, y tenía ciertas responsabilidades. Y ella era, indudablemente, una delincuente.

Alice se revolvió con incomodidad. Era consciente de que estaba en poder de Miles, y el modo en que él quisiera ejercer aquel poder la hacía estremecerse. Verdaderamente, robar en aquella boutique había sido un error muy peligroso, y Alice sabía que iba a tener que pagarlo.

Capítulo 2

—¿Dónde demonios te habías metido?

Dexter Anstruther y Nat Waterhouse miraron con curiosidad a Miles cuando entraba en el salón de Granby, el hotel más respetable de Fortune's Folly. Miles y sus colegas se habían reunido allí para hablar de trabajo, en vez de hacerlo en la posada de Morris Clown, porque, tal y como había dicho Nat, si se hubieran reunido en la posada, todos los criminales de Yorkshire se habrían enterado de sus planes en menos de una hora.

Por el contrario, los empleados del hotel Granby eran discretos, aunque estuvieran mirando significativamente el reloj y conteniendo a duras penas los bostezos. Los demás huéspedes se habían retirado hacía bastante tiempo. Fortune's Folly, fuera de la temporada de verano, era tan poco acogedor como una tumba. Ni siquiera el cazafortunas más endurecido hubiera querido pasar el invierno en los valles nevados de Yorkshire, aunque, sin duda, todos volverían en bandadas cuando mejorara el tiempo, para poder aprovechar El Tributo de las Damas de sir Montague y encontrar una heredera del pueblo para casarse con ella.

Para entonces, pensó Miles, él ya se habría quedado con la mejor de todas las candidatas del mercado matrimonial de Fortune's Folly. El hecho de que recientemente hubiera heredado, de manera inesperada e indeseada, el marquesado de Drum, lo había dejado con unas deudas monstruosas, más del doble de las que ya tenía, y de nuevo, se había propuesto cortejar a Alice Lister, una antigua sirvienta a la que su excéntrica empleadora había hecho heredera de la magnífica suma de ochenta mil libras al morir, el año anterior.

La herencia de Alice había causado sensación entre la sociedad de Yorkshire, que no sabía si ningunearla por sus orígenes humildes o aceptarla por su dinero. Miles no tenía semejante dilema. Una fortuna como la de Alice no debía desperdiciarse, y como Alice era tan guapa, tomarla junto a su dinero sería un verdadero placer. Él se había propuesto seducirla, y había estado a punto de conseguirlo. Sin embargo, había cometido un error estratégico. Se había enterado de que existía una heredera con una fortuna de cien mil libras, y había abandonado la conquista de Alice para conseguir aquella recompensa mayor. Lo había pensado durante cinco minutos, comparando sin piedad el deseo que sentía por Alice y el trabajo que ya había realizado para ganársela con las expectativas de conseguir las cien

La dama inocente

mil libras de la señorita Bell. Y el dinero de la señorita Bell había ganado, por supuesto. Así que Miles había tenido que reprimir su lujuria.

Sin embargo, al tener a Alice en brazos aquella noche, había recordado lo mucho que la deseaba. Ella tenía algo que despertaba en él los instintos más básicos, aparte de la ambición por el dinero, claro. Aquella noche, ella olía divinamente, a rosas y a miel, en vez de a los perfumes pesados que usaban las cortesanas que él frecuentaba. El pelo de Alice estaba impregnado de aquella esencia. Una vez que él le había quitado el sombrero, a ella se le había derramado la melena rubio pálido por los hombros, mostrándole toda su gloria a la pálida luz de la luna. Alice era pequeña en términos de estatura, y era más redondeada que esbelta, y él había sentido su cuerpo curvilíneo, suave y dócil contra la dureza de sus músculos.

Quizá algunas personas consideraran rellena a Alice; de hecho, algunas damas de la alta sociedad, que querían encontrar cosas para menospreciar a la sirvienta que se había convertido en heredera, habían criticado su constitución robusta de campesina, y habían comentado lo muy útil que habría sido aquella solidez para darle la vuelta a los colchones y para sacudir las alfombras.

Miles, por su parte, no tenía ninguna crítica que hacerle a la figura de Alice. Tal vez no tuviera una belleza convencional, pero tenía una belleza que llamaba la atención, y llevaba dentro la promesa de algo sensual. El hecho de que nadie hubiera despertado todavía su sensualidad convertía a Alice en una tentación todavía más grande para él. Miles sentía el impulso primitivo de ser él quien despertara aquella promesa.

Se movió con incomodidad en la silla al recordar las curvas suaves de Alice moldeadas contra su cuerpo con tanta confianza. Miles se había sentido excitado al instante, atrapado por una sensualidad tan caliente y fiera que solo quería quitarle aquella ropa masculina y tomarla allí mismo, contra la pared.

Notó una punzada dolorosa en las costillas, lo cual mitigó eficazmente su ardor. Para poder huir de él, la pequeña descarada le había hecho un truco que estaba a la altura de cualquier carterista de los barrios bajos de Londres. Miles supuso que, al haber sido sirvienta, Alice habría tenido que aprender muchas formas de defender su virtud. Él debería recordarlo en el futuro, si no quería recibir un doloroso rodillazo en la entrepierna.

—He salido a tomar un poco el aire —les dijo a sus amigos, que lo miraron con incredulidad—. Demasiado vino.

—Has estado fuera tanto tiempo que habíamos pensado que te habías ido con la sirvienta de la posada de Morris, y no a tomar el aire —dijo Dexter.

—¿Y qué es eso? —preguntó Nat, señalando el vestido de novia sucio que Miles tenía en las manos—. Miles, amigo, creo que el haber heredado otras cincuenta mil libras de deudas del marquesado de Drum te ha vuelto loco.

—Me lo he encontrado por la calle —dijo Miles, observando el vestido, y omitiendo, deliberadamente, el detalle de que también había encontrado a una de las herederas de Fortune's Folly—. Es un vestido de novia —añadió.

La dama inocente

Lo dejó sobre el brazo de la butaca y tomó la botella de brandy. A la mañana siguiente iría a visitar a Alice con el vestido y le preguntaría qué demonios estaba haciendo. Ella le había dado la excusa perfecta para aquella visita, y el arma infalible para conseguir que se casara con él. El hecho de que Miles la hubiera abandonado previamente era, sin duda, un obstáculo para sus planes, porque Alice iba a mostrarse muy poco receptiva a su cortejo; y el hecho de que hubiera descubierto la apuesta que él había hecho acerca de su virtud era todavía menos afortunada. Alice le había enviado una carta que explicaba sus sentimientos al respecto con toda claridad:

Nunca tuve la más remota intención de caer presa de sus ajados encantos, lord Vickery, y cuando me enteré de su sórdida apuesta, me felicité a mí misma por haberme dado cuenta desde el principio de que no es usted nada más que un miserable cazafortunas sin cualidades que puedan salvarlo.

Miles pensó que la señorita Lister tenía mucha habilidad con las palabras, mucha más que ninguna otra sirvienta que él hubiera conocido. Aunque, en realidad, él nunca había estado interesado en hablar con las sirvientas con las que se relacionaba...

Al menos, ahora tenía un arma. Recurriría al chantaje si era necesario. La fortuna de Alice era suficiente como para acabar con la mayoría de sus deudas, y si para ello una antigua doncella debía convertirse en marquesa de Drummond, pues bien, su dinero a cambio del título era un buen trato.

—Me sorprende que tú reconozcas un vestido de

novia –dijo Dexter con una sonrisa–. El matrimonio no es exactamente tu fuerte, ¿no?

Miles le lanzó una mirada poco amistosa. Dexter estaba tan enamorado de la prima de Miles, Laura, que nunca dejaba de alabar las virtudes del matrimonio de una manera que a Miles le parecía muy aburrida. Para Miles era absurdo pensar que Dexter y Laura pudieran tener algo valioso. Cuando él se casara, pasaría el menor tiempo posible con su mujer. Aquella era su idea de un matrimonio feliz. En su opinión, el amor por una mujer era una debilidad, una emoción inútil. Él no tenía ningún interés en el amor, y lo había desterrado de su vida al pelearse con su padre y alejarse de su familia, cuando tenía dieciocho años y se había alistado en el ejército. Si alguna vez había tenido corazón, lo había perdido mucho tiempo antes.

–Que tú solo seas capaz de predicar sobre los méritos de una unión feliz, Dexter...

–Caballeros –intervino Nat–, estamos aquí para decidir qué vamos a hacer en cuanto a la fuga de Tom Fortune de la cárcel de Newcastle, no para hablar de los beneficios del matrimonio. Tenemos que atrapar a Fortune rápidamente, y como vosotros dos lo arrestasteis la primera vez, también tenemos que tener en cuenta que quizá quiera vengarse.

–Gracias por la advertencia, Nathaniel –dijo Miles, que se sirvió una copa de brandy y la apuró–. Me imagino que hay bastantes hombres que no lamentarían que me ocurriera algo terminal.

–Maridos engañados –murmuró Dexter–, padres indignados. Además, creo que tu herencia del marquesado de Drum lleva consigo una maldición familiar, ¿no, Miles? Recuerdo algunas historias.

La dama inocente

—Yo no creo en las maldiciones familiares —dijo Miles.

—Tu madre sí —dijo Nat—. Siempre pensé que era poco corriente que la esposa de un obispo fuera tan supersticiosa. Me sorprende que no esté ya en Yorkshire para avisarte de los peligros de la Maldición de Drum.

—Que Dios no lo permita —dijo Miles. Llevaba alejado de su familia once años, y no tenía intención de permitir que su madre interfiriera en su vida a aquellas alturas—. Está sana y salva en Kent —dijo—. Y dudo que viajara tan al norte. Considera a Yorkshire un país extranjero.

—De todos modos, esa maldición tiene algo raro —dijo Dexter—. Muchos marqueses murieron jóvenes, y en circunstancias espantosas.

—Coincidencias —dijo Miles.

—El duodécimo marqués murió fulminado por el sudor inglés —murmuró Nat.

—Hubo mucha gripe ese año.

—El décimo tercer marqués fue atropellado por un carruaje... —dijo Dexter.

—Era muy descuidado cruzando la calle —replicó Miles.

—Y tu predecesor, Freddie, se ha quemado vivo en ese burdel...

—Freddie era tan libertino que estaba destinado a morir en la cama, de un modo u otro. ¿Os importaría que volviéramos al trabajo?

—Está bien —respondió Dexter, aceptando el cambio de tema que Miles deseaba tanto—. Es sorprendente que todos pensáramos que era Warren Sampson quien dirigía los asuntos turbios aquí, cuando todo indica que en realidad la mente criminal era Tom Fortune. Y ahora que Fortune anda suelto, va a ser endemoniadamente difícil volver a atraparlo.

—Supongo que sobornó a uno de los guardias de la cárcel, ¿no? —preguntó Miles.

Dexter y él habían arrestado a Tom Fortune el otoño anterior, acusado del asesinato de Warren Sampson, un industrial de la zona que tenía una reputación sucia. El ministro del Interior sospechaba que tenía negocios ilegales y que había cometido actos criminales. Sin embargo, la investigación demostró que era Tom Fortune quien había liderado a los hombres de Sampson, y que había usado a Sampson como señuelo.

—O lo sobornó, o lo amenazó —respondió Nat—. Y desde entonces no se ha sabido nada de él. Es como si se lo hubiera tragado la tierra.

—Estará esperando su momento —dijo Miles—. ¿Alguien ha sabido algo de él?

—Sir Montague no va a ayudar a su hermano —dijo Dexter—, así que dudo que Tom lo haya buscado para pedírselo. Y no creo que lady Elizabeth tenga ninguna simpatía hacia él, después de cómo ha tratado a la señorita Cole.

—Por supuesto que no —dijo Nat.

—La señorita Cole... —murmuró Miles pensativamente—. Como Tom la sedujo y la dejó embarazada, quizá intente ponerse en contacto con ella. ¿Dónde está?

—Lady Elizabeth le ofreció un hogar en Fortune Hall —explicó Nat—, pero sir Montague se negó a admitirla en su casa. Dijo que como la señorita Cole no había sido capaz de entregarse a sí misma y a su dote de una manera respetable, debía soportar las consecuencias de sus acciones inmorales.

—Monty es un idiota –dijo Miles–. Para empezar, fue su hermano quien sedujo a una chica inocente.

—Cierto –dijo Nat–, pero siempre hay muchos hipócritas en situaciones como esta.

—Pobre chica –dijo Dexter–. No es de extrañar que se esconda. Nadie la ha visto ni ha sabido nada de ella desde que se fue a casa de la señorita Lister.

—¿De la señorita Lister? –preguntó Miles con asombro–. ¿Lydia Cole está viviendo en casa de Alice Lister?

—Tanto la señorita Cole como lady Elizabeth están viviendo en Spring House –dijo Nat–. Monty está en Londres en este momento, así que la señora Lister es la carabina de las dos muchachas.

—Acoger a la señorita Cole en su casa ha sido muy valiente por parte de la señorita Lister. La gente ya le da la espalda por su origen –dijo Miles–. Deberíamos hablar con la señorita Cole –añadió–. Creo que ella es la única que puede guiarnos hasta Tom Fortune.

Nat cabeceó.

—Dudo que quiera vernos. Rechaza toda compañía.

—Entonces, tenemos que hablar con la señorita Lister –dijo Miles–. Aparte de todo lo demás, cabe la posibilidad de que la señorita Cole esté en peligro.

—¿Y eso te inquieta, Miles? –le preguntó Dexter con ironía–. No eres conocido precisamente por tu preocupación por los demás.

—No me preocupa personalmente –dijo Miles–,

pero es probable que con ese argumento convenza a la señorita Lister para que hable con nosotros. Si la impresionamos diciéndole que Tom podría hacerle daño a Lydia...

–Podemos asustar a las dos chicas y usarlas para que nos conduzcan hacia Tom Fortune –dijo Nat–. Buen trabajo, Miles.

–No podemos permitirnos el lujo de tener escrúpulos –dijo Miles.

–Miles tiene razón –intervino Dexter–. Por mucho que yo deplore sus métodos, tiene razón, como de costumbre.

–Gracias, Dexter –dijo Miles secamente–. Nat, ¿por qué no preparas tú el terreno con lady Elizabeth? Yo hablaré con la señorita Lister. Creo que necesitamos hacer unas cuantas preguntas discretas antes de decirles que Tom Fortune se ha fugado.

–Está bien –dijo Nat–. Es la oportunidad perfecta para ti, Miles.

Miles arqueó una ceja.

–¿A qué te refieres?

–A que puedes renovar tus atenciones hacia la señorita Lister –respondió Nat, con una sonrisa burlona–. Ahora que estás literalmente hundido en las deudas, necesitas una heredera rica más que nunca.

–Eso –dijo Miles– es exactamente lo que yo estaba pensando.

Dexter estuvo a punto de atragantarse con su brandy.

–Lo siento –dijo al recobrar la respiración–, pero, ¿qué parte del feroz rechazo de la señorita Lister a tu cortejo no has entendido, Miles?

La dama inocente

Miles se encogió de hombros.

−Por desgracia, tuve que abandonar mi previo interés por la señorita Lister...

−¿Por desgracia? −preguntó Dexter−. ¡La dejaste por una heredera más rica!

−Y fue más desgraciado todavía que mi galanteo a la señorita Bell no fructificase...

−Ella te dejó a ti por un conde.

−Y también fue extremadamente molesto que sir Montague le hablara a la señorita Lister sobre mi apuesta con respecto a su virtud −continuó Miles−, pero estoy seguro de que la convenceré de que me acepte, de todos modos.

−Si yo fuera aficionado a las apuestas −dijo Nat−, cosa que no soy, apostaría a que no tienes ni la más mínima posibilidad de conseguirlo. La señorita Lister no es tonta, y sabe que no puede confiar en ti.

Miles se encogió de hombros. Se levantó y recogió el vestido de novia. Era sedoso y fresco, y tenía un leve perfume a rosas y miel. En aquel momento, recordó la suavidad del pelo de Alice contra sus dedos, y la fragancia de su piel. Sintió un eco de excitación primitiva. Deseaba a Alice Lister. Era una simple cuestión de atracción física. Y quería su dinero. Era una simple cuestión de finanzas.

−Ya lo veremos −dijo−. Tengo uno o dos ases en la manga.

Capítulo 3

—Hay un caballero que desea verla, señorita –dijo Marigold, la joven doncella, mientras le hacía a Alice una respetuosa reverencia–. ¿Lo hago pasar, señorita?

—¿Quién es, Marigold?

—No lo sé, señorita –dijo Marigold, que de repente se había quedado azorada, como si hubiera fallado en sus deberes–. No me lo dijo.

—Pide siempre a las visitas que den su nombre –le dijo Alice, sonriéndole para que se tranquilizara, y para hacerle saber, al mismo tiempo, que no estaba enfadada con ella–. Puedes decirle que pase, pero, por favor, recuérdalo para la próxima vez.

—Ojalá me permitieras cambiarle el nombre a esa muchacha –dijo la señora Lister cuando la doncella salió–. Marigold es un nombre muy poco adecuado

La dama inocente

para una doncella. Es demasiado bonito y le dará a la chica la idea de que está por encima de su puesto. Mary sería mucho mejor.

–¡Mamá! –exclamó Alice–. Ya hemos hablado de esto. Marigold se llama Marigold, y ya está. Nosotras no podemos cambiarle el nombre a una persona.

–¿Por qué no? –replicó la señora Lister–. Lady Membury te llamaba Rose cuando estabas a su servicio.

–Exactamente. Y yo lo odiaba. Me llamo Alice.

–Rose es un nombre precioso.

Su madre, como de costumbre, se alejaba del tema principal. A Alice le parecía extraño que el hecho de heredar una fortuna no le hubiera cambiado en absoluto el carácter, mientras que su madre había cambiado hasta ser irreconocible.

Margaret Lister era la viuda de un granjero que tenía que hacer grandes esfuerzos para mantener a su familia. El legado de lady Membury había cambiado todo aquello. El hermano pequeño de Alice, Lowell, era quien se ocupaba de la granja ahora, y la señora Lister vivía con Alice en aquella pequeña villa de Fortune's Folly. Había tomado clases de locución, y casi había conseguido limar por completo sus vocales demasiado largas de Yorkshire. Había visitado a la modista y había adquirido vestidos con adornos, y pieles, muy diferentes de los trajes prácticos y sencillos que llevaba antes.

Y se había empeñado en que Alice se casara con un noble. La señora Lister se había puesto contentísima al ver que tantos cazafortunas cortejaban a su hija, y furiosa al ver que Alice los rechazaba a todos. Después, cuando cesaron las visitas de pretendientes aristocráticos, se quedó desolada. Muy poca gente iba de visita ya, cosa que le había demostrado a Alice, con más eficacia que las palabras más crueles, que solo la habían aceptado en la sociedad de Fortune's Folly por su dinero; una vez que había dejado claro que no iba a concedérselo a un aristócrata avaricioso y empobrecido, ya no era bienvenida.

—Espero que esto sea otra proposición de matrimonio —dijo la señora Lister—. ¡Oh, Alice, debes aceptar a este, sea quien sea! ¡Por favor! Si no lo haces, sir Montague se quedará con la mitad de tu fortuna en virtud de El Tributo de las Damas. Además, si no te casas con un noble, ¡nadie de Fortune's Folly volverá a hablarnos! Ya no nos visitan...

—La señora Anstruther sí nos visita —dijo Alice—. Y ella era duquesa. Y lady Elizabeth vive con nosotras. Es hija de un conde y hermanastra de un baronet —añadió, y al ver la expresión obstinada de su madre, suspiró—. No podemos obligar a la gente a que nos acepte, mamá. Deberías saber que el dinero no lo puede comprar todo.

—Pero, ¿por qué no? —lloriqueó la señora Lister. Se dio unos golpecitos en el enorme collar de brillantes que llevaba al cuello—. ¡Tengo todo esto! Soy tan rica como la duquesa de Cole, así que, ¿por qué no me aceptan?

Alice cabeceó suavemente. Parecía que su madre era incapaz de aceptar que por muchos diamantes que se comprara, nadie la vería como otra cosa que una nueva rica a la que podían mirar por encima del hombro a causa de los títulos y el dinero de familia.

—Mamá —dijo Alice con tacto—. Tú vales más que

diez duquesas de Cole, y no me refiero solo al valor monetario...

Se interrumpió, porque la señora Lister no la estaba escuchando. Tenía la misma expresión dolida, de asombro, que Alice había visto más veces. Había perdido la compañía de sus amigas al ascender en la escala social, pero no tenía nada para reemplazarla. No había recibido ninguna de las invitaciones que esperaba de la alta sociedad. Alice sufría por ella porque, pese a su esnobismo, su madre estaba sola y era infeliz.

La señora Lister tomó la taza de té de Alice.

–Voy a ver...

–Oh, mamá... –dijo Alice.

Su madre llevaba toda la vida leyendo las hojas de té, algo que había aprendido de su madre y su madre de su abuela, hasta llegar al origen de la familia. La señora Lister tomó la taza con la mano izquierda y giró los posos de té tres veces en el sentido de las hojas del reloj. Después le dio la vuelta a la taza sobre el platillo. La mantuvo boca abajo durante unos segundos, y después le dio la vuelta de nuevo. Con el asa de la taza hacia sí, miró el fondo.

–¡Un parasol! –declaró triunfalmente–. Un nuevo amante.

–A mí me parece un champiñón –dijo Alice–. Un champiñón del revés, que significa frustración. Otro hombre que viene a cortejarme por mi dinero.

–El marqués de Drummond, señora –anunció Marigold, desde la entrada.

Alice oyó el murmullo de satisfacción de su madre al saber que el visitante era un marqués.

–Es lord Vickery –dijo la señora Lister en voz

baja–, que viene a reanudar su cortejo. Ya había oído decir que ha heredado el título de Drummond. Sabía que no podría mantenerse lejos de ti, ahora que ha vuelto a Yorkshire.

Alice se dio la vuelta y vio a Miles Vickery entrando en el salón. Se le aceleró el corazón, y sintió un cosquilleo en el estómago. Luchó desesperadamente por evitar todas aquellas sensaciones, e intentó convencerse de que todo se debía a la incómoda mezcla de culpabilidad y ansiedad por su aventura de la tienda de vestidos. No tenía nada que ver con Miles.

Durante un instante, se preguntó si él tendría la desfachatez de reanudar sus atenciones hacia ella, porque según las habladurías, su situación económica era peor que en el otoño anterior, después de heredar las deudas del marquesado de Drummond. Debería tener una gran caradura para pensar en volver a cortejarla, pero quizá fuera tan impertinente como para creer que si ella había sucumbido una vez a sus encantos, sería un blanco fácil. Se irguió un poco. Debía pensar en que lo despreciaba por su completa falta de respeto hacia ella.

Miles se adelantó y le hizo una reverencia a la señora Lister, y después a Alice. Iba vestido con una gran elegancia. Llevaba una chaqueta azul que se le ceñía al cuerpo a la perfección, y llevaba el pelo castaño impecablemente despeinado, como si se lo hubiera revuelto el viento. Su camisa era de un blanco inmaculado, y contrastaba con el color dorado de su piel. Llevaba las botas muy lustrosas. Y sus ojos castaños tenían la misma mirada de picardía, de despreocupación, con la que le había robado el corazón en otoño.

La dama inocente

Él sonrió, y Alice notó que su corazón traidor se aceleraba de nuevo. Rápidamente, apartó la vista del rostro de Miles, y vio el vestido de novia sucio que llevaba en las manos, cuidadosamente doblado. De nuevo, ella apartó la vista en busca de algo seguro que poder mirar. Se fijó en el reloj de la repisa de la chimenea.

–¡Milord! –exclamó la señora Lister, y lo saludó con efusividad, mientras Alice se mantenía en silencio–. ¡Qué placer verlo de nuevo! ¿Quiere tomar algo? ¿Un té?

–Lord Vickery no se va a quedar, mamá –dijo Alice rápidamente, adelantándose a cualquier respuesta que hubiera podido dar Miles.

Después se volvió hacia él y se encontró con su mirada de diversión. Muchos hombres de su título se hubieran sentido enormemente ofendidos por aquellas palabras descorteses. Una de las cosas más desconcertantes acerca de Miles era que parecía imposible ofenderlo.

–¿No recibió mi carta, lord Vickery? –le preguntó con frialdad.

Él esbozó una sonrisa deliciosa. Alice notó que se le ruborizaban las mejillas. Fue de irritación, o eso quiso creer, al menos.

–Sí –dijo él.

–Entonces, debe saber que es de muy mala educación venir a visitarme cuando le pedí expresamente que no lo hiciera. No quiero volver a verlo.

–Oh, pero estabas enfadada con lord Vickery cuando solo era barón –intervino la señora Lister–. Ahora que es marqués, todo está olvidado.

–Ahora que es marqués, yo diría que no es más

caballero que antes –dijo Alice con enfado–. Por favor, mamá, déjame a mí. Lord Vickery...

–He venido a traer esto –dijo Miles, mostrándole el vestido de novia–. Y a pedirle que hablemos en privado, si es posible.

–No, no es posible –respondió Alice.

En aquel mismo momento, sin embargo, su madre, la más flexible de las carabinas, les dedicó una sonrisa resplandeciente y se dirigió hacia la puerta.

–Por supuesto –dijo–. Estoy segura de que tiene algo importante que decirle a Alice. Estaré en el gabinete, si quiere hablar después conmigo, lord Vickery. ¡Una marquesa! –añadió mientras salía de la habitación–. ¡Ocho hojas de fresa en la corona!

–¡Son cuatro hojas de fresa para un marqués, mamá! –le dijo Alice–. Ocho para un duque.

Vio que Miles se estaba riendo y, sin poder evitarlo, sonrió con azoramiento.

–Lo siento. Disculpe. Parece que mi madre vive en un planeta distinto en el que todos los caballeros con título deben ser acogidos como posibles yernos.

–Está impaciente por verla casada –dijo Miles–. ¿Por qué?

–Piensa que si me caso con un aristócrata, todos estaríamos más seguros –dijo. Sabía que algunas de las aspiraciones de la señora Lister estaban basadas en el esnobismo, pero en el fondo, su madre sentía un miedo inquebrantable a que Alice se viera otra vez en la penuria.

–Supongo que quiere el tipo de seguridad que su familia no ha tenido nunca –dijo Miles–. Basada en los derechos y los privilegios heredados...

–En vez de tener que trabajar como un esclavo en

La dama inocente

una granja, o en el servicio doméstico –dijo Alice–. Exactamente. Pobre mamá. Desea que la buena sociedad la acepte, y no entiende por qué no es así. Piensa que si yo me caso con un aristócrata, el problema se resolverá.

–Debe de haber tenido muchas ofertas –le dijo Miles–. ¿Por qué no ha aceptado ninguna?

–No quiero que un hombre se case conmigo por mi dinero, mientras en realidad deplora tener que haberse casado con una antigua doncella –dijo Alice fríamente, y se sentó. Un segundo después se dio cuenta de que había cometido un error, porque al hacerlo, había animado a Miles a que se quedara. Él se sentó también–. Sin embargo, eso no puede ser de su interés, lord Vickery –dijo. Miró el vestido de novia, que él había depositado en el brazo de su butaca–. Le agradezco que me devuelva el vestido. Ahora, puede marcharse.

Miles se apoyó en el respaldo y estiró las piernas, gestos que contradecían las palabras de Alice.

–No tan rápido, señorita Lister –le dijo–. No estoy seguro de que pueda devolverle una propiedad robada, siendo oficial de la ley.

–El vestido fue comprado y pagado –dijo ella en tono desafiante, aunque sabía que se había sonrojado mucho.

–Quizá –dijo Miles–, pero salió de la tienda mediante el robo.

–La tienda cerró sin entregar sus pedidos a los clientes. *Madame* Claudine es quien ha robado a sus clientes.

–Me temo que ese argumento no serviría en un juicio –dijo Miles–. ¿Le gustaría que fuera testigo de su defensa, señorita Lister, y dijera que cometió el robo en un momento de locura?

–No, gracias –dijo Alice–. Lo único que quiero es que me lo devuelva, que prometa que será discreto y que se marche.

–Pide mucho –dijo Miles–. Como mínimo, me debe una explicación. ¿El vestido de novia es para la señorita Cole?

Alice se quedó asombrada.

–¿Para Lydia? ¡Por supuesto que no! ¿Cómo va a ser para Lydia, si Tom Fortune está en la cárcel? –suspiró–. Es el vestido de novia de Mary Wheeler. Para que lo sepa, Mary se quedó desconsolada al saber que la tienda de *madame* Claudine había cerrado, y se tomó todo el asunto como un mal augurio para su matrimonio.

–Seguramente lo es –murmuró Miles–. Stephen Armitage es un sinvergüenza.

–Bueno –dijo Alice–, Lizzie y yo hemos intentado convencerla de eso, pero la chica está enamorada de él. Así que, ¿qué podíamos hacer…? –entonces, se interrumpió, al darse cuenta de que había implicado a lady Elizabeth Scarlet en la conspiración.

–No se preocupe –dijo Miles–. Ya sé que lady Elizabeth tomó parte en el allanamiento de ayer. Oí cómo usted la llamaba. Espero que las dos llegaran a casa sanas y salvas.

–Perfectamente, gracias –dijo Alice, y se movió con incomodidad en su asiento–. Y le agradecería que no lo llamara allanamiento y robo. Solo queríamos ayudar a Mary.

–Eso es muy loable –dijo Miles, asintiendo–, pero ilegal.

La dama inocente

—Entonces, por favor, devuélvame el vestido –dijo Alice–, y yo no volveré a planear una tontería semejante en mi vida.

—Sé que usted no la planeó –dijo Miles–. Tiene todas las características de ser idea de lady Elizabeth. Ella nunca piensa las cosas. ¿Y dónde está ahora? Tenía entendido que estaba viviendo en Spring House con usted.

—Ha ido a montar a caballo con lord Waterhouse –dijo Alice–. Ahora que Tom está en la cárcel y ella se ha peleado con sir Montague, Lizzie dice que el conde es lo más parecido a un hermano que tiene.

Entonces, vio que Miles fruncía los labios con una expresión cínica.

—Espero que se dé cuenta pronto de que esa noción es falsa –dijo–. Es evidente que está enamorada de él. De todos modos, no he venido a hablar con lady Elizabeth –añadió, mientras Alice guardaba silencio–. Creo que la señorita Cole también está viviendo aquí con usted, ¿no es así?

—Sí.

—¿Y se encuentra bien?

—Tan bien como puede esperarse, teniendo en cuenta las circunstancias –dijo Alice–. Prefiere no tener compañía.

—¿Así que nunca ve a nadie?

—No, nunca.

Alice siempre tenía mucho cuidado al hablar de la situación de Lydia. Cuando había llegado a Spring House, al principio, había mucha gente que se acercaba a la casa para mirar y cotillear. La pobre Lydia había terminado por esconderse, horrorizada, y Alice se había quedado asombrada por la crueldad de los visitantes. Era como si la gente hiciera cola para ver la desgracia de la hija embarazada de los duques de Cole. Últimamente, Lydia apenas salía al jardín, y se quedaba en su habitación leyendo o mirando a la nada. Alice estaba preocupada, y entre Lizzie y ella, intentaban sacar a su amiga de su aislamiento, pero algunas veces, parecía que Lydia vivía en otro mundo.

—Bien, lord Vickery —dijo después de una pausa—. Ahora que ya he respondido sus preguntas, le ruego que se marche. En este momento no me encuentro lo suficientemente bien como para recibir visitas.

Miles arqueó las cejas.

—Quizá necesite tomar algo, señorita Lister. ¿Una taza de té? Es reconstituyente. No se sentirá tan mortificada por sus actividades delictivas cuando haya tomado una taza de té, estoy seguro de ello.

—Yo no soy una delincuente —respondió Alice—. Lo único que me molesta es su presencia, lord Vickery, y si ya hemos resuelto la situación relativa al vestido de novia, le ruego que se marche —insistió, y se puso en pie.

—Por supuesto —dijo él.

Miles también se levantó, pero en vez de dirigirse hacia la puerta, caminó hacia ella.

A Alice se le secó la garganta. ¿Cómo era posible que detestara tanto a aquel hombre y al mismo tiempo, su presencia le resultara tan atractiva? Fuera cual fuera la razón, hacía que se sintiera muy incómoda.

—Hay una cosa más —dijo Miles suavemente, cuando estuvo frente a ella—. Es relativa a mi proposición de matrimonio.

A Alice le dio un vuelco al corazón. Al principio

se sintió asombrada, aturdida. Después se puso furiosa. Así que era cierto. Miles Vickery sí era tan arrogante como para pensar que podía volver allí y retomar su cortejo como si no hubiera pasado nada. Pensaba que podía ignorar la apuesta sobre su virtud, su intento de conquistar a una heredera más rica que ella y su aventura con una famosa cortesana, y hacerle una oferta de matrimonio.

—Se engaña, milord —dijo con cortesía—. Y su engreimiento no conoce límites. No hay proposición, y nunca la habrá. Nuestra relación previa convierte esa idea en una burla.

—Entonces, ¿reconoce que tuvimos una relación? —preguntó Miles con las cejas enarcadas.

—Nos tratamos —respondió Alice con irritación—. Y eso... terminó cuando se marchó de Yorkshire. No tengo ganas de revivirlo.

De repente, la ira que había intentado reprimir se desbordó. Al cuerno con los buenos modales. Era una criada, y no una dama, y él se merecía oír su opinión.

—De veras, lord Vickery —le dijo—, ¿cree que tengo tan poco respeto por mí misma como para entregar mi fortuna, y entregarme yo misma, a un hombre que hizo una apuesta para seducirme y que después se marchó a Londres sin tan siquiera despedirse para cortejar a una mujer más rica? Preferiría casarme con una serpiente que con usted. No tiene ni una pizca de honestidad en todo el cuerpo. Seguramente, lo siguiente que quiere decirme es que cuando estaba en Londres, en brazos de alguna prostituta, se dio cuenta de lo mucho que había llegado a estimarme, y que decidió volver corriendo a Fortune's Folly para confesarme su amor eterno.

Nicola Cornick

—Se lo habría dicho —respondió Miles—, si hubiera pensado que podía creerme.

Alice se sintió más furiosa cuando él lo admitió.

—¡Lo sabía! —exclamó—. Es un manipulador sin escrúpulos —dijo, y lo fulminó con la mirada—. Está dispuesto a hacer o decir cualquier cosa que sea necesaria para conseguir lo que quiere.

—Eso es pragmatismo.

—Es falta de honestidad —replicó ella—. ¡No sería capaz de decir la verdad ni siquiera para salvar su propia vida!

Hubo un breve silencio.

—Señorita Lister —dijo Miles—, usted me ha evaluado perfectamente. Así pues, como sabe que diré o haré cualquier cosa con tal de conseguir lo que quiero, le digo ahora que si no se casa conmigo, le contaré a todo el mundo que es una ladrona.

—¿Y ahora está intentando chantajearme para que me case con usted? —preguntó ella. Estaba intentando estar a la altura de la calma y la frialdad con la que él había expresado sus intenciones, pese a que tenía el corazón acelerado.

Miles se encogió de hombros.

—Chantaje es una palabra muy fea, señorita Lister. Deseo casarme con usted. De hecho, para mí es esencial casarme con usted. Así pues, digamos que es un trato.

—¿Y para qué vamos a embellecer algo que es tan desagradable? —preguntó ella con mesura, mientras se apretaba las manos—. Usted me propone matrimonio. Yo rehúso —dijo—. Es usted despreciable, lord Vickery. De hecho, es incluso más despiadado y más repulsivo de lo que había pensado.

La dama inocente

Miles arqueó las cejas con cierta diversión. Parecía que su desaprobación no le afectaba en absoluto, lo cual, para Alice fue otra prueba de lo aborrecible que era aquel hombre.

–¿Quiere que le diga a todo el mundo que es una ladrona? –preguntó él con gentileza.

–Por supuesto que no. Sé que no lo haría.

Miles soltó una carcajada.

–Me subestima, querida. Si es necesario para conseguir su mano...

–De todos modos no la conseguiría. Y nadie creería su historia, milord. Estoy segura de que entiende la debilidad de su posición. Yo podría presentar media docena de personas que testificarían que anoche estaba en casa, durmiendo, y que usted ha debido de equivocarse.

–¿Estaría dispuesta a añadir el perjurio a sus delitos?

–Sí, si fuera necesario.

–¿Aunque yo tenga el vestido como prueba de su robo?

Alice intentó agarrar el vestido de novia, pero Miles fue demasiado rápido y lo puso fuera de su alcance.

–Les diré a las autoridades que la pesqué con las manos en la masa –dijo–. ¿Sabe que el castigo para un robo de este valor es la pena de muerte? Aunque el tribunal fuera benevolente, la deportarían, o la encerrarían en una cárcel. ¿Está dispuesta a correr el riesgo de que la declaren culpable en un juicio, señorita Lister? ¿Cómo cree que iba a sentirse su madre?

Durante un instante, Alice se sintió tan asustada que pensó que iba a desmayarse.

—Y además, está también la señorita Cole —prosiguió Miles—. ¿Qué le ocurriría si a usted la enviaran a la cárcel? Su amante la traicionó, su familia la echó de su casa y está embarazada y sola —dijo con una mirada burlona y fría—. Quedaría completamente desamparada.

Alice se puso la mano sobre la frente.

—Es usted completamente despreciable.

Miles se echó a reír.

—Ya me lo ha dicho. No voy a discutírselo.

Alice intentó recuperarse.

No era posible que él hiciera algo así. Solo eran amenazas vacías. Lo único que ella tenía que hacer era mantenerse serena.

—Milord, no hay ninguna posibilidad de que yo me case con usted —le dijo, elevando la barbilla con obstinación—. No intente asustarme. La única forma en que podría conseguirlo sería secuestrándome.

Miles sonrió.

—Mi querida señorita Lister, ¿sabe? Eso no lo había pensado, pero ahora que lo menciona, me parece una idea excelente.

Alice se mordió su carnoso labio inferior. Estaba furiosa consigo misma por haber hecho semejante sugerencia.

—Ni siquiera usted se rebajaría tanto —dijo.

—Sabe que sí. De hecho, parece que entiende muy bien mi carácter. Eso es una base magnífica para el matrimonio.

—Si me secuestrara, seguiría rechazándolo —dijo ella—. Tendría que pagar a un clérigo corrupto para que ignorara mis protestas.

—Otra buena idea —dijo Miles—. Lo haré si tengo

que hacerlo –suspiró–. Sin embargo, para ser sincero con usted, señorita Lister, todo eso sería muy problemático cuando puedo chantajearla. Piénselo. Deportación... encarcelamiento... Son opciones muy duras, señorita Lister. No le convienen. Usted ya ha escapado una vez de la pobreza, y estoy seguro de que no desea volver a ella. Y el hecho de casarse conmigo tiene sus beneficios. Sería usted marquesa, y tendría cuatro hojas de fresa en la corona, para empezar.

–Si está buscando una mujer que solo desee casarse con un marqués, entonces, debería pedirle la mano a mi madre, en vez de a mí –respondió Alice–. Es usted peor que un piojo por obligarme de esta manera –añadió, y tuvo que apretar los dientes para contener la rabia–. Es un gusano, una rata...

Miles se rio de nuevo.

–¿Es peor una rata que un piojo? –inquirió, y abrió ambas manos en señal de ruego–. ¿Podemos dejar su mala opinión de mí a un lado, señorita Lister, y seguir hablando de negocios? Piense en su madre. Ella se pondrá muy contenta si usted acepta mi proposición. Recuerde que quiere que se case con un aristócrata, y no que la encadenen en la cárcel de Fortune's Folly o que la envíen a Australia.

Alice tenía cada vez más dolor de cabeza. Se frotó la frente. «Piense en su madre», le había dicho Miles. Pensó en su familia, y en la seguridad frágil que habían alcanzado desde que ella había heredado la fortuna de lady Membury. ¿Podía arriesgarse a perder todo aquello? Su hermano, Lowell, tenía la maquinaria moderna que necesitaba para hacer que la granja fuera productiva. Estaba trabajando mucho para forjarse un futuro, pero no era nada fácil para él. Su madre se sentía segura, aunque no feliz, como dama rica de la sociedad rural, pero su confianza era muy quebradiza. Cualquier escándalo que implicara a Alice la destrozaría. Y también estaba Lydia, embarazada, abandonada y sola, que perdería el techo que la cobijaba si a Alice le ocurría algo. Lydia podría acudir a su prima, Laura Anstruther, pero Laura y Dexter eran muy pobres, también.

Miles estaba amenazándola con quitarle todo aquello por lo que había trabajado. Él era un oficial de la Corona que trabajaba para Richard Ryder, el ministro del Interior, y como tal, una palabra suya podría arruinarla para siempre. Le rompería el corazón a su madre y dejaría a Lydia indefensa ante la vida. Y si el tribunal la condenaba de veras... sería horrible. Porque ella sabía que era culpable. Estaba totalmente en poder de Miles Vickery.

Se apretó las sienes, suavemente, con los dedos. Si pudiera negociar con Miles, llegar a algún tipo de compromiso... eso sería suficiente.

–Haré un trato con usted, milord –le dijo–. Entiendo que tiene muchas deudas y que quiere mi fortuna. Por lo tanto, si usted no habla a nadie de lo que ocurrió anoche, yo fingiré que estamos comprometidos para ayudarlo a evitar a sus acreedores durante un tiempo...

–Es demasiado tarde para medias tintas, señorita Lister –dijo él–. La venta del marquesado de Drum y de todo el contenido del castillo comienza en un par de semanas –añadió con una sonrisa vaga–. Tengo más deudas de las que usted pueda imaginar. Ya he vendido todo lo que podía vender, y si no me caso con una heredera, y pronto, me arrojarán a Fleet, o me veré obligado a exiliarme –se movió un poco en la silla y afirmó–: Ese es el motivo por el que estoy dispuesto a hacer cualquier cosa para obligarla a que se case conmigo, señorita Lister. No habrá ningún trato. O se casa conmigo, o irá a parar a la cárcel.

Capítulo 4

Miles observó a Alice luchar contra su menos que romántica proposición. Todo estaba escrito con claridad en su semblante. Ella quería enviarlo al infierno; sin embargo, por mucho que lo odiara, tenía mucho que perder si lo rechazaba. Tendría que aceptar su chantaje y casarse con él, y él tendría la fortuna que ansiaba.

Y la tendría a ella en su cama, también, lo cual estaba empezando a importarle tanto como el dinero. Bueno, no tanto.

Sin embargo, aquella discusión había agudizado su apetito por ella. Por un momento, se imaginó a Alice desnuda en sus brazos, con las curvas y los huecos de su cuerpo expuestos a sus manos, con su esencia envolviéndolo como había sucedido la noche anterior.

La dama inocente

La excitación que sintió fue tan intensa que lo dejó sorprendido.

Miles tomó medidas drásticas contra aquella lujuria excesiva. Eso no iba a ayudarle a pensar con claridad, y él era demasiado calculador como para dejarse descarriar por el deseo. Miró de nuevo a Alice y estuvo a punto de olvidar la decisión que acababa de tomar. Ella estaba ligeramente ruborizada, completamente desafiante y totalmente irresistible. Quiso besarla. Lo deseó mucho.

Por los ojos azules de Alice pasó algo... furia y desesperación en igual medida. Estaba atrapada y lo sabía, pero no iba a desmoronarse. Miles sintió admiración por ella. La mayoría de las mujeres hubiera fingido un desmayo a aquellas alturas, pero ella tenía los nervios de acero y una fuerza de carácter que él no había conocido nunca en una mujer, salvo en su propia prima, Laura Anstruther. Miles no era tan convencional como para creer que las mujeres fueran el sexo débil, porque había visto a muchas de ellas demostrando una fuerza y un coraje bajo coacción y sabía que poseían una resistencia que muchos de sus iguales deplorarían, por ser características poco femeninas e indecorosas. Sin embargo, Alice tenía algo más. Tenía una enorme determinación.

La observó atentamente mientras ella se paseaba por la habitación. Miles estaba acostumbrado a evaluar a sus oponentes, a valorar sus puntos fuertes y sus debilidades. Antes de comenzar a trabajar para el Ministerio del Interior, había estado en el ejército, y su trabajo lo había llevado a lugares oscuros en los que había tenido que negociar por las vidas de los prisioneros o los rehenes en poder del enemigo, donde había hecho tratos con las vidas de los hombres y sus futuros, como si no fueran más que piezas de ajedrez, y siempre había tenido que considerar el bien general y estar dispuesto a sacrificar al individuo.

Durante aquellos años había tenido que abandonar a gente cuya única esperanza era que él garantizara su seguridad. Siempre se decía que algunos debían sufrir por el bien de la mayoría. Y, poco a poco, las elecciones se habían hecho menos dolorosas, menos calculadas, y con cada decisión, había perdido una parte del alma. Sabía que aquella era la razón por la que podía mirar a Alice en aquel momento y no sentir otra cosa que un gran deseo por ella y por su dinero, y el triunfo por el hecho de que la partida estuviera casi ganada. Dudaba que hubiera un hombre con menos emociones y más cinismo que él, así que no sintió ningún remordimiento por obligar a Alice a que se casara con él. Ella tenía algo que él quería. Él tenía la capacidad de conseguir que se lo diera. Era tan sencillo como eso.

–Aunque yo accediera –dijo Alice, y a Miles se le aceleró el corazón al saber que estaba tan cerca de conseguir su objetivo–, y no he dicho que vaya a acceder, hay un obstáculo.

–Estoy seguro –dijo Miles–, de que no es nada que no se pueda superar.

A Alice le brillaron los ojos con desdén.

–Creo que es muy poco probable que usted resuelva este problema en concreto, milord.

–Cuénteme de qué se trata –dijo Miles.

–Mi herencia tiene condiciones. Mi abogado, el señor Gaines, le confirmará lo que voy a decirle, milord, para que no piense que es una excusa mía. El hecho es que, cuando me dejó su fortuna, lady Membury también impuso una condición con respecto a mi futuro marido –dijo Alice–. Hay que cumplirla, porque de lo contrario, todo lo que quede de mi dinero irá a parar a la caridad, para el cuidado de los animales abandonados de la parroquia. Lady Membury –añadió dulcemente– adoraba a los animales.

–Ya me lo imagino –dijo Miles. Había oído hablar de la anciana viuda que le había dejado a su doncella una gran fortuna. La gente decía que estaba completamente loca.

Alice siguió hablando.

–Lady Membury impuso esa condición porque quería protegerme de los cazafortunas, y asegurarse de que elegía un marido que me quisiera y me respetara por mí misma –dijo, en tono irónico.

–Eso es loable por su parte –comentó Miles–, pero, seguramente, demasiado optimista.

–Eso parece –respondió Alice con frialdad–, teniendo en cuenta la naturaleza de su proposición de matrimonio. Sin embargo, el deseo de lady Membury está bien claro: como ella no iba a estar presente para examinar por sí misma a mis pretendientes, estipuló que el hombre con el que yo fuera a casarme debía reunir ciertos requisitos. En concreto, debe demostrar que es un caballero recto y honorable. Quizá, si hubiera estipulado que yo debía casarme con un completo sinvergüenza, habría tenido usted más posibilidades, milord.

Miles se rio.

–¿No cree que yo reúna las condiciones necesarias, señorita Lister?

Nicola Cornick

—En ningún sentido —respondió Alice—. Además, milord, el señor Gaines y mi otro fiduciario, el señor Churchward, que era el abogado de Londres de lady Membury, seguramente conocen su forma de ser y saben que no es ni recto ni honorable. Así que me temo que su plan está condenado al fracaso, milord, pese a su intento de chantaje.

Miles tuvo que reconocer que aquello era un contratiempo, pero no podía aceptar que fuera un obstáculo insalvable. No había llegado tan lejos para rendirse.

—Churchward también es el abogado de mi familia —dijo, pensativamente—. Quizá pudiera... convencerlo... de que apoye mi causa.

—Conozco al señor Churchward, y dudo que alguien pueda corromperlo —dijo Alice—, sea el abogado de su familia o no.

—Me temo que probablemente tiene razón —dijo Miles con ironía—. Lo cual es muy adecuado, por supuesto. En realidad, yo no querría tener un abogado deshonesto trabajando para mí.

—Solo cuando fuera de su conveniencia, claro —dijo Alice—. Hay más, milord.

—Por supuesto.

—Para poder demostrar su valor de un modo satisfactorio para lady Membury, y sus abogados, mi futuro marido deberá superar una prueba.

Miles suspiró. Estaba empezando a caerle muy mal la difunta lady Membury. No tenía ninguna duda de que Alice le estaba diciendo la verdad sobre aquella disposición del testamento, y que lo hacía con gran placer. Supuso que era lo mínimo que se merecía, por obligarla a casarse con él.

La dama inocente

Se inclinó hacia delante en el asiento.

—Explíqueme en qué consiste esa prueba.

—Consiste en que durante tres meses deberá ser honesto en sus relaciones, no solo conmigo, su futura esposa, sino con todo el mundo. Deberá decir la verdad en todas las ocasiones. Deberá ser honrado en todas sus transacciones —dijo Alice, mientras lo miraba con una expresión burlona—. Es usted un manipulador despiadado y mentiroso, milord. Nunca conseguirá ser honesto, aunque creo que para usted será un gran castigo intentarlo. Y estoy segura de que caerá en la primera tentación que se le presente.

Miles la miró fijamente. Durante un momento pensó que la había oído mal, tuvo la esperanza de haberla oído mal.

¿Honestidad completa durante tres meses?

No estaba seguro de cuál era la expresión de su cara. Alice lo estaba mirando con gran interés y cierto grado de diversión.

—Sabía que no podría hacerlo —dijo.

—Señorita Lister —respondió él—, hay razones sociales muy convenientes por las cuales uno no puede ser honesto completamente.

Alice sonrió ligeramente.

—No necesita explicármelo. Yo no fui la que estableció esa condición. Y no espero que sea honesto si le pregunto si determinado vestido me hace más gorda que otro. Estamos hablando de una honestidad de carácter fundamental, lord Vickery. Estamos hablando de ser sincero y digno, de corazón —explicó, y su sonrisa se hizo más amplia—. Oh, Dios Santo, está horrorizado. Entiendo que el concepto del honor es algo completamente extraño para usted. Por lo tanto, va a retirar su intento de chantaje y no tendremos que molestar a los señores Gaines y Churchward. Sé que de todos modos no podría cumplir los términos.

Él se levantó y caminó hacia ella. Alice lo esperó con una sonrisa de cortesía en los labios. Miles le tomó la mano y le acarició el dorso con el pulgar, suavemente. Su piel era cálida y fina. Él notó que ella se estremecía ligeramente. Se le separaron los labios y se le cortó el aliento. El ansia que sentía por ella se transformó en un cuchillo afilado en su interior. Tenía que conseguir a Alice Lister. De un modo u otro, la conseguiría.

—Lo haré —dijo.

—El dinero es una inspiración muy grande —dijo ella—, si es que le sirve como acicate para reformarse.

Tenía la voz ligeramente ronca, y Miles notó que su cuerpo se despertaba.

Una vez más tuvo un deseo repentino y asombroso de besarla, de atrapar su boca suave y roja con la de él y hundirse en ella. Hizo que se levantara y la atrajo hacia sí, hasta que las manos de ella tocaron la suave lana azul de su chaqueta.

—Solo será durante tres meses —le susurró Miles contra los rizos dorados que se le habían escapado de la cinta del pelo, y que le acariciaban los labios—. No voy a reformarme para siempre. Solo hasta que la tenga a usted, y su dinero.

—Claro —dijo Alice—. Qué tonta soy. Usted no puede cambiar.

—¿Y por qué quiere usted que cambie? —preguntó Miles—. Soy mucho más divertido sin reformar.

La dama inocente

–Es peligroso, despiadado y arrogante sin reformar –dijo Alice.

–Precisamente –respondió él. Se inclinó hacia ella hasta que sus bocas estuvieron a centímetros de distancia, tentadoramente cercanas–. Mucho más divertido.

Alice sacudió un poco la cabeza. Él vio que sus ojos azules se oscurecían y tomaban el color del anochecer. Notaba su resistencia, pero también se sentía abrumado por la atracción que ella sentía por él. Dudaba que Alice entendiera lo que estaba ocurriendo entre ellos. Era tan inocente que a Miles le parecía injusto aprovecharse. Sin embargo, nunca permitía que los escrúpulos fueran un impedimento para él.

–Entonces, ¿trato hecho, señorita Lister? –murmuró, y rozó sus labios–. Me pondré en contacto con Churchward y con Gaines para confirmar que quiero cumplir las condiciones de lady Membury para casarme con usted. Por una afortunada coincidencia, el señor Churchward va a venir desde Londres un día de estos para hablar sobre mi herencia de Drum...

Alice parpadeó y salió de su ensimismamiento sensual. La inquietud se reflejó en su rostro, y dio un paso atrás, como si se hubiera dado cuenta, demasiado tarde, de que le había permitido que tomara el control, y de lo mucho que él le alteraba los sentidos.

–Va demasiado rápido, milord –dijo–. Todavía no he dado mi consentimiento.

–Pero lo hará –dijo Miles–. Piense en su madre, en la señorita Cole. No tiene otra alternativa.

Alice le lanzó una mirada fulminante.

–Tengo entendido que hay una maldición familiar unida a su herencia de Drum, milord –dijo–. ¿No puedo esperar que acabe con usted antes de que el nudo esté atado?

Miles se rio.

–Eso no ocurrirá antes de nuestra noche de bodas, querida.

–Es una lástima. Pero quizá yo pueda apresurar las cosas –dijo ella, y se alejó–. Dejemos las cosas claras, lord Vickery. Lo detesto. Es usted el último hombre de la tierra con el que deseo casarme, y si me veo obligada a hacerlo, entonces... el nuestro solo será un matrimonio de conveniencia.

Miles estalló en carcajadas.

–No está en posición de hacer exigencias, señorita Lister. ¿Un matrimonio solo de conveniencia? No lo creo –dijo. Hizo que levantara la barbilla con un dedo y volvió a rozarle los labios. Eran suaves, dóciles, y Miles tuvo ganas de profundizar en aquel beso y saborearla, y tomarla. El deseo se avivó en él.

–Ríndase ahora –dijo contra su boca–. Acepte mi proposición. Sabe que no tiene otro remedio.

–¡No! –exclamó Alice, y se alejó de él bruscamente–. Necesito tiempo para pensar.

–No, no lo necesita –replicó Miles–. No hay nada que pensar.

No quería concederle ni siquiera un segundo para que encontrara una salida, aunque en realidad no la tenía.

Alice se quedó mirándolo durante un momento, y después asintió lentamente. Miles tuvo una enorme sensación de triunfo.

–Muy bien –dijo ella en voz baja–. Acepto un compromiso. Sé que si no lo hago, otros sufrirán, y eso no puedo permitirlo –añadió, y tragó saliva–. Sin embargo, no creo que lleguemos a casarnos. Usted no conseguirá cumplir los términos del testamento. Fracasará en el primer intento.

–Quiere decir que tiene la esperanza de que así sea –la corrigió él, gentilmente.

Alice lo fulminó con la mirada.

–No podemos anunciar nuestro compromiso inmediatamente –dijo–. Necesito tiempo… unos cuantos días para explicárselo a mi familia y a mis amigos. Se quedarán muy asombrados… porque haya cambiado de opinión y haya decidido aceptarlo, cuando saben que me desagrada.

–Estoy seguro de que su madre quedará encantada y no hará preguntas –dijo Miles–, así que en ese sentido no creo que haya problemas.

–No –dijo Alice–. Sin embargo, mi hermano Lowell será otra cosa. Lo odia a usted, y seguramente lo retará a duelo si se imagina la verdad. Y entonces, lo más probable es que usted lo mate, lo cual empeoraría mucho toda la situación. Así que tengo que dar con un motivo convincente… Por otra parte, está Lizzie. Creo que ella también intentaría agredirlo si se entera de que me está chantajeando.

–No tengo intención de contarle nada a lady Elizabeth –dijo Miles–. Y espero que usted también la mantenga fuera de esto.

–Por supuesto –dijo Alice en tono desdeñoso–. Entiendo que no quiera exponerse a la ira de lord Waterhouse metiendo a Lizzie en este lío –suspiró–. Además, Lizzie es mi amiga y la quiero, y no quiero implicarla, así que no le diré la verdad, pero… como le he dicho, necesito tiempo para pensar en una razón convincente por la que pudiera querer casarme con usted. Los beneficios no son evidentes para todos los que me conocen.

–Le concedo dos días –dijo Miles–. Puede decirle a su familia lo que quiera, siempre y cuando no sea la verdad. Así yo también tendré tiempo para hablar con sus abogados. Después haremos el anuncio formal de nuestro compromiso.

–No –replicó ella–. Acepto que mi familia y mis amigos sepan la noticia del compromiso, pero no quiero hacer un anuncio formal hasta que haya terminado el periodo de tres meses de cortejo y usted haya cumplido las condiciones del testamento de lady Membury. Y no voy a ceder en ese punto, milord. No deseo salir de esto con la reputación manchada.

–Discúlpeme, señorita Lister, pero tengo que recordarle una vez más que no está en situación de imponer condiciones.

–Y yo le aconsejo que no me presione demasiado, milord, o cancelaré todo el acuerdo y lo enviaré al infierno, con chantaje o sin él.

Se miraron el uno al otro con antagonismo, como dos espadachines. Tras unos segundos, Miles asintió.

–Muy bien –dijo.

Ella suspiró de alivio.

–También tengo que advertirle, milord –prosiguió–, que si consigue convencer a los abogados de que es digno y respetable, entonces yo seré un demonio de esposa.

Miles sonrió.

La dama inocente

–Y yo seré un demonio de marido, así que nos llevaremos muy bien –dijo, y le hizo una reverencia–. Nos veremos en el baile del Hotel Granby mañana por la noche, señorita Lister. Resérveme un baile.

–¿Bailar con usted? No, no lo creo.

–Sí, bailará conmigo –dijo Miles–. Es el comienzo de nuestro noviazgo de tres meses, durante los cuales, demostraré que soy un pretendiente honorable, digno y atento. Le aseguro, señorita Lister, que disfrutaremos de la compañía del otro muy a menudo a partir de ahora.

–Eso es ridículo. No tenemos por qué pasar juntos más tiempo del estrictamente necesario. Esto no es un noviazgo por amor. Es un negocio.

–Puede ser, pero yo no voy a darles a los abogados la oportunidad de que sospechen de mí. Seré un pretendiente muy considerado, puede estar segura.

–Supongo que no me queda más remedio que aceptarlo. En ese caso, mi madre estará presente en todas las ocasiones, para que al menos podamos estar seguros de que usted no intentará evitar las condiciones del acuerdo y seducirme para que tenga que casarme con usted.

–Excelente –dijo Miles con alegría–. Estoy seguro de que la señora Lister apoyará mis pretensiones.

–Por favor, no se tome eso como una aprobación personal –dijo entonces Alice–. Si aparece un duque, mi madre cambiará su lealtad, sin duda.

Miles se echó a reír.

–No tengo demasiadas ilusiones, señorita Lister.

–Ni principios tampoco.

—Naturalmente que no. Pero puedo adoptarlos temporalmente. Que tenga un buen día, señorita Lister. Hasta mañana por la noche.

Hizo una reverencia, le besó el dorso de la mano a Alice y la soltó. Notó con satisfacción que ella se agarraba las manos y, sin darse cuenta, pasaba los dedos por el lugar que habían rozado sus labios. Quizá lo detestara, pero no era indiferente a su contacto. Aquel iba a ser el acuerdo perfecto. Él tendría a Alice en su cama, y su dinero lo salvaría de ir a prisión por endeudamiento. Todo estaba al alcance de su mano.

Tres meses.

Honestidad completa.

Las palabras resonaron lúgubremente en la cabeza de Miles mientras bajaba las escaleras de la casa y salía al camino de gravilla. Sin embargo, se dijo que podría hacerlo para salvarse de la ruina. Sería fácil.

Capítulo 5

Alice se quedó junto a la ventana, observando cómo se alejaba Miles de la casa. Su modo de andar tenía una seguridad, una despreocupación que denotaban confianza absoluta. Él se giró para mirar hacia atrás y elevó la mano para decir adiós, y ella se reprendió a sí misma por haber permitido que él la sorprendiera observándolo. Miles Vickery era el tipo de hombre a quien las mujeres miraban todo el rato, y él lo sabía. Ojalá no hubiera sido ella la que lo había confirmado.

Con un suspiro, se dejó caer sobre la butaca. El hecho de soportar la presión del chantaje de Miles Vickery la había dejado exhausta, y al mismo tiempo sentía una ira tan intensa que parecía que iba a consumirla viva.

Miles Vickery. Era despreciable.

NICOLA CORNICK

Era exactamente como el resto de los hombres. Los hombres como Miles tomaban lo que querían con un desprecio cruel por los sentimientos de los demás.

Pensó en Miles, y también en Tom Fortune, que había destrozado la reputación de Lydia y la había abandonado, y en todos aquellos hijos de la nobleza sin nombre, sin cara, sin consideración hacia los demás, que pensaban que todas las mujeres eran blanco legítimo y que las criadas, en particular, estaban en la tierra para limpiarles las botas y proporcionarles placer, que ellos podían tomarlas, usarlas y desecharlas a capricho. Alice sintió rabia de nuevo. Se acordó de Jenny, la muchacha de dieciséis años de la casa contigua a la de lady Membury, en Skipton, a quien ella había encontrado llorando en la entrada después de que la expulsaran por haber quedado embarazada.

Jenny le juró a Alice que el señor de la casa la había forzado, y que la señora la había echado en medio de un ataque de celos y de furia. Alice se preguntaba a menudo qué le habría sucedido a Jenny. Cuando había heredado aquella fortuna, había intentado buscarla, pero como otras chicas de servicio deshonradas, había desaparecido sin dejar rastro...

También recordó a Jane, que trabajaba para la familia Cole. El hermano de Alice, Lowell, había hallado a Jane tirada en una zanja cerca de Cole Court, violada, ensangrentada y llena de golpes. Lowell la había llevado a la granja y Alice había mandado a buscar al médico, pero ya era demasiado tarde para salvarle la vida a Jane. Nadie había sido acusado por aquel asesinato. Alice se dio cuenta de que a la policía no le importaba nada. Era como si por el hecho de que Jane hubiera servido a los demás no contara como persona. Había muerto y a nadie le importaba nada.

Furiosa, Alice se puso en pie y se acercó a la ventana. Allí se quedó mirando hacia el jardín y tamborileando con los dedos en el alféizar. Era evidente, pensó con amargura, que si ella hubiera sido todavía una sirvienta, Miles nunca la habría mirado con intención de seducirla. Ni siquiera se habría dado cuenta de que existía.

Aquel hombre era despreciable, imperdonablemente egoísta e insensible. Ahora que era rica, él quería su dinero y su cuerpo, pero su falta de respeto hacia ella era exactamente igual que si fuera todavía una doncella, como dos años antes. Solo la quería por lo que podía obtener de ella.

Quería su dinero.

La deseaba.

Y sin embargo, sabiendo todo aquello, no entendía cómo podía hacer que se sintiera así... Alice se abrazó a sí misma, porque tenía frío pese a que el fuego ardía alegremente en la chimenea. ¿Cómo era posible que se sintiera tan atraída hacia un hombre al que despreciaba? ¿Cómo era posible que temblara cuando él la besaba, si lo odiaba tanto? El comportamiento de Miles solo servía para demostrar la despreocupación con la que tomaba todo lo que quería. Ella no iba a sucumbir a aquel insidioso deseo, a caer en sus brazos y a entregarse cuando él no se merecía nada de eso, solo se merecía que lo enviara al infierno.

En aquel momento se abrió la puerta, y Lydia Cole asomó la cabeza por el resquicio.

Nicola Cornick

–¿Se ha marchado ya lord Vickery? Tu madre me ha dicho que vas a casarte con él.

–Mi madre está imaginando cosas, como de costumbre –dijo Alice rápidamente–. Ya sabes que quiere que me case con un noble, y le da igual con quién. Por eso se imagina que todos los hombres que me visitan son un candidato a marido.

–Bueno, para ser sinceras, la mayoría han venido para pedir tu mano –dijo Lydia–, y ya sabes que ella está deseando que te asientes en la vida.

La muchacha entró en el salón y se sentó en la otra butaca con un gran suspiro.

–¡Oh, estoy tan cansada últimamente! Tengo la sensación de que podría estar durmiendo todo el día.

–Pero hoy tienes mejor color –dijo Alice–. Ayer me preocupaste mucho. ¿Estás mejor de los mareos?

–No –respondió Lydia–. ¡Tengo náuseas por la mañana, por la tarde y por la noche!

Alice pensaba que, en parte, el sufrimiento de Lydia tenía su causa en la angustia de haber querido tanto a Tom Fortune y haber sufrido una desilusión tan terrible con él. Tom Fortune era otro jugador empedernido como Miles Vickery, un mujeriego y un vividor, que había tomado el amor de Lydia y lo había hecho trizas. La había seducido, la había dejado encinta y la había abandonado. Lydia nunca hablaba de sus sentimientos por Tom, y Alice no la presionaba para que lo hiciera. Sabía que, algunas veces, Lizzie intentaba que Lydia se abriera, pero Lydia mantenía un obcecado silencio.

Otra cosa de la que nunca hablaban era de qué iba

a suceder cuando naciera el bebé. Alice tenía intención de entregarle a Lydia la casa que le había dejado lady Membury en Skipton, para que su amiga y el bebé tuvieran un futuro seguro. Ya le había indicado a su abogado que redactara los documentos, y esperaba con todas sus fuerzas que su compromiso con Miles no alterara aquella disposición. Lydia había sido también heredera, pero ahora parecía muy improbable que sus padres, los duques de Cole, le dieran a su hija ningún dinero, puesto que estaba deshonrada, así que Alice tenía que proteger a su amiga.

Lydia se apoyó en el respaldo de la butaca y exhaló un gran suspiro. Estaba embarazada de cuatro meses, y su cuerpo delgado estaba hinchado y ya un poco desgarbado. La señora Lister le había comentado a Alice que Lydia aumentaba de tamaño tan rápidamente que quizá estuviera embarazada de gemelos.

—Voy a hacerte unas tostadas —dijo Alice mientras se levantaba—. Lady Membury me dijo que cuando ella estaba embarazada, era lo único que podía comer.

Lydia le hizo un gesto para detenerla.

—Sería muy amable por tu parte, dentro de un momento. No sabía que lady Membury tuviera hijos —añadió—. Si tuvo hijos, ¿por qué te dejó a ti su fortuna, Alice?

—Su hija murió, y no tenía más parientes —respondió Alice—. No tenía familia ni amigos, y hacía años que estaba enemistada con el párroco del pueblo, así que no estaba dispuesta a dejarle su dinero a la iglesia.

—Yo también me veo así al final —dijo Alice con un deje de amargura—. Sola, sin nadie en el mundo...

—Pues claro que no —la contradijo Alice con vehemencia, tomándola de la mano–. Tienes amigos, y además, tu bebé se desarrolla muy bien y es fuerte. Quizá cuando nazca el niño o la niña, tus padres se ablanden...

–¡Dios no lo quiera! –exclamó sin querer Lydia, y las dos estallaron en carcajadas–. Lady Membury debía de quererte mucho –añadió Lydia–. Seguro que fuiste un gran consuelo para ella, Alice. Me imagino que se sentía muy sola, y te veía como la hija a la que perdió.

–Tal vez –respondió Alice, con un nudo en la garganta–. Hablábamos de todo tipo de cosas –dijo, mientras recordaba–. Íbamos a pasear juntas en carruaje, y tomábamos té con ginebra, y jugábamos a las cartas.

–Y supongo que la dejabas ganar.

–Claro que sí –respondió Alice–. Era mi señora, ¡y tenía una fortuna de ochenta mil libras!

Las dos se echaron a reír nuevamente, pero a los pocos segundos, Alice se puso seria.

–De todos modos, Lydia –dijo–, algunas veces preferiría que no me hubiera dejado su dinero. Puede ser una maldición, tanto como una bendición.

Entonces se detuvo, al darse cuenta de que estaba a punto de revelarle a su amiga el chantaje que le estaba haciendo Miles.

–Lo siento –dijo, con un poco de angustia–. Es muy desagradecido por mi parte decir eso, cuando ahora mi vida es mucho más fácil que hace unos años.

–Pero ser heredera no es siempre una cosa afortunada –dijo Lydia con amargura–. Mira hasta dónde ha llegado la avaricia de sir Montague, que quiere

La dama inocente

desplumar a todas las mujeres del pueblo con El Tributo de las Damas y todas sus leyes medievales. Y Tom... –su voz vaciló un poco, y Alice vio que se apretaba tanto las manos en el regazo que se le ponían los nudillos blancos–. No creo que él me hubiera prestado ni la más mínima atención si yo no hubiera tenido dinero. Creo que sabía que, como es un segundón, mi padre y mi madre nunca hubieran permitido que me dedicara sus atenciones. Así que, deliberadamente, quiso dejarme embarazada para que me viera obligada a casarme con él. El plan le salió mal cuando se descubrieron sus crímenes y lo arrestaron.

–¡Oh, Lydia! –dijo Alice, horrorizada por el relato cruel que estaba narrando su amiga. Ella había pensado algo muy parecido, pero esperaba que al menos Lydia hubiera albergado una pequeña esperanza–. Estoy segura de que sí le importabas a Tom...

–Oh, ¡calla! –exclamó Lydia–. Tom solo se preocupa por sí mismo. Y ese es el motivo por el que debes tener cuidado con Miles Vickery, Alice. Sé que es diferente, porque es marqués, y aunque sea pobre, tiene su título para ofrecerlo a cambio del dinero, pero me parece que en cuanto al carácter es incluso más vividor que Tom, más despiadado, más peligroso.

–Cuánta razón tienes –respondió Alice.

En aquel momento, la puerta del salón se abrió de par en par y apareció Lizzie.

–Tu madre me ha dicho que vas a casarte con Miles Vickery, Alice –dijo Lizzie, mientras avanzaba hacia ellas. Se quitó los guantes de montar y los dejó descuidadamente sobre la mesa–. ¿Debo felicitarte?

NICOLA CORNICK

–Sería algo prematuro.

–¡Ja! ¡Lo imaginaba! –exclamó Lizzie mientras se sentaba en el alféizar de la ventana–. ¡Le dije a la señora Lister que, de ser cierto, deberían encerrarte en Bedlam!

–Bueno –dijo Alice débilmente, pensando en que, quizá, aquella fuera una buena ocasión para ir preparando el terreno. Sin embargo, se dio cuenta de que Lizzie ya no estaba pensando en aquello.

–¡No vais a creer lo que ha pasado! –dijo lady Elizabeth–. ¡Nat Waterhouse va a casarse con esa cabeza de chorlito de Flora Minchin!

–¡Dios Santo! –exclamó Alice con asombro–. ¿Cómo te sientes, Lizzie?

–¡Oh, no me importa en absoluto que Nat quiera casarse con una heredera tonta que lo aburrirá hasta la muerte en una semana! –exclamó lady Elizabeth con ira–. ¡No me importa un comino!

Alice y Lydia se miraron.

–Espero que se lo dijeras a él también –dijo Lydia.

–¡Por supuesto! Sin embargo, no tengo por qué preocuparme, porque eso no va a ocurrir. Nat no puede ser tan tonto como para casarse con esa boba. Entrará en razón antes de que ocurra.

De nuevo, Alice miró a Lydia. Lydia arqueó ligeramente las cejas y Alice sacudió la cabeza. Las dos sabían que Nat Waterhouse era capaz de casarse por dinero, y si ya le había hecho una proposición a la señorita Minchin, no podía retirarla con honor. Sin embargo, no tenía sentido decírselo a Lizzie en aquel momento, porque no estaba de humor para prestar atención.

La dama inocente

–Flora Minchin tiene muy buen carácter –dijo Alice.

–Pero solo porque es demasiado tonta como para ser otra cosa que agradable –replicó Lizzie.

–No creo que sea tan tonta como tú piensas, Lizzie –respondió Lydia–. Creo que la juzgas mal.

–No me importa Flora –respondió Lizzie con impaciencia–. El problema es que ahora ya no tengo acompañante para el baile de Granby de mañana, porque Nat tiene que ir con Flora y su familia.

–Qué poco considerado por su parte –murmuró Alice–. Bueno, tendremos que conformarnos con Lowell. Ha prometido que me acompañaría y seguro que no le importará que te unas a nosotros, Lizzie. Además, a ti nunca te faltan admiradores.

–Me cae muy bien Lowell –dijo Lizzie, más animada–. Eso será estupendo.

–Tú también le caes bien a él –respondió Alice con ironía–. Pero está perdiendo el tiempo. Serías una esposa de granjero horrible.

Lizzie se echó a reír.

–Con mi fortuna, él no necesitaría trabajar. Merece la pena pensarlo…

–No –dijo Alice–. A Lowell le encanta trabajar para ganarse la vida. Sé que te parecerá extraño, pero a algunos nos hace falta tener una ocupación.

–Oh, no te preocupes –dijo Lizzie con un suspiro–. Sé que Lowell prefiere trabajar día y noche. Lo veríamos mucho más por Spring House si no fuera así. La última vez que lo vi le dije que eso me parecía muy aburrido y muy burgués. Y no creas que no me he dado cuenta de lo inquieta que te pones cuando te parece que tienes poco que hacer, Alice. Tú eres igual.

—Burguesa —dijo Alice—. Lo sé.

Lizzie se quedó avergonzada.

—No me refería a eso. Quiero decir que prefieres mantenerte ocupada.

Aquello era cierto, y bien observado por parte de Lizzie, que a veces podía sorprender a Alice con su perspicacia.

—La vida ociosa de una heredera me aburre —admitió—. Necesito estar activa. Es una pena que mamá no piense lo mismo. Se queda sentada todo el día, esperando a que lleguen visitas que no van a llegar, y después, se siente terriblemente desairada.

—Ahora que tienes planeado organizar esa obra de caridad para sirvientas pobres, tendrás mucho trabajo —dijo Lizzie—. Me sorprendió que el señor Churchward te adelantara el dinero para ello. Tengo entendido que es muy conservador, y algunas de esas chicas están deshonradas.

—La mayoría no han hecho otra cosa que cometer un error —dijo Alice cuidadosamente, lamentando que Lizzie tuviera tan poco tacto delante de Lydia, que estaba soltera y embarazada, sentada frente a ellas—. Está mal juzgarlas. Además —añadió, para cambiar de tema—. Solo voy a usar mis intereses, no el capital, así que ninguno de los fiduciarios debe temer que derroche el dinero.

La señora Lister entró en el salón seguida por Marygold, que llevaba la bandeja de la comida. Estaba dispuesta sobre un paño que tenía bordado el escudo de armas de los Lister. Alice había intentado explicarle a su madre, en vano, que no tenían derecho a usar las armas porque nunca se las habían concedido a su familia. La señora Lister había respondido que, como la duquesa de Cole lo tenía, ella también iba a tenerlo. Después había bordado el escudo sobre todas las cosas: los respaldos de las sillas, los manteles e incluso el abriguito de lana que llevaba el perro.

–¡Oh, delicioso! –exclamó Lizzie al ver la comida–. ¡Pollo en gelatina y empanadillas de jamón!

Lydia palideció al ver la comida y se puso rápidamente de pie.

–Creo que voy a subir a descansar a mi habitación –murmuró–. No, querida señora –le dijo a la señora Lister para rechazar su sugerencia de que se llevara algo de comer–. Hoy no tengo apetito.

–Oh, vaya –dijo Alice cuando la puerta del salón se cerró–. Parecía que hoy estaba mucho mejor. Me temo que va a morirse de hambre si sigue así.

–Nat me preguntó por la salud de Lydia –dijo Lizzie.

–Y lord Vickery me preguntó por ella a mí también –dijo Alice, mientras tomaba la taza de té que le ofrecía Marigold.

–Nat me preguntó si había recibido alguna carta –añadió Lizzie–. Me pareció una pregunta rara. ¿Por qué iba a interesarle eso? ¿Y quién iba a escribirle? Su prima Laura vive muy cerca, así que no necesitan comunicarse por carta, y el resto de la familia la ha rechazado, y no creo que vuelva a tener noticias de Tom…

Alice se quedó callada al recordar que Miles le había preguntado si el vestido de novia era para Lydia. Se había quedado asombrada, porque la única persona con la que Lydia hubiera querido casarse era Tom Fortune, y él estaba en la cárcel. Después,

NICOLA CORNICK

Miles le había preguntado si Lydia se veía con alguien, y Nat había preguntado si recibía cartas...

Alice empezó a sospechar y miró a Lizzie para ver si a ella se le había ocurrido la misma idea desagradable, pero Lizzie estaba tomando empanada y charlando con la señora Lister sobre lo que veía en las hojas de té.

—El cuervo —dijo la señora Lister, observando las profundidades de su taza—. Eso significa que hay malas noticias, o un reverso de la fortuna.

—Entonces, será por lord Vickery —dijo Lizzie—. Nat me ha dicho que estaba planeando hacer una subasta de todo el contenido del Castillo de Drum la semana que viene, porque tiene tantas deudas que lo van a encerrar en Fleet.

Alice recordó la mirada sombría de Miles cuando le había dicho que iba a perderlo todo. No era de extrañar que la hubiera presionado tanto para que lo aceptara. No había mentido al decir que estaba completamente endeudado. Alice luchó contra una repentina y traicionera comprensión por Miles, por el hecho de que él tuviera que soportar la humillación de perder todos sus derechos de nacimiento de una manera tan pública y notoria. Después se enfadó consigo misma por su debilidad. Miles no se merecía su comprensión.

—¿De veras? —preguntó—. ¿La situación de lord Vickery es realmente tan mala?

—Peor que mala —respondió Lizzie alegremente—. Por eso va a celebrar la subasta tan pronto. Los abogados presionaron a lord Vickery en cuanto heredó el título para evitar que fuera a prisión. Van a vender las granjas y otras partes del marquesado, y todo el contenido del castillo. Lo único que no se puede vender es el castillo, porque está vinculado al título –dijo, y se volvió hacia la señora Lister–. He pensado que podríamos acercarnos a Drum la semana que viene, señora, para ver cómo va la venta. Podríamos comprar unos cuantos recuerdos...

–¡Lizzie, no! –exclamó Alice–. ¡Seríamos como buitres que vuelan sobre un cadáver!

–Bueno, alguien tiene que comprar los bienes –respondió Lizzie, sin dejarse conmover–, ¡y podemos ser nosotras! He oído decir que el difunto marqués tenía figuras de porcelana maravillosas, aunque no todas completamente respetables, pero sé que a tu madre le gustaría aumentar su colección comprando algunas de las más bonitas.

Aquello fue suficiente para decidir la excursión. La señora Lister se entusiasmó, y Alice no pudo decir nada más.

–Pues claro que sí, querida –dijo la señora Lister razonablemente–. Nuestro dinero es tan bueno como el de cualquier otro, y creo que deberíamos demostrarlo.

Aquello iba en contra de los principios de Alice, pero entonces pensó en el despiadado chantaje que le estaba haciendo Miles y se preguntó por qué iba a malgastar su consideración con un hombre que no conocía el significado de la palabra compasión. Solo se merecía desdén por parte de Alice. Su dinero era suyo, y ella podía hacer lo que quisiera con él hasta que se casara, siempre y cuando sus fiduciarios lo aprobaran.

Si avergonzaba a Miles haciendo ostentación de su fortuna de un modo vulgar solo una semana después de haber tenido que ceder a su chantaje de casarse con él, Miles solo podía culparse a sí mismo.

–Muy bien, iremos a Drum –dijo–, y compraremos todas las pertenencias del marqués si queremos. Cuanto más lo pienso, más me atrae la idea.

Capítulo 6

—¡Oh, querido, no puedo creer que haya sucedido algo tan horrible!

Dorothea, lady Vickery, entró en el salón del Castillo de Drum, envolvió a su hijo en un abrazo perfumado y lo soltó para echarse hacia atrás y enjugarse las lágrimas con un pañuelo de encaje–. ¡Lo siento tanto por ti, Miles, querido! Heredar el marquesado de Drum es... bueno, es bastante...

—Es un maldito desastre –dijo Miles–. Disculpa por la brusquedad, mamá –añadió.

Había estado repasando las cuentas del marquesado en preparación para la visita de Churchward, y las columnas de cifras no habían mejorado su estado de ánimo.

Drum llevaba años mal administrado, y había reportado muy pocos ingresos. Sus primos sufrían una incapacidad congénita para entender que no tenían dinero que gastar. La combinación de ambas cosas había sido desastrosa, y significaba que él tenía muchas más deudas de las que había pensado.

Las ochenta mil libras de Alice saldarían la mayor parte, y vender las partes del marquesado que no estaban vinculadas al título sería de ayuda, pero cuando Alice y él estuvieran casados y su dinero hubiera desaparecido, no tendrían nada más que su salario del Ministerio del Interior, y aquella monstruosidad de castillo medio en ruinas. Tendrían que sobrevivir del crédito durante toda su vida a menos que a él se le ocurriera un modo de hacer fortuna.

En aquellas circunstancias, la llegada de su madre era tan deseable como una de las plagas de Egipto.

Miles la miró con una impaciencia mal disimulada.

–¿Puedo preguntarte qué estás haciendo aquí, mamá? No lo esperaba.

La viuda abrió mucho los ojos, con una expresión dolida.

–Hemos venido a apoyarte en este momento tan difícil, querido –dijo, e hizo un gesto hacia la puerta–. También han venido Celia y Philip. Cuando supe que el querido señor Churchward iba a venir a hablar contigo sobre un asunto de negocios... –señaló hacia el abogado, que entraba tambaleándose en la habitación, portando el enorme equipaje de la viuda–, le pedí que nos permitiera acompañarlo. Sabíamos que nos necesitarías a tu lado.

–Qué considerada, mamá –dijo Miles, y saludó a Churchward con un asentimiento–. Churchward, mi más sentido pésame. Habría sido mejor que no te hubieras molestado en venir, mamá –añadió brutalmente, mirando a su madre–. Este castillo es inhabitable, no hay sirvientes y voy a vender todo el contenido la semana que viene. No tienes dónde quedarte, y sabes que odias el norte de Inglaterra.

La expresión de la viuda se volvió sorprendentemente obstinada.

–Bueno, nos las arreglaremos de alguna manera –dijo con energía–. Y no tienes que temer que nos quedemos en el castillo horrible –añadió, mirando con profundo desagrado a su alrededor por el salón–, porque hemos hablado con tu prima Laura Anstruther y vamos a quedarnos en El Viejo Palacio, en Fortune's Folly. Solo he traído el equipaje porque el carruaje es tan viejo que tiene goteras, y el tiempo del norte es muy malo.

–¿Vas a alojarte en casa de Laura? –preguntó Miles.

Eso era una mala noticia. Significaba que lady Vickery estaría en Fortune's Folly al menos durante un mes, y posiblemente más. Eso sería tiempo suficiente para interferir en su noviazgo con Alice y causar todo tipo de problemas.

–Estoy deseando conocer bien al marido de Laura –dijo su madre–. El ministro habla muy bien de él. He oído decir que es uno de los Anstruther de Hertfordshire. Es muy guapo, ¿no?

–Dexter no es mi tipo –respondió Miles con una expresión lúgubre, tomando nota de preguntarle a su amigo por qué demonios había dejado a Laura que invitara a toda su familia a quedarse.

Celia Vickery entró en aquel momento y se acercó a él. Le dio un beso en la mejilla.

—¿Cómo estás, Miles? —le preguntó, observándolo con sus ojos castaños, llenos de perspicacia—. Veo que todavía sigues vivo. La Maldición de Drum no ha acabado contigo.

—Dale tiempo —dijo Miles—. ¿No podías haber convencido a mamá para que no viniera, Celia? Sabes que no quiero que ninguno de vosotros estéis aquí.

Su hermana, la mayor de todos y soltera a la edad de treinta y tres años, lo miró con cara de pocos amigos. Celia se parecía mucho a su madre; tenía el rostro ovalado, el pelo castaño oscuro y las cejas bien dibujadas, rasgos que una vez habían proclamado a su madre como una de las grandes bellezas de la alta sociedad. Sin embargo, todo aquello resultaba apagado en su hija. Celia no era la misma mujer incomparable que su madre, y tampoco se parecía a ella en el carácter. Por el contrario, tenía un temperamento más parecido al de Miles, frío, cínico y franco.

—Claro que no he podido convencerla —respondió Celia—. ¡Ya sabes que tu madre es tan fácil de persuadir como un cocodrilo del Nilo! ¿Es que te crees que quería venir hasta aquí para verte, Miles? ¡Es un fastidio!

Su expresión se suavizó ligeramente al mirar a Philip, que estaba admirando una armadura enorme y polvorienta que había en un rincón.

—En realidad, creo que Philip quería venir. Él ha disfrutado del viaje y de los paisajes nuevos, y quería verte, Miles...

Miles se volvió para no ver la súplica de los ojos de su hermana. Philip era el preferido de su madre, y tenía cinco años cuando Miles se había peleado horriblemente con su padre, se había marchado de casa y se había alistado en el ejército. El chico era un extraño para él, y así era como Miles pensaba dejarlo todo.

Ya era demasiado tarde para que pudiera establecer una relación con su familia, y ni siquiera quería intentarlo.

—No hay sirvientes que traigan algo de comer —le dijo a su madre, mientras ella se sentaba en un diván decrépito y levantaba una nube de polvo—. ¿Por qué no os marcháis a Fortune's Folly ahora, mientras el señor Churchward y yo hablamos de negocios, mamá? Yo iré a visitaros más tarde.

—Pero, Miles, querido, acabamos de llegar —protestó.

Se acomodó en el asiento y le hizo un gesto a Philip para que se sentara a su lado, y dejó bien claro que no iba a ir a ninguna parte.

Miles suspiró. Lo último que quería era que su familia estuviera en Yorkshire con él en aquel momento.

Ya habían tenido que presenciar cómo se había vendido Vickery House dos años antes, y previamente, también Vickery Place, la mansión de campo de la familia de Berkshire, en la que habían crecido sus hermanos y él. Y ahora, tendría que vender también Drum, o al menos, lo que no estaba vinculado al título, además de todos los muebles y objetos de valor.

Pronto, todo su círculo social lo llamaría el marqués mercader, o algún sobrenombre por el estilo, porque él era quien había puesto a la venta toda su herencia.

Nicola Cornick

A Miles no le importaba, pero sabía que a su madre sí le importaría. La ruina financiera de la baronía de Vickery y su consecuente pérdida de estatus habían sido un golpe muy duro para ella.

–Agradezco que te preocupes por mí, mamá –dijo Miles, sin mirarla–, y sé que es angustioso para ti el hecho de saber que tengo más deudas de las que tenía antes de heredar Drum, pero...

–¡Oh, yo no estoy preocupada por las deudas! –declaró lady Vickery. Siempre había tenido muy poca comprensión de las cuestiones económicas–. ¡Siempre puedes encontrar una heredera con la que casarte, Miles! No, estoy aquí por la Maldición de Drum. ¡Es lo más desafortunado que le ha ocurrido a la familia desde hace años! Estás sentenciado, Miles. ¡Condenado!

Miles recordó el comentario de Nat Waterhouse sobre lo supersticiosa que era su madre e intentó contener su irritación.

–La única condena que me espera, mamá –dijo–, es una estancia en Fleet si no soy capaz de casarme con una heredera en poco tiempo. Ya sabes que yo no creo en esa bobada de la Maldición de Drum.

–Pues deberías –respondió con enfado lady Vickery–. ¡Mira lo que le pasó a tu primo Freddie! ¡Muerto en el incendio de un burdel, y solo llevaba un año siendo el marqués de Drummond!

–Lo más probable es que Miles muera agotado por una de sus amantes, como el primo William –dijo Celia con ironía.

–Gracias, Celia –respondió Miles, mientras lady Vickery le tapaba los oídos a Philip–. Me doy por avisado, y espero tener más resistencia o más cri-

La dama inocente

terio con mis aventuras amorosas que el primo William –dijo con un suspiro de exasperación.

–Miles, eres una desgracia –le dijo su madre–. Estoy segura de que tu padre se estará removiendo en su tumba por oírte hablar de esa manera.

–Papá no tenía que estar muerto para tener mal concepto de mí. Probablemente, pensaría que el hecho de que yo haya heredado Drum es un buen castigo por mi vida disipada. Sin duda, diría que es la sentencia de mi juicio divino.

Lady Celia contuvo una risita.

–Papá era muy aficionado al fuego del infierno y la condenación –dijo.

–Lo cual era apropiado para un hombre de la iglesia –dijo lady Vickery, mientras se alisaba la falda del vestido negro. Había llevado luto durante los cinco años anteriores, desde que murió su marido. A la luz blanca del invierno, aparecía delicada y pálida, la imagen por excelencia de la viuda. El padre de Miles había sido un hijo segundón que había entrado en la iglesia e inesperadamente había heredado la baronía de su hermano. Después se había convertido en obispo de Rochester. La presencia de la bella y distinguida Dorothea a su lado había servido para asegurar su ascenso, y frecuentemente se decía que Su Excelencia hubiera llegado a la sede de York o incluso de Canterbury si no hubiera muerto relativamente joven.

–Oh, todos sabemos que papá era un obispo perfecto –dijo Celia, en un tono de voz que atrajo la atención de Miles. Ella evitó su mirada mientras jugueteaba con un hilito del vestido–. Era un ejemplo para todos nosotros.

NICOLA CORNICK

–Celia, un poco de respeto, por favor –dijo lady Vickery–. Sé que tu padre y tú teníais vuestras diferencias, pero Aloysius está muerto.

Celia emitió un sonido de disgusto.

Miles se dio cuenta de que ella miraba la expresión trágica de su madre con una mezcla de lástima e impaciencia.

–Mamá –le dijo–, si Miles se encuentra en una situación económica tan desesperada es por culpa de papá. Si él no hubiera sido tan extravagante, Miles no tendría dos herencias malditas que resolver en vez de una...

Lady Vickery gimió de angustia y su hija se quedó callada, mientras el pañuelo de encaje volvía a enjugar lágrimas.

–Vuestro padre era un buen hombre –dijo lady Vickery después de unos instantes–. ¡No quiero oír ni una palabra más en su contra, Celia! ¿Me oyes? Él hizo lo mejor para todos nosotros.

Hubo un silencio embarazoso en la habitación. Toda la alta sociedad sabía, igual que la familia Vickery, que el difunto obispo era un hombre derrochador, tal y como Celia acababa de decir. Había vivido por encima de sus posibilidades y no conocía el significado de la palabra economizar, ni siquiera cuando los administradores iban a visitarlo.

Miles sabía que lady Vickery intentaba olvidar aquel lamentable aspecto del carácter de su marido, y que lo había canonizado extraoficialmente. En cuanto al resto de los pecados del difunto lord Vickery, estaban tan profundamente escondidos que nadie los descubriría. Miles sabía que era la única persona que conocía las transgresiones de su padre.

La dama inocente

Las conocía porque era él quien había cargado con la culpa.

De nuevo, la ira lo invadió, oscura, dañina y venenosa. Había trabajado mucho para dejar descansar aquellos recuerdos con su padre, y no permitiría que quedaran expuestos ahora. Era una historia muerta y enterrada. No podía hacer nada por arreglar los males del pasado.

El señor Churchward carraspeó sonoramente. Tenía las puntas de las orejas enrojecidas, clara señal de que se sentía muy incómodo al tener que oír aquellas discusiones familiares.

—Volviendo a la Maldición de Drum, milord —dijo—, creo que deberíamos tratar esa historia con un poco más de circunspección.

Miles arqueó las cejas.

—Nunca hubiera pensado que era usted un hombre supersticioso, Churchward —le dijo—. Es usted un hombre de leyes, un creyente en las pruebas y la razón.

Churchward se ruborizó. Se quitó los anteojos y los limpió afanosamente.

—Las pruebas empíricas son demasiado fuertes como para pasarlas por alto, milord —dijo—. Dieciséis marqueses muertos en menos de cien años...

—Y todos muertos de un modo violento y horrible —dijo lady Vickery con un escalofrío. Sin embargo, Philip tenía cara de curiosidad, como si quisiera conocer los detalles.

—Eso es resultado de la despreocupación excesiva —dijo Miles—. Ya sabes que mis primos eran los hombres más temerarios, tontos y decadentes del mundo.

NICOLA CORNICK

–Pero una vez que la maldición ha caído sobre usted... –dijo Churchward, con cara de tristeza.

–Philip es el siguiente en la línea de sucesión del marquesado –dijo Celia, y sus palabras cayeron en la habitación como piedras en un pozo.

Miles ya había pensado en aquel aspecto de la situación, aunque hubiera preferido que su hermana no lo planteara de un modo tan explícito. Lady Vickery se había puesto pálida, y Miles sintió impaciencia al ver la angustia de su madre. Se preocupaba demasiado, ese era el problema. Se preocupaba por la reputación de su marido, se preocupaba desesperadamente por el futuro de Philip y por la pérdida de Drum. Al observar el perfil joven y limpio de Philip, Miles sintió una emoción despertándose dentro de él, pero la reprimió sin piedad.

Era demasiado tarde para que él sintiera amor o afecto, ni siquiera obligación, hacia su familia. Los recuerdos y las emociones más antiguas lo impedían. Ya no quería el amor de su familia. Los había perdido a todos cuando tenía dieciocho años, y era demasiado tarde para salvar aquel abismo. Enviaría a su madre y a sus hermanos al sur en cuanto fuera posible. Al menos, un primo les había ofrecido refugio en una casita de campo de su finca de Kent, así que Miles no tenía que preocuparse por si se morían de hambre. Vivían en circunstancias limitadas, eran parientes pobres, pero, al menos, no estaban pidiendo por la calle.

–El señor Appleby –dijo Philip en aquel momento– opina que la creencia en la superstición no es más que una demostración de una mente mal educada.

La dama inocente

—Tu tutor es muy sabio —dijo Miles—. Me alegro de que no estés al cuidado de un tonto supersticioso.

—Pero... ¡debemos asegurarnos! —protestó lady Vickery—. No podemos correr ningún riesgo. La única solución es que te cases enseguida, Miles. Sé que siempre te has resistido a la idea del matrimonio, pero tu deber es tener un heredero rápidamente para salvar a tu hermano.

—Una idea encantadora, mamá —murmuró lady Celia—. Miles puede asegurar la sucesión para que haya otro sacrificio a la Maldición de Drum.

Miles sonrió.

—Por la experiencia del pasado, no creo que un hijo sea suficiente, mamá —dijo él—. Drummond necesita varios herederos para que Philip esté a salvo. Mira cuántos de nuestros primos han muerto ya.

—Por favor, no bromees con esto, Miles —dijo su madre—. Siempre has tenido un sentido del humor lamentable.

—Su madre tiene razón, milord —intervino el señor Churchward—. Sería muy ventajoso para usted que se casara, y preferiblemente con una heredera. Aparte de la supuesta maldición, al menos así ganaría tiempo y evitaría a los acreedores más insistentes...

Alguien llamó a la puerta, y el golpe resonó por todo el castillo, rebotando en los muros de piedra y asaltando los oídos de todo el mundo. Lady Vickery se estremeció.

—Seguramente, será Frank Gaines, de Gaines y Patridge, el bufete de abogados de Skipton —dijo Miles, y miró al señor Churchward—. Le pedí que se reuniera conmigo para hablar del tema que acaba de mencionar, señor Churchward. Mi matrimonio.

Lady Vickery emitió un gritito de emoción.

—¡Oh, Miles, qué buen chico eres! Yo sabía que no te quedarías de brazos cruzados viendo cómo la maldición se llevaba a tu hermano pequeño.

—Esto no tiene nada que ver con la maldición, mamá. Es porque tengo que casarme con una mujer rica rápidamente.

—Yo abriré la puerta —dijo lady Celia, y se puso en pie mientras volvían a llamar.

—Celia, no —dijo lady Vickery, horrorizada—. Para eso están los sirvientes.

—Miles no tiene sirvientes, mamá —respondió Celia—. ¿Es que no has oído nada de lo que ha dicho? Está completamente arruinado.

Volvieron a llamar a la puerta, y Celia frunció el ceño.

—Vaya, ese señor Gaines es un hombre impaciente.

—Gracias, Celia —le dijo Miles, mientras ella se encaminaba hacia la puerta.

Su hermana le hizo una reverencia irónica y salió de la habitación. Mientras ella estaba ausente, Miles se apoyó en la repisa de piedra de la chimenea y observó de reojo a los demás. Philip estaba moviéndose nerviosamente, y parecía que se aburría mucho por estar confinado en aquel salón durante tanto tiempo. Parecía que lady Vickery estaba sentada en una cama de ortigas. Claramente, la noticia del compromiso de Miles la había entusiasmado, y estaba impaciente por conocer todos los detalles. Por su parte, el señor Churchward se concentró en sus documentos, y carraspeó solo por romper el silencio. Parecía como si estuviera más feliz detrás de un escritorio, y preferiblemente, lejos de aquel castillo destartalado con su atmósfera inquietante. Miles también prefería el bullicio de la vida de ciudad, y sabía que el aislamiento y la belleza dura de las colinas de Yorkshire no era del gusto de todo el mundo, sobre todo en invierno.

Miles pensó en la supuesta Maldición de Drum y en la muerte de sus dos predecesores. La muerte de su primo Freddie había sido desagradable, pero podría haberle ocurrido a cualquiera, o al menos, a cualquiera con el apetito sensual de su primo y con su falta de discreción.

Anthony, el décimo quinto marqués, era un caso distinto. Había muerto en la flor de la vida, en Vimiero. Era miembro del Vigésimo Escuadrón de Dragones, que había sufrido un número horrible de bajas durante aquella batalla. Miles, que también había luchado, se estremeció. Le tenía mucho afecto a Anthony, y había sentido mucho su muerte, porque habían sido amigos desde la infancia. Su primo era una de las pocas personas con las que había podido hablar de sus experiencias compartidas en la Península.

El hecho de volver a la sociedad civil había sido una experiencia extraña, aislante, después de haber vivido las carnicerías del campo de batalla. Nadie que no hubiera estado allí podía comprender cómo habían sido las cosas, y que sus amigos y parientes le dijeran, con la mejor intención, que entendían su humor sombrío, solo servía para hacer que se sintiera más solo.

Nicola Cornick

La puerta se abrió, y Celia volvió a entrar en el salón, seguida de un hombre bien vestido que a Miles le pareció más un deportista que un abogado. Frank Gaines era un hombre alto, de hombros anchos, y con el aspecto de alguien que soportaría bien la adversidad. Tenía el pelo castaño, con algunas canas, y la cara curtida por el sol.

A Miles le gustó a primera vista, aunque estaba seguro de que cualquier cordialidad que pudiera darse entre ellos terminaría en cuanto comenzaran la conversación sobre su matrimonio con Alice Lister.

A Miles también le sorprendió ver que Celia, cuya altivez fría con el sexo contrario era legendaria, miraba al abogado con cierto rubor. Se preguntó qué habría sucedido entre Frank Gaines y su hermana en el vestíbulo.

Gaines le ofreció una silla a Celia, que le dio las gracias con frialdad. Con curiosidad, Miles le tendió la mano a Gaines, que se la estrechó con firmeza.

–Me alegro de que haya podido venir a la reunión, señor Gaines –dijo.

–Encantado, milord –respondió el abogado–. Es un placer ver que goza de tan buena salud.

Miles frunció los labios.

–Gracias, Gaines. Dele tiempo. Llevo muy poco tiempo siendo marqués de Drummond. Mis parientes están haciendo todo lo posible por convencerme de que la maldición familiar va a acabar conmigo rápidamente.

–Por supuesto, milord –respondió Gaines, sonriendo.

–¿Me permite presentarle a mi madre, lady Vickery, y a mi hermano Philip? –dijo Miles–. A mi hermana acaba de conocerla, y supongo que al señor Churchward también lo conoce.

Ganes saludó a todo el mundo y se acomodó en la silla que le indicó Miles.

–¿Le apetece tomar algo, señor Gaines? –preguntó la viuda con amabilidad.

–Porque de ser así –intervino Celia–, tendrá que hacérselo usted mismo. Mi hermano no tiene sirvientes, porque no tiene dinero con el que pagarles.

–Por lo menos, así nos libramos de tomar ese horrible estofado al que llaman té en esta zona –dijo la viuda con un escalofrío–. ¡La cuchara se tiene en pie dentro de la taza!

–Así es como se toma el té en Yorkshire –dijo Miles–. El señor Churchward, Gaines y yo vamos a hablar de negocios, mamá. ¿Por qué no te vas a Fortune's Folly, donde los sirvientes de Laura podrán servir el té a tu gusto?

–¡Ni lo sueñes! Si vas a hablar de tus planes de matrimonio, Miles, entonces me quedo.

–Yo también –dijo Celia–. Quiero enterarme de quién es la mujer que está dispuesta a aceptarte, Miles.

–En cuanto a eso –dijo él–, ayer le pedí a la señorita Alice Lister, de Fortune's Folly, que se casara conmigo –explicó, y se volvió cortésmente hacia el señor Churchward–. Me disculpo por no haberle puesto al corriente de mis planes con antelación, señor Churchward. Tengo entendido que es usted uno de los fiduciarios de la señorita Lister, junto al señor Gaines, y por eso les pedí que se reunieran conmigo hoy.

—Pues sí, soy uno de los fiduciarios de la señorita Lister, milord —respondió el señor Churchward en tono sorprendido. Miró a Frank Gaines, que había arqueado las cejas expresivamente.

—Y... ¿la señorita Lister lo ha aceptado, milord? —continuó Churchward con incredulidad.

—Sí.

Miles se dio cuenta de que el señor Gaines se ponía tenso al recibir la noticia.

—Eso, milord —dijo el abogado—, me sorprende mucho. Tenía la impresión de que la señorita Lister lo tenía en muy poca estima.

—Me las arreglé para convencerla —dijo Miles suavemente. Sabía que el abogado estaba receloso, pero se dijo que Gaines no podía demostrar nada, al menos si Alice mantenía silencio sobre el chantaje.

—Oh, Miles puede convencer a cualquier mujer de que se case con él si se lo propone —dijo lady Vickery—. ¿Y qué jovencita no desearía ser la marquesa de Drummond? —entonces se inclinó hacia delante—. ¿Es muy grande la fortuna de la señorita Lister? El señor Gaines y el señor Churchward intercambiaron otra mirada.

—La señorita Lister heredó una fortuna de unas ochenta mil libras, señora —dijo Gaines—. Además, tiene propiedades en Londres y en Skipton. Sin embargo, esa herencia está sujeta a algunas condiciones relativas al matrimonio de la señorita Lister.

—Eso tenía entendido —dijo Miles.

—Qué tedioso —dijo la viuda—. ¿Por qué la gente siempre tiene que complicar tanto las cosas?

—Para proteger a la heredera de los cazadores de

fortuna sin escrúpulos, milady –dijo Gaines, mirando a Miles.

Miles contuvo la sonrisa. El abogado lo había evaluado a la perfección, sin duda, aunque había muy poco que pudiera hacer.

–Como te has empeñado en ser parte de esta conversación, mamá –dijo Miles–, supongo que debería ponerte en antecedentes. La señorita Lister es una antigua sirvienta que, el año pasado, heredó la fortuna de su difunta señora...

Lady Vickery se quedó perpleja.

–Miles, querido –dijo–, no querrás decir que estás pensando en casarte con una sirvienta, ¿verdad?

–Es mejor que Miles se case con una sirvienta adinerada a que vaya a parar a la prisión de Fleet por deudas, mamá –dijo Celia.

Lady Vickery exhaló un suspiro melodramático.

–¿Tú crees? Bueno, supongo que sí. Al menos, podremos usar su dinero para pagar todas las deudas y mudarnos a su casa de Londres. No importa que no sea presentable. Bueno, importa un poco, porque la gente hablará del escándalo de que te hayas rebajado tanto, Miles, pero tendremos que aguantarnos. Podemos dar alguna excusa para explicar que tu esposa no se presente en sociedad. Quizá que es de salud delicada. Todos sabrán que mentimos, pero así no tendremos que mostrarla en público...

–Mamá –dijo Miles–, la señorita Lister tiene unos modales perfectos y es muy presentable.

–Supongo que será fea como el demonio –dijo lady Vickery–, porque tiene que tener algo malo.

Nicola Cornick

¡Una sirvienta! Tendrá las manos como jamones por haber hecho tanto trabajo manual, supongo...

–La señorita Lister es muy bonita, milady –dijo el señor Gaines, en un tono de vaga advertencia–. Ella adornaría el apellido Vickery.

«Más de lo que merece su familia», parecía que quería decir.

–Una sirvienta bonita –dijo Celia–. Vaya, eso es perfecto para ti, Miles. ¿A qué estamos esperando? ¡Hay que publicar las amonestaciones!

Miles miró a los abogados. Ambos tenían un semblante muy grave.

–Hay una condición, tal y como ha dicho el señor Gaines –murmuró–. Los fiduciarios de la señorita Lister tienen que estar de acuerdo en que soy un pretendiente adecuado. De hecho, creo que tengo que demostrárselo durante un periodo de tres meses –dijo, y arqueó las cejas interrogativamente–. ¿Gaines? ¿Churchward? ¿Creen que tengo la más remota posibilidad?

–Me pone en una situación muy difícil, milord –dijo el señor Churchward–. Es muy peliagudo –añadió, sacudiendo la cabeza–. Espero que no le moleste que le diga que hubiera preferido que no eligiera a la señorita Lister, precisamente. Como abogado de su familia, tengo que aconsejarle que se case con una heredera, pero como fiduciario de la señorita Lister, tengo que decir que es usted un pretendiente inapropiado, que no está a la altura, y sería muy negligente por mi parte dar permiso para que se lleve a cabo esta boda.

–Entonces, no tengo su aprobación –dijo Miles–. Y usted, señor Gaines, ¿tiene la misma opinión?

La dama inocente

—No, milord —dijo el abogado—. Yo lo diré con más crudeza que el señor Churchward. Opino que es imposible que me convenza de su validez. Es usted un vividor, un jugador y un cazafortunas...

—¡Oh, eso no es cierto! —dijo lady Vickery—. ¡Miles no apuesta!

—Lord Vickery nunca ha mantenido en secreto sus aventuras, señora —dijo Gaines—. Tuvo como amante a una conocida cortesana...

—¡Delante del niño no! —exclamó lady Vickery, mientras le tapaba los oídos a Philip.

—La relación entre la señorita Caton y yo ya terminó —dijo Miles—. Estoy completamente reformado.

A Celia se le escapó un resoplido de incredulidad, y Gaines sonrió con frialdad a Miles.

—Eso está por ver —dijo—. Además, también está el asunto de la señorita Bell, la hija del millonario.

—Eso fue muy desafortunado —intervino lady Vickery—. Desafortunado que plantara a Miles, quiero decir. Era la mayor heredera de Londres. Tenía unos padres horribles, claro, pero uno debe concentrarse solo en el dinero.

—Estoy al corriente de lo sucedido, señora —dijo el señor Gaines—. Lord Vickery abandonó su cortejo a la señorita Lister para hacerse con una fortuna mayor...

—Y perdió la apuesta porque solo era barón en aquel momento, y la señorita Bell quería un conde —dijo Celia, sonriendo—. Ahora que Miles es marqués, estará tirándose de los pelos.

—Esos caprichos del destino dan al traste con el más cuidadoso de los planes —dijo lady Vickery—.

Nicola Cornick

Sin embargo, le está bien empleado a esa muchacha.

—Admito —dijo Miles—, que todo este asunto no habla bien de mí.

—Eres un bellaco —dijo Celia.

—Gracias, Celia. Agradezco mucho tu ayuda.

—Creo que su hermana ha resumido la situación con precisión —dijo Gaines.

—Así pues —preguntó Celia con las cejas arqueadas—, ¿tampoco da su aprobación?

Churchward volvió a consultar sus documentos, evitando la mirada de Miles. Gaines, por el contrario, miró a Miles directamente, sin rehuir la tensión del momento.

—El señor Gaines y el señor Churchward no pueden rechazarme en este momento —dijo Miles suavemente—. Si cumplo la condición de lady Membury, que consiste en demostrar que soy un caballero honesto y respetable durante un periodo de tres meses, entonces deberán acceder a los deseos de la señorita Lister y permitir la boda.

—¡Tres meses! —exclamó lady Vickery—. Eso es un poco ambicioso para ti, querido.

—Casi imposible, como ha dicho el señor Gaines —añadió Celia.

—En absoluto —dijo Miles—. Me he reformado para merecer la mano de la señorita Alice.

Se dio cuenta de que Gaines apretaba los labios con desaprobación.

—No entiendo el motivo por el que la señorita Lister ha decidido considerarlo como un pretendiente aceptable, milord —dijo.

Él sonrió vagamente.

La dama inocente

—Quizá la señorita Lister me tenga lástima por estar totalmente endeudado y por tener sobre mi cabeza una maldición familiar. O tal vez piense que necesito cambiar mi forma de ser, y que ella es la mujer más adecuada para reformarme.

El señor Churchward miró a Gaines, que sacudió la cabeza con exasperación.

—Es cierto que la señorita Lister se dedica a unas cuantas causas perdidas —dijo el señor Churchward resignadamente—, pero en este caso...

—¿Piensa que se ha excedido? —murmuró Miles.

—Creo, milord —respondió Churchward sin miramientos— que la señorita Lister está muy equivocada. ¡Reformarlo a usted! ¡Eso es algo del todo improbable!

—Estoy impaciente por conocerla, Miles —dijo Celia—. Una devota de las causas perdidas, ¿eh? Quizá sea la mujer más conveniente para ti.

—Eso creo yo —dijo Miles, y se volvió hacia los abogados—. Si consigo cumplir las condiciones de lady Membury, y me comporto como un caballero respetable durante tres meses, ustedes no podrán negarse a dar su consentimiento, ¿verdad, caballeros?

De nuevo, los abogados se miraron.

—No, milord —admitió Gaines con reticencia—. No podemos. Al menos, espero que la señorita Lister haya decidido no anunciar el compromiso hasta que usted haya cumplido con los requisitos.

—Por desgracia, eso ha hecho. Y yo he accedido.

—Entonces, quizá no haya perdido la razón completamente —dijo Gaines.

—Le aseguro que la señorita Lister ha tomado la

decisión en pleno uso de sus facultades –dijo Miles–. Es una mujer admirablemente fuerte y resuelta –añadió, y asintió con amabilidad hacia los abogados–. Estoy deseando cumplir los términos del testamento de lady Membury y hacer el anuncio oficial del compromiso a su debido tiempo –sonrió–. Ya verán, caballeros, lo respetable que puedo ser cuando hay una fortuna en juego.

Capítulo 7

—Si esto es la flor y nata de la sociedad de Fortune's Folly —dijo Lizzie Scarlet, abanicándose con irritación junto a Alice, mientras las dos observaban el salón de baile del Hotel Granby, aquella noche—, entonces será mejor que me resigne a quedarme soltera. ¡Fortune's Folly en invierno es tan aburrido! No hay un solo caballero en este salón que me agrade, Alice, salvo tu hermano Lowell, y tú no le vas a dejar que flirtee conmigo. Así que, ¿dónde está la diversión?

—Lo que pasa es que estás enfadada porque lord Waterhouse ha venido al baile con la señorita Minchin —respondió Alice—.

Lizzie había estado de muy mal humor durante toda la velada. Y a decir verdad, también Alice se sentía malhumorada y nerviosa. Había esperado ver a Miles, y sin darse cuenta, lo había buscado con la mirada nada más llegar al salón. Al darse cuenta de que no estaba, se sintió enfadada y desairada. Era algo típico del increíble engreimiento de Miles: pedirle que asistiera al baile y que le reservara un baile, y después no presentarse.

Lizzie seguía refunfuñando sobre Nat Waterhouse.

—Eres muy poco razonable, Lizzie —dijo Alice—. El pobre lord Waterhouse debe dedicarle un poco de tiempo a su prometida. Sabes que al final vendrá contigo, porque disfruta demasiado de tu compañía como para no hacerlo.

Alice vio la sonrisita de petulancia de Lizzie mientras su amiga contemplaba su triunfo final sobre la pobre Flora Minchin. Sin duda, Lizzie no había pensado ni por un segundo cómo podía sentirse la señorita Minchin por tener un prometido que pasara tanto tiempo con otra mujer.

Lady Elizabeth Scarlet estaba muy segura de su poder, pensó Alice, ¿y por qué no iba a estarlo, si era rica, bella y noble, y tenía toda la seguridad en sí misma que proporcionaban los privilegios heredados? Con un maravilloso vestido de seda turquesa, Lizzie mostraba todo su aplomo y su elegancia innatos.

Era brillante, pensó Alice, del mismo modo que Miles Vickery también tenía una cualidad aristocrática, pese a que fuera más pobre que una rata.

Alice suspiró.

Al contrario que Lizzie, ella se sentía insegura cada vez que asistía a un evento social. Había tomado clases de baile y podía conversar y jugar a las cartas y hacer todas aquellas cosas que hacían las herederas debutantes, pero cada día era más consciente de las miradas de reojo y de los comentarios y los susurros. Pensó que siempre sería igual. Ni siquiera con su vestido rosa, que Lizzie y Lydia habían alabado con admiración, conseguiría sentir la confianza que le faltaba.

Uno de los admiradores de Lizzie, un joven capitán de la armada llamado John Jerrold, se acercó para pedirle el cotillón. Lowell llegó un segundo después con un par de vasos de limonada y le entregó uno a su hermana.

–Ya veo que he perdido la oportunidad de hablar con lady Elizabeth –dijo con su perezoso acento de campo, mirando su vaso–. No puedo tomar este brebaje horrible, y en el Granby nunca sirven cerveza durante los bailes.

–Daría cualquier cosa por verte bebiendo cerveza en el salón de baile delante de la duquesa de Cole –dijo ella, señalando con un gesto de la cabeza a la madre de Lydia, que estaba en la esquina de las carabinas, rodeada de sus amigas.

Faye Cole se las había arreglado para superar el escándalo del embarazo de su hija siendo la primera en condenar a Lydia, y había seguido en su lugar de árbitro de la sociedad rural. Alice no la soportaba. Tampoco la soportaba la señora Lister, que culpaba a la duquesa de ser la artífice de su exclusión social. De vez en cuando, las dos mujeres se miraban como boxeadores profesionales.

–Seguramente, habrá sido un duro golpe para la duquesa que las plumas de mamá sean más altas que las suyas –continuó Lowell–. ¿Es que no puedes impedirle que compre esos tocados tan espantosos, Allie? ¡Parece una cacatúa con esa cresta!

—No se me ocurriría aguarle la fiesta a mamá, Lowell. Si quiere llevar perlas, plumas y rosas artificiales, es cosa suya.

—Pero esta noche lo lleva todo junto —dijo Lowell—. Parece que ha tenido un accidente con un carrito de flores.

—No sé por qué te importa tanto —dijo ella, tomando a su hermano del brazo—. A ti nunca te ha preocupado lo que decía la gente.

Lowell se encogió de hombros. Tenía una expresión taciturna que quedaba extraña en sus rasgos hermosos, abiertos. Normalmente era la más serena de las personas, pero Alice tenía la impresión de que aquella noche estaba preocupado por algo.

—¿Lowell? —preguntó—. No sentirás algo por Elizabeth, ¿verdad?

La expresión sombría de Lowell se desvaneció, y le dedicó a su hermana una sonrisa resplandeciente.

—¡Dios Santo, claro que no! ¿Te has creído que yo estaba de mal humor porque prefiere a un mojigato de la nobleza que a mí? Lady Elizabeth está muy lejos de mi alcance. Además, no encajaríamos.

—No —convino Alice—. Ella necesita a alguien menos tolerante que tú.

—Necesita crecer —dijo Lowell sin ambages—. Está muy mimada.

—Ha sido muy buena amiga mía —dijo Alice, aunque no lo contradijo, exactamente—. Eso se lo agradezco mucho —dijo su hermano, y la miró fijamente—. Sin embargo, tú no eres feliz, ¿verdad, Allie?

La dama inocente

Alice se quedó asombrada de su perspicacia.
—¿Qué quieres decir? Claro que sí...
—No, no es cierto. Ni yo tampoco, y mamá es la más infeliz de todos. Odia que la desairen de esta forma —dijo, e hizo un gesto con el que abarcó todo el salón de baile con sus filas ordenadas de danzantes, cuyos reflejos se repetían interminablemente en las filas de espejos que adornaban las paredes—. Es raro, ¿no crees? Cuando tienes hambre y estás agotado de trabajar, piensas que el dinero curará todos tus males, pero no es así.
—Cura muchos males —dijo Alice.
—Pero no te quita la sensación de que te has metido en el lugar equivocado. Yo estoy empezando a hartarme de que nos traten con condescendencia. Este no es nuestro mundo. Si lo fuera, tú no estarías ahí, sin que nadie te saque a bailar.
—El único motivo por el que no estoy bailando es que he rechazado la propuesta de matrimonio de tantos caballeros de los que están en este salón que ya no queda ninguno al que le interese. Salvo a ti, claro. Si nosotros no encajamos aquí, por lo menos sí podemos destacar con estilo.

Lowell sonrió y dejó aquel tema de conversación mientras llevaba a su hermana hacia la formación para la danza folclórica que iba a comenzar.

—Supongo que baila bien para ser un granjero —Alice oyó el comentario de la duquesa de Cole al pasar a su lado durante el baile—, ¡pero nunca habría pensado que vería a un peón de granja bailando en el Granby!

Lowell se echó a reír, ejecutó un paso especialmente ostentoso bajo la mirada de desaprobación de la duquesa y, al final, le hizo una reverencia a Alice.

–Será mejor que vuelva al establo –dijo con su mejor acento rural–. Ya es muy tarde y tengo que ordeñar pronto a las vacas. De todos modos, es una pesadez tener que acompañar a mi hermana cuando preferiría estar revolcándome con una lechera en un montón de paja.

–¡Lowell, cállate! –le dijo Alice, arrastrándolo para alejarlo de Faye Cole, que había cacareado como una gallina indignada–. ¡La gente te va a creer!

–¿Y quién dice que estoy mintiendo? –le preguntó Lowell sin arrepentimiento alguno. Miró por encima del hombro de su hermana, y su expresión cambió de repente–. Alice...

–Buenas noches, señorita Lister.

Alice se dio la vuelta. Miles Vickery estaba tras ella, con un traje de noche impecable. A ella se le encogió el estómago al verlo. Se le cortó la respiración. Miles la tomó de la mano. Decidida a no dejarle ver lo mucho que le había afectado su aparición, sonrió con frialdad.

–Lord Vickery –dijo–. ¿Sigue bien?

Miles sonrió.

–Perfectamente, señorita Lister, muchas gracias. La Maldición de Drum todavía no ha terminado conmigo.

Alice se dio cuenta de que Lowell se estaba moviendo con impaciencia a su lado. Parecía que no daba crédito al hecho de que Miles se hubiera acercado a ella, lo cual no era de extrañar, teniendo en cuenta su relación previa. Ella miró de reojo a su hermano y vio que tenía el ceño fruncido con ferocidad.

La dama inocente

–Alice –dijo Lowell, nuevamente.

Alice se giró hacia él y lo tomó del brazo con fuerza, pidiéndole con aquel gesto que se comportara con corrección.

–Lo siento –dijo–. Lord Vickery, ¿me permite presentarle a mi hermano, Lowell Lister? Lowell, te presento a Miles Vickery, el marqués de Drummond.

Le apretó el brazo a Lowell de nuevo.

Miles le tendió la mano a Lowell.

–¿Cómo está, señor Lister? –dijo amablemente. No adoptó el aire de superioridad que la mayoría de la aristocracia local demostraba a la familia Lister, la condescendencia del grande reconociendo al inferior. Alice se dio cuenta, y se quedó sorprendida.

Sin embargo, Lowell ignoró tanto la mano como el saludo.

–Sé quién es usted –dijo–. Es el... aristócrata... que hizo una apuesta en relación a mi hermana el año pasado –añadió en un tono amenazador.

A Alice se le cortó la respiración.

–Lowell...

–Sí –dijo Miles–. Aunque ahora lo lamento profundamente.

–Veinte guineas por la virtud de mi hermana, o eso tengo entendido –prosiguió Lowell con desprecio.

–No es correcto –respondió Miles–. Fueron treinta guineas.

Alice tomó aire bruscamente. ¿Por qué no había previsto que pudiera ocurrir aquello? Aquel era un momento muy inconveniente para que Miles comenzara a decir la verdad sobre todas las cosas. La tensión que emanaba de Lowell era palpable. Apretó los puños.

—Cuando mi madre me dijo que quería retomar su amistad con Alice, pensé que era un error –dijo Lowell, con los ojos entrecerrados de furia–. ¿Es cierto que quiere casarse con ella por su fortuna?

—Mi interés no radica solo en la fortuna de la señorita Lister –respondió Miles, dejando claro lo que quería decir. Alice se ruborizó, y Lowell dio un paso hacia delante.

—Lowell –dijo ella–. Aquí no. Ahora no.

Lowell la miró.

—No me puedo creer que estés dispuesta a soportar la compañía de este sujeto durante un segundo, Alice.

—Es complicado –dijo ella, poniéndole la mano a su hermano sobre el brazo para aplacarlo–. Lord Vickery y yo tenemos un trato. Te lo explicaré más tarde. Por favor, deja esto...

—Me está defendiendo –dijo Miles–. Es muy amable.

—Estoy intentando evitar una escena en público –respondió ella con tirantez. Exhaló un suspiro cuando Lowell se sacudió su mano del brazo y se alejó–. Quizá deba seguirlo e intentar darle una explicación.

—No lo haga –dijo Miles–. Se ha ido a la sala de juego. Solo conseguirá provocar especulación si lo sigue allí. Lo peor es que seguramente está tan furioso que va a perder. Inconveniente, cuando es usted la que paga las cuentas, pero así es.

Alice lo miró con exasperación.

—¿Por qué tenía que provocarlo así?

La dama inocente

—Estaba diciendo la verdad —respondió Miles—. Estoy obligado a hacerlo para cumplir con las condiciones del testamento de lady Membury, por si no lo recordaba —añadió. La tomó del brazo y la alejó de las miradas de curiosidad de los invitados—. ¿Se supone que tengo que mentir y decir que no la deseo, señorita Lister?

—¡Sí! ¡No! ¡No lo sé! ¡No me di cuenta de que las cosas serían así!

—Pues los términos del testamento me obligan a ser honesto. Quería la verdad de mí, señorita Lizzie, y va a tener la verdad. Tendrá que enfrentarse a ello.

Alice se mordió el labio y sacudió la cabeza con vehemencia.

—Usted mismo dijo que había buenas razones sociales para no decir siempre la verdad.

—Y las hay. Acaba de experimentar una de ellas —dijo Miles, y se rio—. Nunca le diga al hermano de una joven que la desea. Es buscarse problemas.

—¡Podía haberlo retado!

Miles se encogió de hombros.

—Sé que usted habría venido en mi rescate antes de que ocurriera eso. Tal y como ha ocurrido.

—No se lo merecía.

—Eso también es cierto. Yo no me merezco nada de usted.

Aquella aceptación, su completa falta de emoción, hicieron que Alice parpadeara, hasta que recordó que Miles Vickery tenía hielo en vez de sangre en las venas.

No le importaba que ella fuera amable con él o no. No era su amabilidad lo que quería.

–Es probable que Lowell no vuelva a dirigirme la palabra –dijo con tristeza.

De repente, se sentía muy sola y consternada por haber perdido el apoyo de su hermano tan rápida e inesperadamente.

Sabía que debía haber afrontado la situación y haberles contado que había aceptado la proposición de matrimonio de Miles, pero no había encontrado el momento adecuado. Y nunca lo encontraría. Su madre se entusiasmaría y no haría preguntas difíciles, pero Lowell, Lizzie y Lydia la conocían demasiado bien como para aceptar cualquier explicación superficial, y a ella no se le ocurría ninguna convincente.

–Lowell cederá, al final –le dijo Miles–. Y hablará conmigo. Pensaré en un modo de suavizar las cosas. No serviría de nada enemistarme con mi futuro cuñado.

–Todo esto me asusta –dijo Alice en voz baja–. No me gusta nada usted. Espero que las condiciones del testamento le pongan las cosas muy difíciles.

–Y así es –respondió él. Elevó la mano hasta la mejilla de Alice y le rozó la piel con el guante, suavemente. Sus ojos castaños se habían oscurecido–. Tenga mucho cuidado con lo que desea, señorita Lister –dijo–. Las condiciones del testamento también pueden ponerle las cosas un poco difíciles a usted, porque mi honestidad me obliga a decirle ahora cuánto la deseo.

Se quedó callado y se inclinó hacia ella, y pese a que el salón de baile estaba abarrotado y a que la gente que estaba cerca de ellos los miraba con curiosidad, Alice tuvo la absoluta convicción de que estaba a punto de besarla. Él estaba tan cerca que ella, instintivamente, cerró los ojos. Al instante, sus otros sentidos tomaron las riendas. Oyó la respiración de Miles, percibió la fragancia de su colonia y la esencia de su cuerpo, un olor que se le subió inmediatamente a la cabeza y que hizo que le diera vueltas. Sabía que estaba a pocos centímetros de ella, pero, de repente, sintió que se apartaba y abrió rápidamente los ojos.

Miles se había erguido con un suave juramento, y Alice se dio la vuelta y vio a una mujer alta, bastante delgada, que se acercaba a ellos con determinación. Tenía los mismos ojos y el mismo pelo castaños que Miles, y una mirada de inteligencia.

—Celia, no había olvidado que mamá y tú me habíais pedido que os presentara a la señorita Lister —dijo Miles—. Iba a llevarla con vosotras.

—Tardabas tanto que mamá me envió a buscarte —dijo Celia Vickery, y le tendió la mano a Alice—. ¿Cómo está, señorita Lister?

—Es mi hermana, Celia —dijo Miles—. Me disculpo por ella con antelación. Es completamente terrorífica.

Celia Vickery fulminó a su hermano con la mirada y sonrió a Alice.

—Estaba impaciente por conocerla, señorita Lister. Tenía muchas ganas de conocer a la mujer tan valiente, o tan inconsciente, como para aceptar una proposición de matrimonio de mi hermano. Ya sabe que es un cazafortunas, así que no puede haberse hecho muchas ilusiones con respecto a él. Me temo que tiene muy pocas virtudes, aparte de su marquesado y lo guapo que es, y usted no me parece una boba que se deje impresionar por ninguna de esas dos cosas. ¿Está segura de que no desea pensarlo mejor?

Alice miró a Miles. Su postura denotaba tensión. Estaba observando a su hermana, pero no con la aceptación y el afecto que Alice sentía por Lowell, por ejemplo, sino con una absoluta cautela.

Alice sonrió a Celia.

–Es un placer conocerla, lady Celia –dijo–. Estoy segura de que tiene razón en cuanto a que su hermano no posee demasiadas cualidades. Lo voy a aceptar por lástima, y con la inquebrantable creencia de que la Maldición de Drum terminará pronto con él y me dejará viuda.

Celia soltó una carcajada.

–¡Por lástima! ¡Qué maravilla! –exclamó, y miró a Miles con malicia–. No creo que ninguna otra mujer haya sentido lástima por ti, Miles.

–Estoy dispuesto a aceptar cualquier cosa que me ofrezca la señorita Lister –dijo Miles suavemente, mirando a Alice significativamente.

–Mmm, bueno, no la creo en absoluto, señorita Lister –dijo Celia Vickery–, pero seguro que tiene sus razones, y no voy a presionarla. ¡Oh, ahí está el señor Gaines! Por favor, discúlpeme. Voy a ir a importunarlo para que me saque a bailar. Es muy raro que encuentre a un hombre lo suficientemente alto como para que sea mi acompañante, y cuando además es capaz de mantener una conversación inteligente, es un verdadero premio –explicó. Después, con una sonrisa para Alice y un asentimiento para Miles, se alejó.

La dama inocente

–Por lástima –dijo Miles pensativamente, mientras se alejaba su hermana–. Buena forma de ponerme en mi sitio, señorita Lister.

–Pues sí –dijo Alice.

Observó que Celia se acercaba a Frank Gaines, que estaba junto al señor Churchward en una esquina del salón. El señor Churchward sostenía entre las manos un vaso de limonada, y tenía aspecto de sentirse incómodo. El señor Gaines estaba tomando ron caliente y parecía que estaba muy relajado, impertérrito ante las miradas de disgusto que le lanzaba la duquesa de Cole.

–Veo que mis abogados están aquí esta noche para asegurarse de que usted se comporta de un modo respetable, milord –dijo Alice, sin poder contener la sonrisa–. ¡Qué tedioso para usted! ¿Cree que van a seguirlo a todas partes durante estos tres meses?

–Probablemente –dijo Miles–. Estoy seguro de que van a quedar muy decepcionados con lo intachable que es mi vida. El señor Gaines, sobre todo, está empeñado en pescarme in fraganti, y en protegerla a usted de mis peligrosos hábitos.

–Bueno, para eso le pago –dijo Alice.

Miró a Gaines y vio que le entregaba su vaso a Churchward, que no sabía qué hacer con él, y le ofreció a Celia Vickery la mano para la danza que se estaba formando.

–Creo que su hermana es maravillosa –murmuró, y miró a Miles–, pero, dígame, ¿le desagrada usted de verdad o es solo su forma de ser?

Miles se quedó callado durante un rato, con una expresión de arrepentimiento.

Nicola Cornick

—La honestidad me obliga a decir que no conozco bien a Celia, por lo que no puedo responder con seguridad —dijo, al final.

Alice se sorprendió mucho.

—¿Y cómo es que no la conoce?

—No todo el mundo tiene una relación tan cercana con sus hermanos como usted la tiene con Lowell, señorita Lister —dijo Miles—. Yo llevo mucho tiempo distanciado de mi familia, así que no he tenido la oportunidad de forjar vínculos estrechos con ellos.

—No lo sabía. Debe de haber sido difícil para usted.

Miles se encogió de hombros.

—No tiene por qué sentir lástima de mí —dijo con tirantez—. Me las he arreglado para vivir tolerablemente bien sin ellos.

Alice frunció el ceño.

—Pero, ¿no le dolía estar separado de su familia?

La mano de Miles se tensó en el brazo de Alice.

—Señorita Lister, no quiera dotarme de sentimientos que no poseo. Le aseguro que no estoy dolido.

Entonces, como Alice cabeceara ligeramente con incredulidad, él añadió, bruscamente:

—¿Le parezco vulnerable, señorita Lister?

Alice lo miró, y se le cortó la respiración al ver su expresión amenazante.

—No —susurró—. Parece usted...

¿Viril? ¿Peligroso?

Un hombre que estaba dispuesto a chantajear a una mujer para quedarse con todo su dinero no podía ser débil ni indefenso. Tampoco merecía su comprensión. Alice se estremeció, y supo que él lo notaba.

—Exactamente —dijo Miles—. Guarde su conmiseración para una causa más justa. Y ahora, ¿me permite que le presente a mi madre, señorita Lister? —dijo con formalidad—. Ella está al corriente de nuestro compromiso y, como ha dicho Celia, quiere conocerla enseguida.

—Seguro que sí —dijo Alice.

Miles le había hecho la pregunta con cortesía, pero ella sabía que no tenía más remedio que cumplir sus órdenes. Aquella amabilidad era solo fachada.

Él la miró de reojo.

—Y esta vez va a complacerme mostrando entusiasmo por nuestro compromiso, señorita Lister —dijo, como si fuera un eco del pensamiento de Alice.

—Demostraré todo el entusiasmo que pueda, milord —dijo ella con frialdad.

Al contrario que su hija, lady Vickery era una mujer de estatura baja, y Alice pensó que debía de haber sido uno de los diamantes de la temporada social en la que debutó.

Todavía era una mujer muy bella, con unos rasgos faciales perfectos, una figura muy esbelta y el pelo color caoba, sin un rastro de blanco. Su presencia en el salón de baile de Granby había causado interés, y la duquesa de Cole tenía cara de sentirse molesta por tener una rival para el papel de gran dama del vecindario.

Quizá lady Vickery solo fuera la viuda de un barón, pero aquel barón también había sido obispo, y lady Vickery era hija de un vizconde y tenía relaciones familiares con la casa real de Inglaterra. Faye Cole, por otra parte, era duquesa, pero antes de casarse solo era la señorita Bigelow, hija de un magnate del carbón.

–¡Querida mía! –exclamó lady Vickery, y le tomó a Alice ambas manos en cuanto estuvieron frente a frente, atrayéndola hacia la silla contigua a la suya–. Parece usted una joven muy compasiva. ¿No puedo convencerla de que se case con mi hijo inmediatamente, dejando a un lado condiciones y requisitos tediosos? ¿Lo haría, al menos, por mí?

Alice se estaba riendo mientras se sentaba junto a la viuda.

–Realmente, la suya es una forma de aproximación muy poco común, señora –comentó.

–¿Puedo dirigirme a usted como madre? –insistió la viuda–. Estoy absolutamente desesperada por que se case usted con Miles, querida. ¿No podrían fugarse, y confundir así a los abogados? Miles no podrá comportarse bien durante tres meses. Es demasiado tiempo. Además, debo ser franca y confesarle que somos muy pobres, y la necesitamos. ¡La necesitamos ahora! Además, existe una maldición familiar que nos va a destrozar la vida, y que me está volviendo loca. Una no puede tomarse a la ligera algo como una maldición, ¿sabe? Y, aunque todos sabemos que Miles es un vividor, y sería absurdo fingir lo contrario, yo le tengo cariño, y no deseo que muera de una manera horrible.

Alice miró a Miles. Su expresión era pétrea. En aquella ocasión, él le devolvió la mirada sin emoción alguna.

La dama inocente

—Qué interesante es saber que su madre se preocupa tanto por usted, milord —dijo Alice—. ¿Qué ha hecho para merecer su amor?

Miles se rio con aspereza.

—Eso es un privilegio de las madres, aunque ese afecto no esté justificado.

Alice se volvió hacia la viuda.

—Querida señora —dijo con gentileza—. Es normal que, siendo la madre de lord Vickery, sienta tal cariño por él. Me imagino que la mayoría de las madres conocen los defectos de sus hijos y de todos modos los quieren.

—¡Sabía que lo entendería, señorita Lister! —exclamó lady Vickery—. Es usted una joven deliciosa. Y muy bonita, tal y como dijo el señor Gaines. Sí, verdaderamente, mucho más bonita de lo que yo había imaginado —se echó un poco hacia atrás y miró con apreciación el vestido rosa de Alice—. Además, tiene buen gusto, para ser de provincias.

—Y muy buenos modales, mamá —intervino Miles—, al contrario que Celia y tú, que habéis sido lamentablemente directas con la señorita Lister.

—¿Qué he dicho? —preguntó lady Vickery—. Solo lo que piensa todo el mundo, estoy segura, puesto que la señorita Lister fue doncella y podía haber sido impresentable...

—Veo que se acerca mi madre —murmuró Alice, divertida, a su pesar, al comprobar que la elegante y aristocrática lady Vickery tenía tanta tendencia a meter la pata—. Si me lo permite, señora, me gustaría presentársela.

—¡Por supuesto! —exclamó lady Vickery con una sonrisa resplandeciente—. ¡Por supuesto! Seguro

NICOLA CORNICK

que ella pensará lo mismo que yo: que el matrimonio entre Miles y usted debe celebrarse cuanto antes. Nosotras, las madres, debemos ponernos a pensar juntas e idear una manera de convencer al señor Gaines y al señor Churchward de que pasen por alto esas condiciones... –le apretó la mano a Alice–. Debería saber, señorita Lister, que no es solo para que Miles pague sus deudas y eluda la maldición de Drum. Tiene un hermano pequeño, Philip, que heredará si Miles muere, y quedaría acosado por las deudas y con la maldición sobre su cabeza siendo solo un niño.

–¡Mamá! –exclamó Miles, cuya voz sonó seca como un latigazo. Lady Vickery y Alice se sobresaltaron–. Ya has importunado lo suficiente a la señorita Lister –dijo, moderando el tono–. Por favor, no digas nada más.

–Pero, Miles, querido... todos sabemos que tú no querrías que le ocurriera nada malo a tu hermano pequeño...

–Mamá, te lo ruego. Ya has dicho suficiente.

En aquella ocasión, Miles reaccionó con enfado, y lady Vickery se quedó dolida. Alice se apresuró a suavizar la situación. Lady Vickery era demasiado buena para su hijo.

–Entiendo, señora –dijo–. Aunque lord Vickery no me había hablado de su hermano pequeño, sin duda para no influirme excesivamente –añadió, mirando a Miles con ironía–, es evidente que sería antinatural que no se sintiera horrorizado al pensar en que la Maldición de Drum recayera sobre él.

Lady Vickery sonrió.

–Sabía que lo entendería –dijo de nuevo–. Mi querida señorita Lister, es usted una joven encantadora, y así se lo diré a su madre...

Entonces, soltó a Alice y le tendió la mano a la señora Lister, que ya se había acercado a ellos, como si fuera un cisne, pensó Alice, vestida de azul con un tocado de plumas blancas.

—Querida señora —dijo la viuda teatralmente—, estoy encantada de conocerla. Su hija es deliciosa, y mi mayor deseo es que se case con mi hijo.

—¡Oh, y el mío también! —respondió la señora Lister con sentimiento. Miró a Alice con esperanza e incredulidad al mismo tiempo—. No puedo creer que mi hija vaya a aceptar a lord Vickery. Ha rechazado diecinueve proposiciones antes, pero en fin... lord Vickery es marqués, y ninguno de sus pretendientes anteriores era más que conde...

Alice suspiró.

Miles la miró con sorpresa.

—¿Diecinueve pretendientes? —preguntó él—. Qué solicitada está, señorita Lister.

—Querrá decir que qué solicitado está mi dinero —lo corrigió Alice—. Y habrían sido veinte negativas —añadió en voz baja, para que solo él pudiera oírla—, de no ser porque usted encontró una forma de coaccionarme, milord.

—Gracias por recordármelo, señorita Lister —dijo Miles secamente—. No deseo olvidar que este no es un compromiso corriente.

—Al menos, mi madre es feliz —dijo ella, observando a la señora Lister hablando animadamente con lady Vickery—. No puedo creer que ya sean amigas del alma —añadió, cabeceando suavemente.

Al ver que los labios firmes de Miles se curvaban

en una sonrisa, sintió un cosquilleo en el estómago y encogió los dedos de los pies.

—Están unidas por un deseo muy poderoso, señorita Lister —dijo él suavemente—. Las dos quieren que usted se convierta en marquesa de Drummond. Todos queremos.

—Por una razón muy equivocada —dijo Alice amargamente. Después miró a Miles—. Hábleme de su hermano, lord Vickery. Me ha interesado mucho lo que estaba diciendo su madre.

Miles soltó una carcajada seca.

—¿Es esta su venganza por mi chantaje, señorita Lister? ¿Hacerme preguntas embarazosas sobre mi familia y obligarme a decir la verdad?

—Si quiere verlo así... —dijo Alice—. Satisfaga mi curiosidad, lord Vickery. ¿Cuántos años tiene su hermano?

Hubo una pausa. Miles tenía una expresión neutral, pero Alice percibió un conflicto en él, un conflicto que ella no entendía.

—Philip tiene dieciséis años —dijo él después de un momento.

—Mmm —dijo Alice—. Su madre dice que le tiene mucho afecto. Sería usted un hombre muy insensible si no le importara el futuro de un niño de dieciséis años.

—Sí —dijo Miles.

—¿Y podría ser ese hombre?

—Sí, podría serlo fácilmente —dijo él. Agarró por los brazos a Alice de un modo tan repentino que ella no pudo evitar que se le escapara una exclamación de sorpresa—. No busque bondad en mí, señorita Lister. No la encontrará. A mí no me importa nadie.

La dama inocente

—Pero su madre...

—Se engaña a sí misma —dijo él, y la soltó rápidamente—. Se siente feliz pensando en que yo quiero a mi familia, así que yo le permito que lo crea. La verdad es que es ella quien se preocupa por Philip, no yo.

Alice se frotó los brazos.

—¡Pero a usted también debe de importarle! ¡Es su familia!

—Ya le he dicho que apenas los conozco y que no tengo deseo de cambiar esa situación.

Miles hablaba con mucha frialdad, como si ella estuviera traspasando un límite peligroso.

Alice, sin embargo, era obstinada.

La testarudez era uno de sus peores defectos. Sabía que lo correcto y educado era cambiar de tema, pero un instinto tenaz la empujó a presionarlo más.

—No es tan frío ni tan insensible como dice —insistió—. Quiere casarse con una mujer rica, sí, pero no solo por salvarse usted de la quema, sino también para salvar a su hermano de las deudas y a su madre de la humillación de ver cómo se venden todas sus posesiones y sus derechos de nacimiento. Esa es la razón por la que es un cazafortunas.

Miles se echó a reír. Parecía que aquello le había divertido de verdad.

—No me atribuya cualidades ni motivaciones que no poseo, señorita Lister —volvió a decirle—. Lo que quiere decir es que desearía que yo no fuera frío ni insensible. Quiere dar con una razón aceptable para mi comportamiento. Por desgracia, no existe. No puedo cumplir con sus expectativas sobre mí. Soy tan cruel como parezco, no siento cariño por mi familia y quiero casarme con usted solo para librarme de la prisión y para acostarme con usted. ¿Es lo suficientemente honesto? –preguntó, y sonrió de manera sombría al ver la expresión de horror de Alice–. Y ahora, ¿le apetece bailar? Después de todo, estamos fingiendo que tenemos un compromiso perfecto.

Alice se alejó un poco de él. Intentó respirar con calma y controlar su pulso errático. Era cierto, él había conseguido espantarla. Quería que admitiera que le importaba algo, que él merecía la pena. En vez de eso, le había confirmado que no había nada que le importara, ni nadie.

La crudeza con la que lo había hecho la dejó sin aliento, y dolida.

–Puedo fingir que siento devoción por su título –le dijo ella, con ganas de vengarse–, o que siento lástima por su maldición familiar, pero no voy a fingir que esto es un cortejo perfecto, ni que estoy enamorada de usted, milord.

Miles la tomó del brazo otra vez. La sacó del recargado salón de baile y la guio hacia el invernadero. Alice sintió el aire fresco y calmante contra la piel. A través del tejado de cristal veía las estrellas brillando en la negrura del cielo de invierno, y oía el sonido de la fuente, escondida entre las sombras. Miles la alejó de la puerta del salón y se la llevó hacia la oscuridad. No la soltó hasta que estuvieron alejados de las miradas curiosas. La única luz que había en aquel rincón oscuro era la de un aplique de la pared, y por su brillo, Alice pudo ver la expresión dura e inflexible de Miles.

–Quizá no me explicara bien ayer –dijo él en voz

La dama inocente

baja–. En privado, estamos comprometidos. Soy su prometido oficial. Por lo tanto, pasaremos tiempo en compañía del otro, y espero que se comporte como si estuviera contenta por mis atenciones.

–No hay ni la más mínima posibilidad de eso, milord –dijo Alice.

Sus sentimientos estaban tan magullados que ni siquiera podía ser diplomática.

–Así será, exactamente –la contradijo él–. Si no consigue demostrar un módico entusiasmo por mi presencia, la besaré delante de quienquiera que esté alrededor, hasta que quede muy claro que está usted muy feliz de que yo la corteje.

Alice estaba indignada.

–¡Cómo se atreve!

–Y también espero que se dirija a mí por mi nombre de pila –continuó Miles como si ella no hubiera hablado–. A partir de ahora, nos tutearemos. Cuando me llamas milord pareces una sirvienta –dijo, y vio que ella se estremecía–. Prefiero que no permitas que te recuerden tu pasado.

–¡Yo no me avergüenzo de mi pasado! –exclamó Alice. La ira que había estado conteniendo se desbordó–. Sin embargo, sé que si yo todavía fuera una sirvienta, usted ni siquiera me miraría, mientras que ahora que soy una heredera, cree que puede cortejarme por mi dinero. Es usted un hipócrita, lord Vickery. Entre otras cosas.

–Oh, claro que te habría mirado –dijo él–. Y probablemente te habría acariciado, también.

–Pero no con vistas al matrimonio. Me desagrada mucho.

–No, no es verdad. Yo no te desagrado. Y ahí

NICOLA CORNICK

está la dificultad, ¿verdad? –le preguntó Miles, y la tomó de la mano. Incluso a través del guante, su contacto la abrasó–. Sabes que te deseo –dijo. Su voz se había suavizado, y su tono de voz le produjo a Alice un estremecimiento–. ¿Por qué no eres sincera y admites que también me deseas, y que hay lujuria entre los dos, seas doncella o heredera?

Miles se acercó un poco más a ella, tanto, que le rozó con el muslo la seda del vestido.

–Puede que te haya obligado a aceptar mi proposición de matrimonio, Alice, pero sabes que al final te entregarás a mí porque, en el fondo, lo deseas.

Alice volvió a estremecerse. Por supuesto, él tenía razón. A pesar de toda la desilusión que le había causado, a pesar de su traición, ella no podía negar que se sentía profundamente, inevitablemente, inquietantemente atraída por Miles Vickery. Siempre había sido así, desde el momento en que lo había conocido. No había ningún motivo racional para ello. Por lógica, podría esperarse que el desagrado que sentía por él anulara cualquier atracción que ella pudiera sentir, pero no era así. La enfurecía.

Un segundo después, se dio cuenta de que él le había leído el pensamiento con precisión, porque enarcó las cejas y sonrió sensual, burlonamente.

–Alice –dijo de nuevo.

Tenía la voz un poco ronca en aquel momento, y Alice se estremeció de nuevo. Estaba tan cerca de él que, a la tenue luz de la lámpara, veía sus pestañas doradas y el mismo color dorado salpicado en el castaño de sus ojos.

La dama inocente

Se quedó mirándolo, atrapada en el momento y en el deseo que vio en sus ojos, sabiendo que iba a besarla.

Miles la había besado antes, el otoño anterior, y ella se había quedado aturdida, abrumada. Al recordarlo, se dio cuenta de que aquel había sido el momento en que Miles había superado todas sus defensas, y ella había empezado a entregarle su corazón. Y ahora se sentía asustada, como si hubiera mucho más en juego. No quería que la hirieran otra vez. Antes había sido tonta y confiada, pero eso no atenuaba el dolor que sentía.

No se hacía ilusiones de que Miles la quisiera alguna vez, así que en aquel sentido estaba protegida de él, pero también sabía que su cuerpo traidor respondía a sus caricias con una necesidad y un deseo que era tan insaciable y tan seductor como el de él.

Se liberó de Miles y dio un paso atrás, para escapar antes de que fuera demasiado tarde.

–No quiero hablar de esto –dijo, con la voz entrecortada–. No intente darme órdenes, milord. Aceptaré sus atenciones con tanto entusiasmo como pueda reunir, hasta que usted rompa los términos del contrato y yo sea libre.

Se alejó rápidamente, abrió la puerta del invernadero y entró al salón de baile. Tenía muchas ganas de retirarse a la privacidad de su habitación, donde podría desahogarse de su frustración y su ira.

Odiaba estar en poder de Miles. No podía soportar aquella coacción, ni tampoco la insidiosa atracción que sentía por él. Y, sin embargo, ¿qué otra alternativa tenía? Estaba obligada a seguir con aquella farsa de compromiso durante el tiempo que Miles pudiera cumplir las condiciones de lady Membury.

Ojalá Dios no quisiera que Miles fuera capaz de cumplirlas durante tres meses y ella se viera obligada a casarse con él.

Aquella noche, Miles le había dejado bien claro que no tenía la capacidad de amar.

Capítulo 8

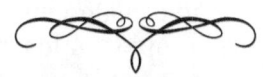

Alice se había acercado demasiado, con sus preguntas ingenuas y su maldita persistencia. Miles se quedó junto a la ventana del invernadero, observando los jardines oscuros, haciendo caso omiso del frío que estaba empezando a morderle los huesos. Alice Lister era demasiado perceptiva, y peor todavía, demasiado obstinada como para rendirse. En un momento determinado, ella le había preguntado lo que sentía por su hermano pequeño y él había sentido la misma ráfaga de ira incontrolable que lo había alejado de su familia tantos años atrás. La ira era un sentimiento tan poco práctico como el amor o la culpabilidad o el resentimiento, en opinión de Miles. Solo servía para nublar el juicio y para tomar decisiones equivocadas. Para perder el control. Podía hacer mucho daño. Y él, famoso por su cabeza fría y

NICOLA CORNICK

por su falta de sentimientos, era la última persona de la tierra que quería sentir aquella intensidad de emociones por nada ni por nadie.

Sabía que Alice se había quedado horrorizada por su crueldad. Lo había percibido en su voz. Ella había intentado obligarlo a admitir que sí le importaban los demás. Había buscado la verdad sobre él, y no le había gustado lo que había encontrado.

Una pena.

La pequeña señorita Lister debía aprender que, a veces, la honestidad era algo muy incómodo.

El viento invernal sopló por los jardines y se coló por las rendijas de las ventanas del invernadero. Miles se estremeció y buscó el calor del salón de baile. Deliberadamente, no buscó a Alice al entrar, aunque sentía un impulso irrefrenable de hacerlo. Le resultó muy difícil contenerse.

Se apoyó contra una estatua de Apolo estratégicamente situada, la cual, supuso, estaba destinada a proporcionar un toque de cultura clásica al salón de baile provinciano del Hotel Granby. A Miles le divirtió el hecho de que Apolo llevara una túnica de cintura para abajo, seguramente para proteger su desnudez y la sensibilidad de las damas de Fortune's Folly.

Al otro extremo del salón de baile, Miles vio a su hermana bailando con el señor Gaines por cuarta vez, algo escandaloso, mientras lady Vickery los observaba desde la esquina de las carabinas, con una expresión resignada en el rostro. Miles reprimió una sonrisa. Se preguntó cuál de los males le parecía más grande a su madre: si tener una hija solterona para siempre, o aceptar a un abogado como posible yerno. Ya había demostrado sus prejuicios sociales aquella noche, cuando él le había presentado a Alice. Aunque, en realidad, ni la opinión de su madre ni la de nadie más iba a tener importancia si Celia decidía que quería al señor Gaines.

Y a la viuda tampoco le faltaban admiradores de escala social más baja que la suya. El señor Pullen, magistrado, se había acercado a ella para pedirle un baile, y después de un momento de asombro, lady Vickery había aceptado.

Lizzie Scarlet vio a Miles mientras giraba ostentosamente del brazo de Lowell Lister. Estaba exhibiéndose delante de las narices de Nat Waterhouse, riéndose y charlando animadamente, y Miles sabía que Nat se daba cuenta, aunque estuviera siendo un acompañante diligente y atento con la señorita Minchin y sus padres. El compromiso de Nat con Flora Minchin se había anunciado formalmente aquella mañana tanto en el *Morning Post* como en el *Leeds Intelligencer*. Y aquella, pensó Miles, era la respuesta de Lizzie. Estaba eclipsando por completo a la pobre Flora, que parecía un ratón de campo con su recargado vestido de debutante. Lizzie, por su parte, estaba deslumbrante con un vestido de color turquesa, con su pelo rojizo como el fuego sujeto con un pasador de diamantes.

Finalmente, Miles se permitió mirar a Alice. No estaba bailando. Estaba sentada junto a la señora Lister, y Miles se dio cuenta, con el corazón encogido de repente, de que todo el mundo la ignoraba descaradamente. Estaba claro que hacía falta algo más que la compañía de lady Vickery para que los demás las consideraran a su altura. Miles vio a un grupo de jóvenes muy atildados que se creían dandis de Londres. Le daban la espalda a Alice, excluyéndola significativamente, siguiendo el ejemplo de las damas, que habían apartado las sillas un poco para remarcar la separación entre los Lister y el resto de la buena sociedad. Miles vio, incluso, cómo una de las matronas, al pasar junto a la madre de Alice, apartaba la falda para no tocarla. Fue evidente y grosero, y la señora Lister enrojeció de mortificación.

Alice tenía la cabeza alta y estaba observando el baile, y en su actitud no había indicación alguna de que la actitud de los demás le resultara embarazosa, pero Miles sabía que le importaba. A la mayoría de la gente le dolería ser tratada con tanto desprecio, y Alice ya había demostrado que era muy sensible con los sentimientos de los demás. No podía ser insensible con respecto a aquellos desaires dirigidos a ella.

Miles vio a Faye, la duquesa de Cole, sonriendo con satisfacción mientras observaba el aislamiento social que estaban soportando la señora Lister y su hija. Estaba chismorreando con sus amigas y susurrando detrás de su abanico. Y entonces, Miles vio al hijo de sir James Wheeler, George, reírse sonoramente de alguna broma que estaba haciéndole su amigo, y derramando el contenido de su copa de vino sobre la falda de seda de Alice. El líquido manchó de rojo brillante el vestido rosa pálido. La señora Lister emitió un gritito de consternación, y George Wheeler miró a su alrededor y dijo en voz alta:

—Pedid un sirviente que lo limpie, señora. Oh, no es necesario. Ya hay uno aquí mismo.

La dama inocente

Entonces, sus amigos y él estallaron en carcajadas. Era cierto que uno de los criados del Granby ya estaba arrodillado a los pies de Alice y estaba secando las manchas de vino con una servilleta blanca, pero Miles pensó que no era a él a quien se refería George Wheeler. Sospechaba que Alice también se había dado cuenta, porque se movió un poco en la silla y ladeó la cara como si quisiera protegerse de las palabras maliciosas y las miradas de desprecio. Y entonces, como si no fuera suficiente con todo aquello, el duque de Cole habló con su tono afectado, que se elevó por encima de la charla del salón.

–Una moza muy atractiva, ¿verdad? Yo le encontraré un sitio si alguna vez quiere volver a servir. De hecho, ¡podría servirme siempre que quisiera!

Alguien se rio exageradamente, y de repente, a Miles se le formó un nudo en el estómago por el trato que estaba recibiendo Alice, un nudo de furia y de algo feroz, más profundo y más inquietante. Sintió el violento impulso de acercarse a Henry Cole y estrangularlo con su propio pañuelo del cuello, o de retarlo a duelo, o invitarlo a reunirse con la muerte de algún modo imaginativo. El impulso fue tan grande que estuvo a punto de atravesar el salón hacia él. Sin embargo, consiguió controlarse y se recordó que los sentimientos heridos de Alice no significaban nada para él. Quizá quisiera acostarse con ella, que no era otra cosa que lujuria, y quizá quisiera su dinero en el banco, que no era otra cosa que desesperación, pero eso era todo lo que había entre ellos. Y, como Alice se había negado a anunciar públicamente su compromiso, él no podía defender su buen nombre por orgullo familiar.

Sin embargo, le resultó muy difícil dejarla allí, indefensa, rodeada del desprecio de todos los canallas que quisieran insultarla.

Reprimió todos sus escrúpulos y se encaminó hacia la puerta, donde encontró a Nat Waterhouse despidiéndose de Flora Minchin y de su familia con la cortesía inmaculada de un pretendiente atento. Solo cuando los Minchin se hubieron marchado, se permitió Nat encogerse de hombros, como si se hubiera quitado de encima una gran carga. Cuando su amigo se dirigió hacia la habitación del refrigerio, Miles dio un paso adelante.

—El yerno perfecto —dijo—. Atento, amable, cortés... y con título, por supuesto.

—Bueno —dijo Nat—, ella es rica y agradable...

—Y tonta.

Nat frunció el ceño.

—¿Tú querrías casarte con una mujer inteligente, Miles?

Miles miró de nuevo al otro extremo del salón de baile. Alice estaba hablando con Lizzie y Lowell en aquel momento. Él se sintió aliviado al ver que su hermano hablaba con ella de nuevo. Alice estaba sonriendo por algo que le había dicho Lowell, y la curva de sus labios le produjo una sensación poderosa en las entrañas, algo caliente y fuerte. Demonios, la deseaba mucho. Tres meses le parecía un lapso de tiempo eterno.

Carraspeó.

—Sí, preferiría una esposa inteligente. No es que pretenda pasar mucho tiempo en su compañía, pero cuando estemos juntos, preferiría que no me aburriera hasta la muerte.

La dama inocente

Nat se echó a reír.

—Por eso, precisamente, no te había contado antes lo de mi compromiso. Sabía lo que ibas a decir.

—¿Y qué era? ¿Enhorabuena?

—No. Algo más parecido a que, una vez que se celebre la boda y el dinero esté asegurado, tendré que vivir con ella durante el resto de mi vida.

Miles cabeceó.

—Vivirás con su dinero el resto de tu vida. Eso es lo importante. Me has confundido con Dexter, amigo. Él es el que siempre está loando las virtudes del amor.

—Y sin embargo —replicó Nat—, Dexter me dijo una vez que tú fuiste el que le aconsejaste en contra de casarse con Laura si no lo hacía por amor. Fueron tus palabras, no mías.

—Debía de tener fiebre —dijo con un suspiro—. Laura quería un amor verdadero, y pensé que se lo merecía, después de soportar a su difunto marido durante tantos años. Solo era eso —añadió, y le dio una palmada en el hombro a Nat—. Ven a tomar una copa conmigo al bar. Parece que a ti te hace falta, y a mí, tanta charla sobre el amor me da ganas de beber brandy.

—Entonces, ¿tu proposición de matrimonio no ha funcionado? —le preguntó Nat, mientras recorrían el pasillo hacia el bar del hotel.

—En parte sí —dijo Miles—. La señorita Lister ha aceptado casarse conmigo. Esa es la parte buena.

Nat se quedó mirándolo boquiabierto.

—¿Cómo lo has conseguido?

—La chantajeé —dijo Miles con calma. Al ver la mirada de su amigo, asintió—. Sí, es cierto. Lo hice.

NICOLA CORNICK

–Demonios –dijo Nat–. Primero apuestas treinta guineas a que seducirás a la señorita Lister para que se case contigo, después la dejas plantada para perseguir a una mujer más rica, y después la chantajeas. Te estás arriesgando mucho. No voy a preguntarte por los términos del acuerdo al que habrás llegado con ella, porque prefiero no saberlo. Pero... espero que tú sí sepas lo que estás haciendo, Miles.

–Lo tengo todo perfectamente planeado, Nat –dijo Miles alegremente.

Entraron en el bar y ocuparon dos butacas frente a la chimenea. El encargado, que tenía experiencia, se acercó con un par de copas y una botella de brandy.

–Bueno, y si esta es la parte buena, ¿cuál es la mala?

–La parte mala –dijo Miles, alzando su copa en un brindis–, es que la herencia de la señorita Lister tiene una condición para su matrimonio, y ella no me permite anunciar el compromiso hasta que no la haya cumplido –tomó un trago de brandy y dejó que el licor se le deslizara por la garganta, saboreándolo con gusto–. Esa vieja loca de lady Membury estipuló que el futuro marido de la señorita Lister debía comportarse de manera honorable durante tres meses y decir siempre la verdad... –se interrumpió, al darse cuenta de que Nat estaba conteniendo la risa.

–Lo siento, amigo –dijo Nat con una enorme sonrisa–, pero... ¿no has caído ya al primer obstáculo?

–Tu fe en mi capacidad para ser honesto es conmovedora –dijo Miles, con una mirada torva para su amigo–. Todavía no he fracasado.

La dama inocente

Nat se pasó la mano por el pelo.

–Dios Santo, espero que la señorita Lister no te pregunte por tus amantes y espere que seas sincero. ¿Le dijiste que hay buenas razones para que...?

–¿Para que un hombre no diga siempre la verdad? Por supuesto que se lo dije –respondió Miles, y tomó otro trago–. ¿Qué puedo hacer? Si no respeto los términos del testamento de lady Membury, no podré casarme con la señorita Lister.

Nat elevó su copa en un brindis irónico.

–Entonces, no hay nada más que decir, aparte de desearte suerte y esperar que seas capaz, contra todo pronóstico, de comportarte con honor durante los meses siguientes. De todos modos, creo que algo va a salir mal. Lo presiento.

–Te estás volviendo más supersticioso que mi madre –dijo Miles, y se movió con incomodidad en su asiento. De repente, sentía un picor incómodo entre los omóplatos. Se lo quitó de la cabeza, apuró la copa de brandy y tomó la botella para servirse de nuevo–. ¿Qué va a salir mal? –preguntó.

Lydia Cole había recibido una carta. La habían entregado personalmente, y solo debido a la más remota casualidad, la había visto asomando debajo del colchón cuando bajaba las escaleras a calentar un poco de leche en la cocina, para que le ayudara a conciliar el sueño. Llevó el vaso a su habitación y abrió el sobre, y con las manos trémulas, desplegó el papel. Al ver el nombre que figuraba al final de la misiva, se echó a temblar tan violentamente que se le cayó la carta al suelo.

NICOLA CORNICK

Después de pasar la noche en vela, reflexionando, decidió responder a la súplica de la carta. Sabía que era una tonta por hacerlo, y ni siquiera estaba segura de qué era lo que la impulsaba a ir, si la curiosidad, la ira o incluso el amor. Esperó hasta que Alice y Lizzie y la señorita Lister se hubieron marchado al baile, y se escabulló por la puerta de la casa hacia los establos.

Era una noche fría y húmeda, de lo menos apropiada para que una joven embarazada anduviera vagando en la oscuridad. Sin embargo, Lydia, que había pasado la mayor parte de los meses anteriores dentro de casa, alzó la cara para recibir la caricia fría del aguanieve y sintió una chispa de vida encendiéndose en su interior.

Tenía la mano en el cerrojo de la puerta de un cobertizo sin uso que había al final del camino empedrado, cuando alguien salió de entre las sombras y le puso la mano, suavemente, en el brazo. Aunque lo estaba esperando, se sentía tan nerviosa que casi gritó. Él le apretó el codo en advertencia, y después tiró de ella al interior del cobertizo y echó el cerrojo. A la tenue luz de un farol, Lydia se volvió a mirar al hombre que había sido su amante.

Estaba diferente. Ya no era el Tom Fortune oscuro y despreocupado, el aventurero con un destello en los ojos y tanto encanto que abrasaba. Lydia casi no podía reconocer al hombre que tenía ante sí. Su rostro había adelgazado. Tenía unas arrugas marcadas en las comisuras de los ojos y parecía mayor, endurecido. Lydia se dio cuenta, de repente, de lo poco que lo conocía. Ella solo era una chica ingenua que se había enamorado de un hombre al que no conocía en absoluto. Inmersa en la maravillosa sensación de estar enamorada, deslumbrada por el descubrimiento de la pasión física, nunca había cuestionado el amor que Tom pudiera sentir por ella, ni su compromiso hacia ella, y había pagado el precio de aquella confianza equivocada.

Él no se acercó a ella, sino que se quedó junto a la puerta, con una especie de desesperanza en los ojos.

—No estaba seguro de que vinieras —le dijo. Su voz sonaba joven, ansiosa—. Tenía miedo de ponerme en contacto contigo, pero no había otra persona que pudiera ayudarme.

Aquello, pensó Lydia con un gusto de amargura en la boca, era lo que diría Tom Fortune. Solo pensaba en sí mismo.

—He venido porque me di cuenta de que quería verte otra vez —dijo ella—. Para ver la clase de hombre que eres en realidad, y acabar con el hombre que yo imaginaba que eras.

Tom se encogió.

—Has cambiado —murmuró—. ¿Y cómo no ibas a cambiar, después de todo lo que te ha pasado? Lo siento...

—¿Qué? —preguntó Lydia, en el mismo tono de frialdad—. ¿Seducirme solo por diversión, huir y dejarme sola y embarazada? —ella se dio la vuelta para no verlo—. ¿O sientes ser un asesino y un criminal en busca y captura...? —sin que Lydia pudiera evitarlo, la voz se le quebró de emoción, y tuvo que interrumpirse para respirar profundamente.

El dolor que sentía le atenazaba el pecho. Intentó calmarse y conseguir que desapareciera, pero era demasiado fuerte. Aquello era mucho más desgarrador de lo que ella había creído.

—No le diré a nadie que te he visto —le dijo a Tom—, pero no puedo ayudarte. Eso era lo que querías de mí, ¿no? He venido aquí, embarazada de tu hijo, para ver si alguna vez te importé algo, y lo único que tú quieres es mi ayuda. Nunca piensas en nadie salvo en ti.

Se volvió para marcharse, pero él le puso una mano sobre el brazo, y ella tenía tantas ganas de creer que a él le importaba, aunque solo fuera un poco, que se detuvo.

—Claro que me importas —dijo Tom con la voz ronca—. Lyddy, te prometo que me importas. Quiero que te cases conmigo.

Lydia estuvo a punto de echarse a reír.

—Es demasiado tarde...

Él la interrumpió y tiró de ella con gentileza para que se sentara a su lado en el suelo de piedra del almacén. Había extendido su abrigo raído en el suelo, pero no era suficiente para mitigar el frío, y aunque Lydia estaba envuelta en su gruesa capa de lana, estaba helada. «Hace cinco meses», pensó, «si nos hubiéramos encontrado así, no habría habido palabras, y Tom ya estaría haciéndome el amor». Nunca habían hablado demasiado.

—Escucha —le pidió Tom—. Por favor. Es cierto que te seduje por diversión el año pasado —dijo Tom, y Lydia no pudo evitar estremecerse. Incluso entonces, en un pequeño rincón de su alma, albergaba la esperanza de que aquello no fuera cierto—. Estaba aburrido, era un caprichoso y un vividor. Y tú eras bonita y gentil, y me querías. Me halagaba que tú sintieras algo por mí. Hacía que me sintiera bien. Siento que te haga daño oír esto, pero tengo que decirte la verdad. Toda la verdad –dijo. Hizo una pausa y le tomó a Lydia las manos heladas–. Siento muchísimo haber sido tan irresponsable, tan insensible, y haber traicionado tu confianza.

Lydia no dijo nada. Se sentía cada vez más helada. No podía decirle que no le importaba porque sí le importaba. Le importaba muchísimo.

–Fue ese mismo aburrimiento y esa inmadurez lo que me llevó a trabajar para Warren Sampson –continuó Tom–. Yo quería una vida de emociones, porque era tonto. Él saldó mis deudas de juego y, a cambio, yo le daba información. Algunas veces salía a cabalgar con sus hombres cuando hacían sus negocios ilegales. Pero yo nunca le hice daño a nadie. ¡Nunca he matado a nadie! Ese magistrado a quien se supone que yo maté en nombre de Sampson…

–Sir William Crosby –dijo Lydia–. Tenías su anillo. Me lo diste como muestra de amor. ¡Un anillo de segunda mano robado a un muerto!

–Eso fue una mala pasada por mi parte, pero te juro que yo no sabía que era de Crosby. Sampson me lo dio. Me lo tiró descuidadamente un día y yo pensé que era bonito y que quizá te gustara.

–Me gustó porque tú me lo habías regalado, y porque pensé que significaba que me querías.

Hubo un silencio. El viento soplaba con fuerza y agitaba el tejado del cobertizo, y se colaba por los resquicios de los ladrillos. Lydia se estremeció.

–¿Vas a quedarte aquí? –le preguntó.

–No –dijo Tom–. No me quedo en ninguna parte durante mucho tiempo. Es peligroso.

—Deberías acudir a las autoridades. Díselo a los Guardianes. Ellos deben de estar buscándote.

—Me están buscando —confirmó Tom—. Anstruther y Waterhouse han estado investigando a todos los relacionados con Warren Sampson, y Miles Vickery ha interrogado a todos los sirvientes de Fortune Hall para ver si yo había vuelto por allí. Pronto darán con mi pista. Estoy seguro.

—Entonces, ¡ve a verlos tú primero! —le dijo Lydia—. Dile a Dexter o a Miles Vickery lo que me has dicho a mí... —Lydia se quedó callada. Él estaba sacudiendo la cabeza.

—No puedo hacerlo, Lyddy. No me creerían. Soy un hombre en busca y captura, y todas las pruebas están contra mí —dijo, y le apretó las manos—. Pero tú me crees, ¿no, Lyddy? Por favor, di que me crees.

Lydia se quedó en silencio un largo momento. Se dio cuenta, con asombro, de que tenía fuerza para ver a Tom Fortune sin ilusiones, y para juzgarlo con objetividad.

—No estoy segura —dijo finalmente, y oyó que él suspiraba.

—¿Lo ves? —dijo Tom—. Si tú no me crees, ¿quién me va a creer? Mi hermano no, por supuesto. Monty se ha lavado las manos con respecto a mí.

—Sir Montague nunca fue muy fiable —dijo Lydia—. Cambia de parecer con el viento. Pero, Tom, hay una pregunta... Si tú no mataste a Crosby y a Sampson, ¿quién lo hizo?

—Me he preguntado —dijo él, mirando la luz que oscilaba en el farol—, si no fue uno de los Guardianes. Sé que ellos han jurado que defenderían la ley, pero hay hombres que han roto sus juramentos, y quizá

La dama inocente

Sampson estuviera sobornando a alguno de ellos... o quizá Crosby estuviera a punto de descubrirlos. Todos ellos tienen la capacidad y los conocimientos necesarios para matar.

–¡No! –dijo Lydia–. No puede ser. Dexter Anstruther...

–Probablemente no fue Dexter –admitió Tom–. Tiene principios, aunque nunca se sabe. Sin embargo, Miles Vickery... –Tom se echó a reír–. No puedes decirme que no ha hecho muchas cosas que lo hacen susceptible de sufrir un chantaje, y que es lo suficientemente cruel como para matar. Estoy seguro.

–Lord Vickery ha vuelto a cortejar a Alice –dijo Lydia, frunciendo el ceño–. Si está implicado en algo ilegal, no ha obtenido beneficios económicos de ello. Es tan pobre que lo está vendiendo todo.

–No puede ser que la señorita Lister haya aceptado sus atenciones.

–Hay algo entre ellos –dijo Lydia–. Lo sé –añadió, mientras jugueteaba con el borde de su capa–. Lo reconozco. Aunque una vez fuera sirvienta, Alice es tan inocente como era yo, y Miles Vickery la fascina como tú me fascinabas a mí, Tom –añadió con una sonrisa de tristeza–. Es porque los dos sois malos. Malos y peligrosos, y toda una tentación para una chica ingenua... –suspiró–. Pero hay una diferencia entre Alice y yo. No creo que ella sea tan tonta como yo. Es fuerte, y no creo que se deje seducir como hice yo.

–Y ahora me ves tal y como soy en realidad, Lyddy –dijo Tom–. Ya no te parezco tan atractivo, ¿verdad?

–No –dijo Lydia–. Sin embargo, si vamos a limpiar tu nombre y yo voy a tener un padre para nuestro bebé...

–¡Lydia! –dijo Tom, y la abrazó con tanta fuerza que el resto de sus palabras se perdieron–. Eres demasiado buena para mí –dijo, con la respiración caliente contra su pelo–. Pero si salimos de esta, juro que seré un hombre mejor, y que estarás orgulloso de mí.

–Bien –susurró Lydia. Al sentir sus brazos, pensó que era algo celestial, pese a que él estuviera sucio y desarreglado–. En ese caso, será mejor que pensemos en un plan. ¿Qué vamos a hacer?

Capítulo 9

—Sigue sin llegar la invitación para la boda de Mary Wheeler —suspiró la señora Lister, mientras desayunaba con Alice y Lizzie, al día siguiente del baile—. Pensaba que ahora que estás comprometida con lord Vickery, Alice, y que yo soy la nueva amiga de su madre, los Wheeler estarían impacientes por invitarnos. No lo entiendo. ¿Se habrá quedado la carta enganchada debajo de la puerta? Voy a pedirle a Marigold que vaya a buscarla.

—Mamá —respondió Alice—, ya te he explicado que mi compromiso con lord Vickery no será público hasta que él cumpla con las condiciones del testamento de lady Membury, así que no tiene nada de raro que los Wheeler no lo sepan.

Lizzie, que estaba tomando bizcocho, hizo un sonido de disgusto.

—Y de todos modos, querida señora, Alice no podrá asistir a la boda aunque las invitaran. Estará muy ocupada en el Hospital de Bedlam –dijo, y le lanzó una mirada fulminante a Alice en aquel momento–, donde yo la llevaré personalmente si se compromete públicamente con lord Vickery.

—Oh, Lizzie –dijo Alice con un suspiro–. ¿No podríamos dejar el tema por ahora?

Removió su chocolate y tomó un pedazo de bizcocho desganadamente. Estaba de mal humor aquella mañana. Lizzie se había enterado de su compromiso, por Lowell, la noche anterior, y la había arengado durante todo el trayecto de vuelta a casa en el carruaje. Después había seguido a Alice a su habitación y le había dado la lata durante otra media hora, preguntándole por qué había aceptado la proposición de matrimonio de Miles y si acaso había perdido el sentido común. Alice no había conseguido calmarla con ninguna de sus pobres explicaciones, lo cual era de esperar, porque a ella tampoco la convencían. Y, en cuanto se habían levantado, Lizzie había comenzado a refunfuñar de nuevo, y Alice tenía dolor de cabeza. Además, hacía mucho calor en el comedor, porque la señora Lister se empeñaba en tener encendido un fuego enorme, y Alice estaba deseando salir a tomar el aire en vez de quedarse allí dentro.

Además, todavía estaba dolida por lo que había ocurrido la noche anterior. No dejaba de recordar el modo en que la buena sociedad de Fortune's Folly había insultado a su familia. Y lo peor de todo era que Miles lo había visto todo, y se había quedado de brazos cruzados sin hacer nada. Alice pedía en silencio que se acercara y hablara con ella. Se dio cuenta

La dama inocente

de que quería que la rescatara de aquellos desaires, y se había sentido enfadada y herida al ver que él se daba la vuelta y se marchaba. Era la prueba, si es que necesitaba más pruebas, de que él le había dicho la verdad. No se preocupaba de nada más que de sí mismo. Lo único que quería era salvarse de ir a prisión por deudas. No había ninguna bondad en él, y ella era una tonta por esperar lo contrario.

–Lo que no entiendo, Alice –seguía diciendo Lizzie–, es cómo puedes comportarte de una manera tan tonta. Tú no eres tonta por naturaleza, y sin embargo, aquí estás, entregándote a...

–¡Por favor, Lizzie! –exclamó Alice. Tenía los sentimientos en carne viva–. Ya sabes que mi madre quiere verme establecida –añadió–. Para ella es importante tener un lugar en sociedad...

–¡Oh, claro que sí! –dijo la señora Lister muy sonriente–. ¡Estoy muy contenta con la decisión de Alice!

–Querida señora –respondió Lizzie–, no se ofenda si le digo que usted habría estado contenta con cualquiera de los otros caballeros con título que le pidieron la mano a Alice, y cualquiera de ellos habría sido preferible a lord Vickery.

Se hizo un silencio triste alrededor de la mesa, que finalmente interrumpió Marigold. La muchacha entró en la sala para decirle a la señora Lister que no había encontrado ninguna invitación de boda, pero que había un ramo de flores para la señorita Lister de parte de lord Vickery.

–¿Puedo traerlas, señorita? –preguntó la doncella–. Quedarán muy bonitas y alegres en el alféizar.

–Supongo que serán rosas –dijo Alice con un suspiro, dejando la servilleta a un lado y poniéndose en pie–. En una cesta, con un lazo. Qué poco original.

Ojalá no fuera un gesto tan vacío; ella sabía que a Miles no le importaba nada. En aquellas circunstancias, pensó con enfado, las rosas podían pudrirse entre las peladuras de patata de la basura.

Salió del comedor y se encontró con Marigold en el pasillo. La doncella llevaba un precioso jarrón de cristal con un ramo de flores rojas y brillantes, que relucían bajo la pálida luz de aquella mañana de febrero. Alice vio que había diminutos capullos, como rubíes, en el centro del ramo. Se quedó sin aliento.

–Flores de granada –dijo la señora Lister, que salió del comedor tras ella–. Qué preciosas y poco comunes. Lord Vickery debe de tener invernaderos en el Castillo de Drum.

Alice acarició con delicadeza los pétalos. Eran muy suaves.

–Son muy bonitas –admitió.

–En el lenguaje de las flores, las flores de granado significan un deseo no expresado –dijo la señora Lister–. Qué sutil por parte de lord Vickery.

–No hay nada ni remotamente sutil en los deseos de lord Vickery, mamá. Ni tampoco son no expresados.

–De veras, Alice, algunas veces eres muy poco fina para ser una señorita –la reprendió su madre–. ¿Hay alguna nota?

–No, señora –dijo Marigold–. Su señoría las trajo en persona. Dijo que vendría de visita más tarde.

–No estaré en casa –dijo Alice–. Su señoría es un presuntuoso.

–Sí, señorita –respondió Marigold–, pero es muy guapo, ¿verdad?

La dama inocente

—Eso no tiene nada que ver —dijo Alice.

—No, señorita —dijo Marigold—, pero a usted le gusta, ¿verdad?

—No —respondió Alice secamente.

—Decepcionante —dijo una voz masculina desde detrás de ellas—. Esperaba que mis flores merecieran una respuesta mejor que esa.

—¡Lord Vickery! —exclamó Alice. Miles estaba a pocos metros, mirándola—. No me había dado cuenta de que al decir que iba a venir de visita, sería en cinco minutos.

Miles se acercó a ella. Estaba impertérrito.

—Perdóneme —murmuró—, pero cuando volví al carruaje, mi madre me recordó que tenía que haberle preguntado a la señora Lister... —dijo, e hizo una reverencia hacia la madre de Alice—, si querría tomar el té con ella en la biblioteca. He llamado, pero no respondió nadie, y como vi que la puerta estaba entreabierta...

—Tenemos que mandar arreglar el cerrojo, mamá —dijo Alice irritada—. Por la calle anda todo tipo de gentuza.

—Me reuniré con lady Vickery encantada —dijo la señora Lister con entusiasmo, ignorando el comentario de Alice, mientras pululaba por el vestíbulo para recoger su capa, sus guantes y su bolso—. Me voy ahora mismo. ¡Qué placer!

Alice emitió un sonido de exasperación. Todo el abatimiento de su madre se había esfumado, y estaba completamente emocionada porque su nueva amiga se hubiera acordado de ella.

Lizzie salió del comedor, con una tostada en la mano.

—Buenos días, lord Vickery —dijo—. Los cazafortunas que madrugan atrapan a la heredera, ¿eh?

—Acepto su enhorabuena con sumo placer, lady Elizabeth —respondió Miles—. Es muy agradable saber que la señorita Lister les ha confiado la noticia de nuestro compromiso a su familia y amigos.

—Por favor, no se sienta demasiado satisfecho —le dijo Lizzie—, porque yo estoy haciendo todo lo que puedo por disuadirla. Me temo que mi amiga ha perdido el juicio, pero espero que la verdadera Alice Lister regrese pronto —dijo. Después miró a Alice y añadió—: Voy a llevarle una bandeja a Lydia a su habitación. Ya veremos lo que piensa ella de tu compromiso, Alice.

—Entonces, lady Elizabeth no se ha tomado muy bien la noticia —comentó Miles mientras Lizzie se alejaba.

—Como ha comprobado.

Miles acarició los pétalos de las flores de granado que Alice tenía entre los brazos.

—Me recordaron a usted —dijo en voz baja, para que solo pudiera oírlo ella—. Bellas, pero con cierta aspereza bajo la dulzura —dijo, y sonrió—. ¿Sabe? Al principio, cuando pensé en casarme con usted, creí que sería más dócil. Parece que no la conocía muy bien.

—No lamento decepcionarlo en lo más mínimo —dijo ella—. No me sorprende que haya juzgado tan mal mi carácter, milord. Lo único que le interesaba era mi riqueza.

—No es lo único —la corrigió Miles, con gentileza, y volvió a acariciar los pétalos—. La fruta también sabe muy dulce —le susurró.

La dama inocente

Alice se notó acalorada. Se ruborizó vivamente, y se sintió molesta consigo misma por reaccionar así.

—Marigold —le dijo a la doncella, entregándole el jarrón—, ¿podrías ponerlas en el comedor, por favor?

Después se volvió hacia Miles, mientras la señora Lister salía por la puerta entre adioses y nerviosismo.

—¿No va a acompañar a las damas, lord Vickery?

—Pueden arreglárselas muy bien sin mí —le dijo Miles—, y yo prefiero hablar con usted. En privado, si no le importa.

Entonces, la tomó por la muñeca, la llevó al salón y cerró la puerta ante la mirada de fascinación de Marigold.

—¿Y bien? —preguntó, apoyando la espalda contra los paneles de la puerta—. Parece que esta mañana no tiene ninguna amabilidad para mí, señorita Lister. Esperaba algo mejor...

—¡Y yo esperaba algo mejor de usted anoche! —replicó Alice con indignación—. ¡Ni siquiera pudo acercarse a hablar con nosotras mientras todo el mundo nos hacía el vacío y nos insultaba! No me voy a casar con un hombre que se avergüenza de llamarme su esposa, lord Vickery. ¿Qué pensaba hacer conmigo? ¿Esconderme en el sótano del castillo de Drum porque no soy digna de frecuentar a la alta sociedad? ¡Anoche podría habernos ayudado, pero se limitó a observar cómo nos insultaban los demás! Y no sé por qué esperaba algo distinto, porque sé que yo no le importo nada, ¡no podía haberlo demostrado de una forma más elocuente!

Miles se alejó hacia la ventana y le dio la espalda.

—Es cierto que podía haberme acercado a hablar con ustedes –dijo.

—¿Y por qué no lo hizo?

—A menos que me permita anunciar el compromiso formalmente, no puedo ayudarla.

—¡Quiere decir que no está dispuesto a hacerlo!

—Todo tiene un precio, señorita Lister. Yo quiero darle la protección de mi nombre y quiero tener el derecho de defenderla del tipo de insultos que experimentó anoche, pero a menos que anunciemos nuestro compromiso, no hay nada que pueda hacer.

—¿Y por qué iba a querer defenderme? A usted le importo un comino.

—Porque no es adecuado que mi futura esposa y su familia sufran semejantes desaires. Si los demás supieran que va a ser la marquesa de Drummond, usted no tendría que soportarlos.

—Entonces, ¿solo es una cuestión de orgullo para usted?

—Es una cuestión de posesión –respondió Miles. Se acercó a ella desde la ventana y la agarró suavemente por las muñecas. Como siempre que él la tocaba, a Alice se le aceleró el corazón–. Quiero que sea mi mujer, Alice –dijo–. Será la marquesa de Drummond. Acceda a que anunciemos el compromiso. A los dos nos dará lo que deseamos.

—Se vale de mi debilidad para conseguir lo que quiere –susurró ella–. Es despiadado.

Miles se encogió de hombros.

—Soy un negociador, señorita Lister. Ese es mi trabajo. Si hay algo que los dos queremos, merece la pena hablar de ello.

—Va demasiado deprisa –susurró Alice.

La dama inocente

Miles posó los labios en la piel tersa de su cuello, y le regó de besos diminutos la curva de la garganta. A ella le recorrieron el cuello estremecimientos de deseo, y se le entrecortó la respiración.

—No lo suficientemente rápido para mí —dijo Miles.

Alice intentó mantener la cabeza despejada, aunque el pulso se le hubiera acelerado vertiginosamente.

—Si aceptara un compromiso formal...

Él hizo una pausa.

—¿Sí?

—Usted tendría que cumplir con las condiciones del testamento de todos modos. Si no lo hace, yo romperé el compromiso.

Alice sintió a Miles sonreír contra su piel.

—Negocia usted con tanta dureza como yo, señorita Lister.

—No hay modo de saltarse esa condición.

—Podría huir conmigo, y al cuerno los abogados.

—Si lo hiciera, los dos perderíamos el dinero, y entonces usted no desearía nada conmigo.

—Oh, sí lo desearía —dijo él—. Siempre la desearé a usted —su voz se había enronquecido—. Lo prepararé todo para que el anuncio de nuestro compromiso salga en los periódicos.

Alice se estremeció. Su negativa previa a aceptar un compromiso formal era un simple intento de proteger su buena reputación. También lo había hecho para mantener a raya a Miles, con la esperanza de que transgrediera las normas de lady Membury y ella se viera libre. Ahora, aunque las condiciones no hubieran cambiado, Alice tenía la sensación de que los vínculos eran cada vez más fuertes.

—Y como estamos haciendo las cosas bien —continuó Miles—, creo que debería besarla para sellar el compromiso.

—¿Besarme?

—Creo que es muy convencional —murmuró Miles—, cuando uno se compromete.

—Un beso decoroso es lo convencional.

Miles sonrió.

—No estoy seguro de que sea una autoridad en lo decoroso.

—Y yo no estoy segura —dijo Alice con sinceridad—, de que yo esté dispuesta a someterme a su autoridad, milord.

Miles le puso un dedo bajo la barbilla e hizo que elevara la cara hacia él—. Es tímida —dijo, en un tono de sorpresa.

Alice intentó apartar la cara.

—No tengo experiencia, milord.

—Lo recuerdo —dijo él—. Prometo no asustarla. Será decoroso.

Alice cerró los ojos cuando los labios de Miles rozaron suavemente los suyos, y permanecieron allí en la más gentil de las caricias. Alice pensó que era muy agradable mientras sus sentidos comenzaban a girar. Debería haber sabido que, pese a lo que le había dicho, a Miles se le daría tan bien besar decorosamente como indecorosamente.

El pensamiento de que Miles la besara indecorosamente actuó como una llamarada que le aceleró el corazón y le abrasó todo el cuerpo. Debió de gemir, porque Miles se echó un poco hacia atrás y la soltó. Sus labios se separaron, y ella sintió los suyos llenos y húmedos, y todo su cuerpo maduro y pesado de deseo. Sintió una aguda desilusión, porque el beso había terminado antes de empezar.

—Espero —dijo Miles—, que haya sido lo que querías.

Tenía la respiración entrecortada y los ojos oscurecidos.

Alice se lamió los labios y observó, fascinada, cómo la mirada de él seguía el movimiento de su lengua, y sus ojos castaños se oscurecían incluso todavía más.

—¿Alice?

—Yo...

Alice carraspeó. Notó un cosquilleo nervioso y, al mismo tiempo, una ráfaga de excitación. Quería más. Y mientras ella estaba asimilando aquello, Miles leyó la verdad en su mirada. Antes de que Alice pudiera decir una palabra más, la rodeó con los brazos y la atrajo hacia su cuerpo. Ella posó las manos en su pecho y notó la lana suave de su abrigo en las palmas, y bajo la tela, los músculos duros e inflexibles. Suave, pero inevitablemente, Miles la apoyó contra la pared de la habitación hasta que las molduras de los paneles de madera se le clavaron en los hombros y los muslos. Alice sintió la presión profundamente. Todos sus sentidos estaban agudizados. Oía la rapidez de su respiración, y sentía los latidos de su pulso mientras esperaba a que Miles la besara de nuevo. El momento fue eterno. Le temblaban las piernas. Todo su cuerpo temblaba. Tuvo tiempo de sobra para arrepentirse. Vaciló al borde del pánico.

Y cuando Miles atrapó su boca, con destreza, de un modo exigente, sin titubeos ni gentileza, ella se sintió débil de alivio y arrastrada en la marea del deseo.

NICOLA CORNICK

Desde el primer segundo supo que estaba perdida. Abrió los labios y dejó que él la acariciara con la lengua. Su sabor le resultó familiar, pero al mismo tiempo, tan nuevo e impresionante que jadeó. Los recuerdos del beso que se habían dado el otoño anterior invadieron su mente. En aquella ocasión, él se había contenido, solo le había dado una pequeña muestra de pasión, se había controlado. Ahora, sin embargo, su control era cada vez más débil, como si solo quisiera advertirle de la posesión que se acercaba. Al acceder a su compromiso público, ella lo había sellado. Sería suya.

Sus lenguas se entrelazaron y Alice no pudo rechazarlo, no quiso rechazarlo. Él le cubrió un pecho con la mano, y la calidez de su piel la quemó. Miles le frotó el pezón con el pulgar, y ella gimió bajo sus labios, mientras unos estremecimientos fríos de deseo le recorrían el cuerpo. Aquello era mucho más potente que lo anterior. Alice estaba a punto de olvidar el sentido común y el pudor. Miles podía seducirla contando con su bendición. En realidad, ella colaboraría en su propia seducción. En realidad, si él no la seducía, probablemente ella lo seduciría a él por pura desesperación y necesidad.

Miles liberó sus labios durante un instante, se apartó de ella tan solo un centímetro, pero siguió acariciándole el pecho, pasándole los dedos por el pezón. Todo el cuerpo de Alice era un cosquilleo desde aquel punto de contacto y pedía alivio de algo que ella no entendía, pero que necesitaba instintivamente. Inclinó la cabeza hacia atrás y se retorció contra la pared, emitiendo sin poder evitarlo pequeños sonidos de necesidad y frustración.

La dama inocente

–Shhh, cariño... –dijo Miles, en voz baja y ronca, con un deje de diversión–. La puerta no está cerrada, y seguro que no quieres que tu doncella sepa todavía más de lo que ocurre en una casa de bien. Sería un escándalo...

La idea de que Marigold o Lizzie o Lydia abrieran la puerta y los encontraran allí hizo que Alice se sintiera débil, pero al mismo tiempo excitada más allá de todo límite. Se le escapó un suave quejido de súplica, y Miles se rio.

–¿Así que la idea te agrada?

–¡No! –respondió ella, horrorizada por sus propias respuestas, pero al mismo tiempo atrapada en la oscura telaraña de pasión que él estaba tejiendo.

–Me parece que sí –dijo Miles–. En tus sueños sí, al menos...

Le rozó con los labios las comisuras de la boca y volvió a besarla profundamente. Fue una posesión pura, primitiva. Miles no interrumpió el beso, y ella notó que comenzaba a desabrocharle el corpiño del vestido, y tardó unos segundos en darse cuenta de lo que significaba aquello.

La estaba desnudando en el salón, a plena luz del día.

En su mente se formó una protesta, pero se perdió en medio de la arremetida de sus sentimientos. Sintió que el vestido caía un poco, y entonces, Miles deslizó los dedos bajo su corpiño y, al sentir su roce contra el pecho desnudo, Alice se desplomó contra la pared. Solo la presión del cuerpo de Miles pudo mantenerla en pie.

Con un murmullo, él la tomó en brazos y la sentó en el sofá. Los cojines a su espalda la mantuvieron erguida. El diseño del sofá hacía que permaneciera sentada muy derecha, como una debutante mojigata que estaba haciendo una visita matinal, pero no había nada mojigato en su grado de desnudez, ni en las sensaciones intensas que invadían su cuerpo. En el mismo centro de ella se estaba formando un dolor ardiente. Era como si no tuviera huesos debido a aquel calor sensual. Quería tumbarse. Y preferiblemente, con Miles a su lado. Quería sentir su boca contra el pecho desnudo. A cada pensamiento nuevo y escandaloso que se le pasaba por la cabeza, su sentimiento de horror hacia sí misma crecía, y también se avivaba aquel fuego devorador que le ardía por dentro.

Abrió los ojos y vio a Miles arrodillado ante ella en la alfombra. Él alzó la cara, y al ver la lujuria que le llenaba la mirada, ella se quedó sin aliento. Él deslizó el vestido y la camisa de sus hombros en un solo movimiento, y Alice quedó desnuda de cintura para arriba, y entonces, él se inclinó y atrapó uno de sus pechos con la boca. Alice emitió un gritito cuando Miles le frotó el pico tenso del pezón con los labios y comenzó a dibujar círculos a su alrededor con la lengua. Cerró los dientes alrededor de la punta y se la mordió con suavidad, y ella sintió un apetito voraz en el vientre, y quiso gritar de frustración y desesperación.

Miles la estaba sujetando con firmeza por la cintura, contra el terciopelo del asiento. Ella quería caer, perderse en aquel pozo de deseo oscuro, pero Miles no la soltó. La forzó a mantenerse erguida mientras saqueaba con los dientes, los labios y la lengua el delicado tesoro de sus pechos. Mientras le lamía la piel y le succionaba los pezones, ella se arqueó hacia atrás para permitirle que tomara todo lo que quisiera, a voluntad.

Alice sabía muy bien dónde podía haber terminado todo aquello, pero de repente oyó un ruido en el vestíbulo, muy cerca de la puerta del salón, y el sonido de alguien que llamaba a la puerta principal, y la voz de Marigold saludando a quien estuviera en el umbral. La realidad se hizo presente. Alice soltó un jadeo y se echó hacia atrás, agarrándose el vestido y la camisa para subírselos con los dedos temblorosos, intentando desesperadamente recuperar la normalidad de su atuendo. Pensó que tardaría un poco más en reparar sus sentimientos. Había ido más allá de los límites de todo lo que era familiar y seguro para ella.

Miles tenía una mirada tensa y ardiente, que le envió otro eco de deseo, antes de que él se levantara y la pusiera en pie a ella también.

–Deja que te ayude...

Por algún motivo, aquella ternura conmovió a Alice más de lo que la había afectado su pasión. No había esperado aquella gentileza por su parte.

–Yo... tengo que...

Alice no podía abotonarse el corpiño, y Miles le apartó con delicadeza las manos y terminó él mismo la tarea. Alice se llevó una mano al pelo y se dio cuenta del alcance del daño–. Discúlpeme –dijo rápidamente–, pero tengo que ir a arreglarme el vestido...

Se apartó de él, y Miles dejó caer las manos a los lados. Alice pensó que podría llegar indemne a la puerta, pero cuando estaba girando el pomo, Miles la agarró por la muñeca y tiró de ella hacia su cuerpo. Ella sintió su erección dura y fuerte contra el muslo y se estremeció.

–No olvides que tenemos un trato, Alice –dijo suavemente Miles–. No lo olvides –añadió con una mirada ardiente. Le pasó el pulgar por el labio inferior, y Alice se estremeció de nuevo.

–No lo olvidaré –susurró ella, y alzó la barbilla–. Usted será el primero que incumpla su palabra y pierda.

Miles se rio y la soltó.

–No, no lo haré. Y menos ahora que he probado una muestra de lo que me espera al final y tengo un gran incentivo para seguir adelante –respondió, y le hizo una reverencia–. Iré ahora a encargar que publiquen el anuncio de nuestro compromiso en los periódicos. Nos veremos esta noche en el concierto del balneario.

Alice salió de la habitación. Mientras subía apresuradamente las escaleras, le temblaban las piernas, pero consiguió llegar a su dormitorio y después de cerrar la puerta, se desplomó en la cama. Su cuerpo vibraba de excitación y de deseo frustrado. Su mente daba vueltas a todo lo que había aprendido y experimentado y al hecho de que quería mucho, mucho más. No podía negarlo.

Rodó por la cama y miró las telas del dosel que había por encima de ella. Había sabido que, fueran cuales fueran las demandas físicas que pudiera hacerle Miles, ella estaría a la altura. Incluso con su inocencia, sabía que quería todo lo que él estuviera dispuesto a darle. Miles le había mostrado cuál era el alcance de su sensualidad. Había hecho que olvi-

La dama inocente

dara que la había obligado a comprometerse con él, y le había demostrado que, por mucho que detestara sus coacciones, no lo odiaba. Eso le causaba horror, porque quería despreciarlo. Él representaba todo aquello que ella rechazaba, era igual que todos los demás aristócratas crueles y arrogantes que solo miraban a las sirvientas con lujuria.

No podía culpar solamente a su cuerpo traidor por el hecho de que ansiara la satisfacción que solo podía darle Miles. Eso ya habría sido lo suficientemente malo. Sin embargo, sus sentimientos eran más profundos que eso. Su instinto le gritaba que en el fondo, en su corazón y en su alma, conocía a Miles. Sin embargo, aquella afinidad tenía que ser falsa.

Alice se levantó lentamente y se acercó al tocador. Puso agua fresca en el lavabo y se lavó la cara con el líquido frío, con la esperanza de que le aclarara la cabeza.

Solo el chantaje la unía con Miles Vickery. Esa era la verdad, y no debía olvidarla.

Capítulo 10

Miles estaba de pie en la entrada del salón principal de Drummond Castle, observando cómo se vendía Drum ante sus ojos. Con cada golpe de la maza del subastador, se adjudicaba otra parte de su herencia.

El globo terráqueo de madera de las habitaciones infantiles de sus primos se cedió a cambio de pocos chelines. La caja abollada de soldaditos de plomo con los que él había luchado contra su primo Anthony durante sus vacaciones escolares apenas consiguió una puja.

Era una suerte que ninguno de los marqueses de Drummond previos estuvieran vivos para ver lo bajo que había caído la familia. Seguramente, estarían retorciéndose en sus tumbas. Barlow y Richardson, los agentes inmobiliarios y subastadores de propiedades de buena calidad, llevaban anunciando la venta durante toda la semana anterior.

Miles apoyó los hombros contra la piedra dura de la puerta. Era evidente que toda aquella publicidad había atraído a mucha gente de Harrogate, Ripon y los pueblos cercanos. El salón estaba abarrotado.

Miles miró durante un instante la figura de su madre, que estaba sentada, muy derecha y quieta, en la última fila de sillas, flanqueada por Philip y Celia. Miles observó con interés que Frank Gaines estaba junto a Celia. Lady Vickery se había estremecido al pensar en la vulgaridad de todo el proceso comercial, pero se había empeñado en estar allí para apoyar a su hijo mayor en lo que ella llamaba su terrible prueba. Miles hubiera preferido que no estuviera allí. Aunque la venta de Drum no era tan dolorosa para ella como la venta de Vickery, seguía siendo desagradable. El orgullo de Miles estaba por los suelos, y su apellido con él. Ver el dolor de lady Vickery le recordaba la pena y la angustia que había sentido cuando su padre lo había desterrado. Sintió otra ráfaga de ira que durante un segundo lo cegó, pero después consiguió dominar aquel sentimiento.

Los duques de Cole estaban en primera fila, pujando enérgicamente por varios artículos, como un par de vendedores de caballos. Un par de filas por detrás de los Cole estaba lady Elizabeth Scarlet con John Jerrold, uno de sus admiradores. Y Alice Lister estaba a su lado, acompañada por su madre. Miles no había pensado que Alice pudiera acudir a la subasta, y sintió una punzada de amargura por el hecho de que ella hubiera querido ser testigo de su ruina. De un modo extraño, le parecía una traición. Aunque también pensaba que se lo merecía por haberla obligado a comprometerse con él, no podía evitar sentirse furioso con ella.

El anuncio de su compromiso con Alice había causado menos barullo del que él había pensado en Fortune's Folly.

Todos sabían que había cortejado a Alice por su dinero el año anterior, y se rumoreaba que al haber heredado el título de marqués, ella había decidido que era mejor partido, aunque fuera pobre. A nadie le sorprendió el intercambio de dinero por título. Así eran las cosas. Solo Lowell Lister y Lizzie Scarlet habían expresado sus dudas al respecto y su desaprobación.

Durante la semana que había transcurrido desde el anuncio, Miles había acompañado a Alice y a su madre al balneario, a la biblioteca, a los conciertos y a los desayunos. Habían bailado juntos. Él había ido incluso a cenar a Spring House. La comida era excelente. Alice había estado callada, reservada, dejando bien claro que solo representaba el papel de prometida por obligación. No le dio ni la más mínima oportunidad para que pudieran quedarse a solas de nuevo, y por el momento, Miles estaba dispuesto a permitirle que lo mantuviera a distancia. Solo por el momento, y solo porque sabía que la negativa fortalecía el deseo.

Miró a Alice, que estaba sentada con mucha formalidad entre su madre y Lizzie. Con solo verla, su deseo se disparaba hasta niveles insoportables. Eso no debería ocurrirle a un mujeriego. Era aceptable para un muchacho en sus días de juventud, pero no para un hombre experimentado. A Miles no le gustaba estar a merced de sus necesidades físicas.

Había sopesado la idea de satisfacer su lujuria con Ethel, una de las doncellas de la posada de Morris, que lo había tratado tan bien el año anterior. Sin embargo, cuando había acudido a la posada y había visto los amplios encantos de Ethel, exhibidos con descaro por el escote de su blusa, no había podido hacer ningún movimiento. En vez de pagarla a ella, había pedido una cerveza y se había sentado en un rincón a pensar en Alice, en la seda de su piel bajo las manos, y en su respuesta desinhibida y en los sonidos suaves que emitía mientras él la acariciaba.

Se había excitado tanto que había dejado la cerveza de un golpe sobre la mesa y había tenido que salir a la ducha. El frío había mitigado su tormento físico, al menos temporalmente. La fidelidad era algo que no practicaba, y darse cuenta de que estaba obsesionado con una virgen hasta el punto de no desear a otra mujer lo desconcertaba y le irritaba. Sin embargo, no podía evitarlo. Era realista, y sabía cuándo estaba derrotado.

No había sido de ayuda el hecho de que, al salir del patio de la posada, completamente calado, enfadado y frustrado, se hubiera encontrado a Frank Gaines caminando en dirección contraria, y el abogado le hubiera lanzado una mirada de completa comprensión. Miles tuvo ganas de darle un puñetazo.

Siguió mirando a Alice durante un momento. Tenía la cabeza girada, así que él solo podía ver su precioso perfil bajo la capucha de su capa, pero en su postura había cierta tensión. La señora Lister se había dado la vuelta para saludar a lady Vickery como si estuvieran en una fiesta campestre en vez de en la subasta de todos los bienes terrenales de Miles, y en un instante, Miles captó la expresión de Alice. Mientras que Elizabeth Scarlet estaba entusiasmada, ella tenía cara de infelicidad.

Miles apartó los ojos. Ver que Alice sentía compasión por lo que le estaba pasando le provocó emociones que no quería sentir. Estaba conforme con sentir lujuria por ella, pero aquella complicada mezcla de deseo y necesidad iba más allá de lo físico, y él no lo quería.

–¿Cuánto van a ofrecer por este precioso reloj Breguet? –preguntó el subastador–. Un verdadero Breguet, señoras y señores, de París, con la firma en la esfera...

Miles se dio la vuelta. Su padre le había regalado aquel reloj en su décimo sexto cumpleaños. Cuando habían vendido el contenido de Vickery Hall, unos años antes, él se había resistido a desprenderse de todas sus posesiones personales, y había conservado algunas cosas, no porque tuvieran connotaciones personales, sino porque quería guardar algo. Sin embargo, en aquel momento, sus finanzas estaban tan mal que no podía permitirse aquel lujo.

–Cuídalo –le había dicho el difunto lord Vickery, cuando se lo había entregado, en el estudio de Vickery Hall–. Es muy valioso.

Había sido un objeto doblemente precioso para Miles. Incluso cuando se había marchado de su casa, lleno de rabia y decepción, se lo había quedado como talismán.

La dama inocente

Y entonces, vio a Alice pujando por él. Se puso enfermo. Estaba claro que había malinterpretado sus intenciones. Ella había ido a la venta del Castillo de Drum a regodearse con las penalidades de Miles, y en el fondo de su corazón, él sabía que no podía culparla, porque la había puesto en aquella situación. Intentó convencerse de que no se había desilusionado, de que no le importaba lo que hiciera Alice. Sin embargo, tenía unas ganas insoportables de dar un puñetazo contra la pared.

Las pujas subieron y subieron. Miles se dio la vuelta y buscó un lugar donde pudiera encontrar privacidad y paz. Todas las habitaciones del castillo se habían abierto al público, así que tardó unos minutos en hallar la soledad que necesitaba. Se acercó a una ventana y miró hacia los pantanos. El cielo de aquel día de febrero estaba cubierto de nubes y había una niebla baja que envolvía el paisaje de humedad. La vista encajaba con su estado de ánimo.

Oyó el mazazo y el grito de alegría del subastador, y supo que el reloj había alcanzado una suma astronómica. Algo se rompió en su interior. Volvió hacia el salón y se acercó hasta Alice. Ella estaba ruborizada y triunfante. Era evidente que había adquirido el reloj. Miles la agarró por la muñeca y la obligó a ponerse en pie frente a todos los asistentes. Vio la cara de horror de la señora Lizzie y el jadeo de espanto de su madre. Las ignoró a las dos. Arrastró a Alice detrás de él, sin prestar atención a los susurros que recorrían la multitud, y se la llevó al estudio. Cerró de un portazo.

–¿Qué demonios crees que estás haciendo? –le preguntó con la voz enronquecida–. ¡Cuando convinimos los términos de nuestro compromiso, no dijimos nada de que vinieras a la subasta y dejaras bien claro ante todo el mundo que ibas a disfrutar como una loca comprando mis cosas por doce veces lo que valen! –exclamó. Se dio cuenta de que estaba temblando, pero consiguió recuperar el control sobre sí mismo–. Pensaba que te había dejado claro que, si no puedes mostrar entusiasmo por nuestro compromiso, al menos sí debes demostrarme respeto en público, o todo el mundo sospechará que hay algo raro en nuestro acuerdo.

Alice estaba muy pálida. Tenía la capa descolocada y el pelo revuelto, pero en vez de percibir la cólera en su mirada, tal y como él esperaba, no vio nada más que consternación.

–El reloj era para usted –dijo ella, con una honestidad que devastó a Miles–. Su madre me dijo que era de gran valor para usted, y yo no quería que lo tuviera otra persona.

Miles soltó un juramento. Se había puesto enfermo.

–No lo quiero –comenzó a decir, rechazando instintivamente a Alice y la peligrosa intimidad de aquel gesto, pero ella le mantuvo la mirada y continuó hablando.

–Es cierto que vine con intención de avergonzarlo –dijo ella–. Iba a gastar mucho dinero para ponerlo en evidencia, pero... no es propio de mí vengarme de esa manera. Quizá sea demasiado generosa. Lizzie dice que soy muy blanda, pero no voy a cambiar lo que soy. No voy a dejar que mi forma de ser se estropee por la manera en que usted se ha comportado conmigo.

La dama inocente

Miles tragó saliva. No entendía por qué sus palabras eran tan dolorosas como la comprensión de su mirada. Lo último que quería, y que podía soportar, era su lástima.

Oyó el eco de la voz del subastador mientras anunciaba el siguiente artículo, e intentó bloquear el sonido. Alice se acercó a él y le puso una mano sobre el brazo.

–Lo siento –dijo–. Lo siento muchísimo, Miles. Debe de ser muy difícil hacer esto...

Miles cerró los ojos durante un instante. Recordó la compasión de Alice diez días antes, cuando estaban en el baile del Hotel Granby y ella le había preguntado por su familia. Él no quería su amabilidad entonces, y tampoco la quería ahora. No podía admitir, bajo ningún concepto, que le importara aquel horrible desfile de sus posesiones. No era posible.

Y, de repente, con una fuerza que le agitó el alma, se dio cuenta de que estaba furioso y amargado por tener que ser él el que se viera obligado a vender Vickery y Drum, a ser el hombre que hubiera acabado con el orgullo de la familia, cuando había sido su padre, con su actitud irresponsable y derrochadora, el que había hecho todo aquel daño años antes. Se sentía asqueado y enfadado porque el difunto lord Vickery hubiera evitado una vez más cumplir con sus responsabilidades y hubiera muerto antes de tener que venderlo todo, dejando a Miles con la carga de toda aquella ignominia. Su padre, a quien él había considerado un ídolo antes de su terrible pelea y su distanciamiento...

Miles se daba cuenta, al final, de que había conservado el reloj Breguet por razones sentimentales, con la esperanza de cumplir la palabra que le había dado a su padre aunque estuvieran tan amargamente separados. Y ahora, por fin, se daba cuenta de que todo había terminado. Él lo había perdido todo, y aquello le dolía profundamente.

Y sin querer, en vez de alejarse de Alice, posó la mano sobre la de ella. Su rostro estaba inclinado hacia él, y tenía los labios separados, rosados, suaves y dulces. En los ojos tenía una mirada de dolor y preocupación. Miles notó que algo se le removía por dentro.

La abrazó y la besó con toda la rabia y la violencia que había concentradas en él, quitándole la capucha para poder entrelazar los dedos entre su pelo rubio y hacer que inclinara la cabeza hacia atrás, y besarla con más fuerza. Sintió que jadeaba contra sus labios y que se rendía instantáneamente, completamente, y su rendición encendió algo primitivo y salvaje en él. No era consciente de otra cosa aparte de la necesidad incondicional que tenía por ella y de la espiral dolorosa de su deseo. Notó una sacudida en lo más profundo del alma, y sin embargo, en aquella oscuridad también sintió una paz que no había experimentado en mucho tiempo, una paz que solo podía darle Alice.

No recordó su juventud ni su inexperiencia. La atrajo hacia sí y la abrazó con más fuerza, y Alice respondió deslizando las manos por su espalda para abrazarlo también. Miles se dio cuenta de que le sacaba la camisa de la cintura de los pantalones, y sintió que le pasaba los dedos por el pecho desnudo y los hombros, y la sensación le arrancó un gruñido de los labios. Le pareció que estaba cayendo en un

La dama inocente

lugar de misterio, de calor y de sombras que no conocía, que lo aterrorizaba y que al mismo tiempo le ofrecía la serenidad y la dicha que siempre había deseado, un lugar en el que no tenía que luchar por lo que quería porque el deseo de su corazón se le concedía libremente y era suyo, podía tomarlo...

—¡Alice! —la voz de Lizzie les llegó desde el pasillo—. Alice, ¿estás bien? ¿Dónde estás?

Durante un instante, aquellas palabras apenas penetraron en la mente de Miles, porque estaba absorto en el sabor y el contacto de Alice. Entonces oyó unas pisadas en el suelo de piedra y recuperó la cordura de golpe, con una fría claridad. Soltó con tanta brusquedad a Alice que tuvo que sujetarla por el brazo para que ella no perdiera el equilibrio. Al mirarla a la cara, se dio cuenta de que estaba asombrada. Tenía el pelo despeinado, los ojos muy abiertos y oscurecidos por la pasión y el asombro, y se apretaba los labios con los dedos en un gesto de desconcierto que le provocó a Miles una ráfaga inesperada de ternura.

Él notó que su respiración se calmaba, y que la fiebre de su sangre disminuía. Tuvo frío, y estaba inquieto de una manera que no quería analizar. Una parte de su mente maldecía la interrupción, porque sabía que podía haber seducido a Alice y haberse aprovechado de su respuesta honesta para obligarla a casarse con él al instante, y al diablo los abogados y sus condiciones. Sin embargo, otra parte de él, mucho más profunda, le hacía estar tan preocupado que no podía soportar pensar en algo así.

—¡Alice!

Lizzie estaba prácticamente encima de ellos.

Nicola Cornick

Miles envolvió a Alice en la capa y volvió a ponerle la capucha, y le dio un beso breve y duro en los labios.

–Lady Elizabeth está aquí al lado –le susurró, y para su alivio, ella pestañeó y perdió la mirada de perplejidad que la había dejado inmóvil como una princesa dormida.

Se giró justo en el momento en el que Lizzie entraba por la puerta del estudio. Miles se situó estratégicamente al otro lado del escritorio. No tenía ganas de exhibir su estado físico en aquel momento y poner a Alice en una situación demasiado embarazosa.

–¡Aquí estás, Alice! –exclamó Lizzie–. Todos pensábamos que lord Vickery debía de haberte raptado. Yo he sido la única valiente que se ha atrevido a venir a rescatarte, y me alivia ver que estás sana y salva –dijo, y miró a Miles sin intentar aparentar simpatía.

Miles miró a Alice durante un largo instante. Aunque en sus ojos también había deseo, y perplejidad, y algo de cautela, cuando habló su voz sonó calmada, y menos temblorosa de lo que Miles hubiera supuesto.

–Estoy perfectamente, Lizzie, gracias –dijo–. Lord Vickery... le deseo un buen día.

–A su servicio, señorita Lister –dijo Miles–. La visitaré mañana.

Ella lo miró a los ojos.

–¿De veras?

–Puede estar segura.

Lizzie la tomó del brazo.

–¡Vamos, Alice! Quiero enseñarte mi última com-

La dama inocente

pra. He adquirido unas preciosas figuritas de porcelana...

Y salieron al pasillo. Lizzie iba parloteando y Alice no se volvió. Miles oyó cómo se alejaban sus pasos, y poco después, ella se había marchado.

Agitó la cabeza para intentar liberarse de la inquietante sensación de que había ocurrido algo profundo entre Alice y él. No era nada más que lujuria, pura y simple. El destello de intimidad no contaba para nada en el sentido emocional. Él no deseaba tener una conexión fuerte con Alice. Solo quería acostarse con ella, y conseguir su dinero. Aquello solo había ocurrido porque estaba aburrido y de mal humor por la subasta, y encolerizado, por un momento, a causa del derroche de su padre. Alice le había ofrecido consuelo, y él lo había aceptado, físicamente. Todavía estaba excitado al pensar en ella. Debería haberla tomado en aquel escritorio y comprometerla de tal modo que sus abogados habrían tenido que retirarse en una derrota escandalosa, y haber pasado por alto las condiciones de lady Membury.

De nuevo, la imagen de Alice le llenó la mente, pero no era la fantasía de una Alice tendida en desvergonzada sumisión bajo él, sino abrazándolo para consolarlo de sus pérdidas, con una piedad y una preocupación que le rozaron el alma. Miles soltó un juramento. Se estaba dejando dominar por aquella fiebre que sentía por ella. Solo había una explicación. Y solo había una cura.

Los tres meses, y las condiciones de lady Membury podían irse al infierno. Tendría a Alice y tendría también su dinero. Ella se rendiría a su deseo mutuo. Él se ocuparía de que ocurriera así. Y la próxima vez no se comportaría como un caballero. Cerraría la puerta con llave, ignoraría todas las interrupciones y la seduciría con la crueldad de un verdadero canalla.

Capítulo 11

A la mañana siguiente estaba nevando. Después de apartar las pesadas cortinas que protegían su habitación de la luz y de las corrientes, Alice vio que el cielo parecía un edredón blanco y grueso que dejaba caer copos de nieve como plumas en remolinos espesos. En aquel momento, Marigold llamó a la puerta y entró con una bandeja de chocolate caliente y una tostada.

–Vuelva a la cama, señorita –le dijo–. ¡Va a resfriarse ahí de pie, en camisón!

Dejó la bandeja en la mesilla y se arrodilló para encender el fuego de la chimenea.

Alice la observó distraídamente, y después de unos minutos, cuando Marigold se puso en pie, sacudiéndose las manos, y el fuego comenzaba a arder alegremente, dijo:

NICOLA CORNICK

–Supongo que mi madre no se moverá de su habitación, si sabe que está nevando.

Marigold sonrió.

–La señora Lister ya ha tomado su té, ha leído los posos y ahora está distrayéndose con la novela *Los hermanos húngaros*, de la señora Porter. Es muy interesante, según me ha dicho.

Alice suspiró, no por la elección de lectura que había hecho su madre, sino porque sabía que todos sus planes para aquel día serían cancelados. Desde que se había convertido en una dama rica, la señora Lister se consideraba demasiado delicada como para salir cuando hacía mucho frío en invierno, lo cual era una afectación ridícula para una persona más fuerte que un toro. Sin embargo, pensó que su madre se había ganado el derecho a ser perezosa si quería. Pero era una pena que sus planes también tuvieran que cancelarse, porque no podría ir de tiendas, ni al balneario, ni a pasear y tomar el aire fresco, ni a buscar un poco de compañía, puesto que su carabina estaba indispuesta.

Mientras observaba caer los copos de nieve, pensó que de todos modos no habría mucha compañía en el pueblo. Por ejemplo, no era muy probable que Miles Vickery atravesara las colinas para ir a Fortune's Folly desde Drum con aquel tiempo tan inclemente, sobre todo teniendo en cuenta que aquel era el segundo día de venta del contenido del Castillo de Drum. Sabía que Lowell quería comprar algo de maquinaria para la granja, y sin duda, regodearse en la ruina económica de un hombre al que detestaba tanto.

Alice dejó su taza de té, lentamente, mientras

pensaba en Miles. Su beso era lo último en lo que había pensado antes de quedarse dormida la noche anterior. Él había invadido sus sueños. Aquella mañana, ella se había despertado suave y cálida, enredada entre las sábanas como si estuviera en el abrazo de un amante, y lo primero en lo que había pensado había sido en Miles. Parecía que no tenía poder para pensar en otra cosa.

—¿Señorita? —dijo Marigold, y Alice se dio cuenta de que la doncella le había hecho una pregunta y ella no la había oído.

—Disculpa, Marigold —dijo.

—Me preguntaba si desea que saque su traje de paseo. ¿Va a salir con su guapo pretendiente, señorita?

—No, no creo —dijo Alice—. Dudo mucho que lord Vickery venga hoy de visita. Me pondré el viejo vestido lila y ayudaré a la cocinera a hacer las conservas de ciruelas o a cocer un bizcocho.

Con un suspiro, sacó el vestido descolorido del armario y se vistió lentamente.

Y con otro suspiro, comenzó a bajar las escaleras hacia la cocina.

Unas dos horas más tarde, Alice salió al vestíbulo para abrir la puerta. Jim, el mozo, había ido a buscar agua caliente para Lydia, que estaba más animada que la semana anterior y había hablado, incluso, de ir a dar un paseo por la orilla del río. Marigold estaba en el piso de arriba, porque había ido a llevarle a la señora Lister una bandeja con té y bizcocho, así que no había nadie que pudiera hacer el trabajo de los sirvientes.

Alice abrió la puerta y Miles Vickery se acercó al

umbral, sacudiéndose la nieve del sombrero. Tenía copos en los hombros y sobre la capa, y llevaba las botas empapadas.

—Gracias —dijo—. Hace un día muy desapacible...

Entonces, al reconocerla, su tono de voz cambió.

—¡Señorita Lister! No esperaba... —se interrumpió. Alice sabía lo que quería decir. Lo había oído muchas veces, y la más reciente, en una de las asambleas de Fortune's Folly, cuando la señora Minchin le había cuchicheado a la duquesa de Cole:

—Y, mi querida duquesa, ¿sabe que ella misma abrió la puerta de su casa? ¡Es terriblemente inapropiado! Pero claro, si una vez fue sirvienta, siempre lo será, digo yo...

—Soy perfectamente capaz de abrir la puerta a las visitas —dijo Alice, un poco azorada—. Es muy fácil. Solo hay que girar el pomo y abrir. Quizá pudiera intentarlo algún día, milord.

Esperaba que Miles hiciera algún comentario estirado sobre la improcedencia de aquello, pero él se echó a reír.

—¿Sabe? Quizá lo pruebe. Pero solo si usted promete ser mi mentora, por supuesto, señorita Lister —dijo.

Entonces, la miró admirativamente, desde los mechones de pelo que se le escapaban del moño hasta las manchas moradas de ciruela que tenía en los dedos. Fue como si la tocara. Alice comenzó a sentirse muy acalorada.

—He venido a verla para pedirle que venga a dar un paseo conmigo, señorita Lister —dijo Miles—, pero veo que no esperaba visita. No es que no esté encantadora...

La dama inocente

–No esperaba verlo esta mañana, no –dijo Alice, consciente de que llevaba un vestido viejo que era más apropiado para la hija de un granjero que para una heredera ociosa–. Sé que dijo que iba a visitarme, pero con este tiempo tan malo, pensé que no vendría.

Miles se rio.

–Debe de pensar que soy un pusilánime si cree que iba a dejarme amedrentar por la nieve cuando usted aguarda al final de mi viaje, señorita Lister –dijo él–. Después de nuestro encuentro de ayer, estaba impaciente por volver a verla.

Alice se mordió el labio. No quería pensar de nuevo en aquel encuentro. Solo quería dejar de pensar en él.

–Me temo que no podemos recibir visitas, puesto que mi madre está indispuesta –dijo ella, y de repente, al verse en el espejo del vestíbulo, se quedó callada. Tenía una gran mancha de harina en la mejilla. Soltó un jadeo e intentó cubrírsela con la mano, mientras Miles se reía.

–Le favorece muchísimo –dijo, pero en sus ojos había una mirada intensa que hizo que Alice se ruborizara.

–Estaba haciendo una tarta de ciruelas –explicó ella–. Si me disculpa, milord, creo que será mejor que se vaya. Quizá podamos vernos esta tarde, acompañados…

–Siento que su madre esté indispuesta –dijo Miles, ignorando sus intentos descarados de deshacerse de él–. Tal vez pueda venir usted a dar una vuelta en coche conmigo. Ha dejado de nevar, y el paseo está muy bonito. No se preocupe, me aseguraré de que vaya bien protegida del frío. No se enfriará, se lo prometo.

–No creo que... –comenzó a decir, pero se quedó callada cuando Miles posó la palma de la mano en su mejilla, sobre la mancha de harina.

–No piense –le dijo suavemente–. Venga conmigo.

Alice cerró los ojos. Sintió un cosquilleo bajo su mano.

«Venga conmigo...».

Con qué facilidad conseguía que ella olvidara que era un canalla sin escrúpulos. Aquella inesperada dulzura entre ellos era mucho más parecida a un noviazgo de verdad que la coacción que había usado para obligarla.

–Sé que no tiene que pedírmelo –dijo con aspereza. Estaba enfadada porque él, con una sonrisa y una caricia, podía seducirla y gustarle.

–Entonces, vaya a recoger su capa y no se oponga a mí –dijo él, con frialdad entonces. Sus miradas chocaron, y Miles arqueó las cejas–. ¿A qué espera? Tal y como acaba de recordarme, puedo exigirle lo que quiera, señorita Lister.

Alice subió las escaleras con rabia, consciente de que él la seguía con la mirada. De repente, estaba tensa, fatigada. Por un momento había surgido algo de ternura entre ellos, algo que la había hecho temblar, pero había sido solo otra ilusión.

Llamó a la puerta de la habitación de su madre para preguntarle si podía salir con lord Vickery a dar una vuelta en carruaje por Fortune's Row. Como era de esperar, la señora Lister se lo dio con entusiasmo, y Alice fue a su habitación a ponerse el

La dama inocente

traje de paseo que Marigold había querido sacarle aquella mañana. Alice pensó que era demasiado pedir que su madre se comportara como debía hacerlo una carabina, porque la señora Lister estaba tan desesperada por ver aquel matrimonio realizado que si Miles llegara a sugerir que se fugaran para casarse, ella misma le haría las maletas.

Cabeceando con resignación, Alice se recogió el pelo con un lazo y se puso un sombrero, tomó una capa gruesa y se calzó sus botas más recias. Esperaba que los caballos de Miles no se hubieran enfriado al tener que esperar fuera, en la nieve. En realidad, pensándolo bien, le sorprendía que él tuviera caballos, y cuando vio el coche, de color plateado y verde, tirado por un par de preciosos caballos castaños, se quedó más sorprendida todavía.

—Me lo ha prestado el señor Haven, el propietario del establo del pueblo, teniendo en cuenta mis expectativas —dijo Miles, mientras la ayudaba a subir al carruaje—, así que tengo que agradecérselo a usted, señorita Lister —añadió con una mirada burlona—. Ya ve que nuestro compromiso me beneficia materialmente.

—Así que ya está pidiendo prestado a costa de mi fortuna —dijo ella con frialdad, mientras Miles se sentaba a su lado y tomaba las riendas.

Miles le sonrió.

—Exacto.

—Pensaba que la idea era usar mi dinero para pagar sus deudas, en vez de usarlo para hacer promesas y endeudarse más.

—En absoluto —dijo Miles—. La clave está en saber manejar el crédito de uno. Yo siempre estaré viviendo de prestado, señorita Lister. Ni con sus ochenta mil libras podré quitarme todas las deudas.

Aquella era una mala noticia para Alice. Si finalmente se veía obligada a casarse con Miles, siempre vivirían endeudados. Ella nunca había estado en semejante situación, ni siquiera cuando solo tenía el sueldo de una sirvienta para mantenerse, y no le gustaba nada. El estilo de vida imprudente y extravagante de la aristocracia le parecía totalmente deplorable.

Con un suspiro, observó el paisaje. Había dejado de nevar, y el sol pálido estaba filtrándose entre las nubes, pero el aire era frío y pesado. Miles dirigió el carruaje hacia Fortune's Row. El paseo estaba cubierto de nieve que brillaba cuando el sol arrancaba reflejos de los diminutos cristales.

—Es muy agradable estar fuera de casa —admitió Alice, inclinando la cara hacia arriba.

—Sí. ¿Monta usted a caballo, señorita Lister?

—Sí, pero sin refinamiento —dijo Alice con una sonrisa—. Sin duda, todos criticarían mi falta de estilo si saliera a montar en sociedad, pero aprendí en una granja.

—¿Y no tiene caballo? ¿No le guarda su hermano uno en el establo?

—No. Yo también alquilo una montura del establo del señor Haven en las raras ocasiones en las que salgo a montar. En realidad, prefiero salir a pasear por las colinas; otra actividad que se le critica a las damas. Parece que soy demasiado activa como para ser refinada. Uno de los beneficios de ser una criada es que a nadie le preocupaba si me comportaba como una dama o no. Era completamente irrelevante. Sin embargo, ahora siempre estoy atrapada entre normas y regulaciones.

Miles la miró y la sonrió.

–Me imagino que debe de ser duro. No me parece el tipo de mujer que se quedaría en casa cosiendo ante el fuego durante horas, solo por cumplir con las reglas de la sociedad.

–Yo coso muy bien –dijo Alice–, pero confieso que me aburre bastante, después de un rato.

Frunció el ceño al recordar una conversación que había tenido la noche anterior con Lydia, mientras cosían camisitas para el bebé de su amiga.

–¿Puedo preguntarle una cosa, lord Vickery?

–Por supuesto, señorita Lister.

Alice se apretó las manos. De repente, se sentía nerviosa, sin saber por qué.

–¿Se ha escapado de la cárcel Tom Fortune?

De repente, percibió una mirada de sorpresa en los ojos de Miles, y vio cómo se le borraba la sonrisa de los labios. Él disminuyó el paso de los caballos y los dirigió hacia un camino, y fijó toda su atención en ella.

–¿Por qué lo pregunta? –inquirió en un tono muy suave.

–¿Podría darme una respuesta sincera antes?

Miles inclinó ligeramente la cabeza.

–Sí. Sí, Tom Fortune se ha escapado de la cárcel.

A Alice se le cortó la respiración.

–¿Está en peligro Lydia?

–Puede estarlo –respondió Miles, y entornó los ojos–. Usted también. ¿Por qué me lo ha preguntado, señorita Lister?

—Por algo que usted me dijo el otro día —dijo Alice—. Me preguntó por Lydia, y yo pensé que era por amabilidad, pero entonces, Lizzie me dijo que lord Waterhouse también le había preguntado si Lydia había recibido alguna carta, ¿y para qué iba a querer él saber eso? Y después, anoche Lydia me preguntó...

En aquel momento, Alice se detuvo, al darse cuenta de que estaba a punto de traicionar la confianza de su amiga por sus comentarios.

Sin embargo, Miles no apartó la mirada de ella.

—¿Qué le preguntó?

—Oh, nada —dijo Alice, intentando desesperadamente pensar en un modo de evitar traicionar más a Lydia.

—¿Qué le preguntó Lydia, señorita Lister? Por favor, no intente inventar nada. Me daría cuenta.

Alice se sobresaltó al ver que él había adivinado sus intenciones con tanta exactitud.

—¿Y desde cuándo es usted un experto en decir la verdad? —le espetó.

—Desde que mi noviazgo con usted me obliga a ser honesto todo el tiempo —respondió Miles secamente—. ¿Y bien?

—Lydia me preguntó que, si Tom Fortune no había asesinado a Warren Sampson ni a sir William Crosby, quién creía yo que podía ser el asesino —dijo Alice, capitulando—. Sin embargo, estoy segura de que solo eran especulaciones suyas. Si todavía está enamorada de Tom, es natural que quiera exonerarlo de la culpa.

Miles entrecerró los ojos con un gesto pensativo.

La dama inocente

—Eso es cierto, pero también cabe la posibilidad de que Tom Fortune se haya puesto en contacto con la señorita Cole, la haya convencido de que es inocente y le haya pedido ayuda. ¿Sabe si ha ocurrido eso, señorita Lister?

—No, no lo sé. Lydia no me ha dicho nada parecido. Eso fue todo lo que me dijo.

—Entiendo. ¿Y la señorita Cole no ha recibido ninguna carta?

—No, que yo sepa —dijo Alice, y frunció el ceño—. Solo le he preguntado a usted por Tom porque temía que Lydia pudiera estar en peligro. Ahora que me está interrogando, lamento haberlo hecho.

—Sería útil que usted mantuviera vigilada a la señorita Cole —dijo Miles—, y nos avisara si ocurre algo sospechoso.

—¡No pienso espiar a Lydia! —exclamó Alice—. ¡Está intentando utilizarme! —añadió con amargura—. De nuevo. ¿Es que no aprenderé nunca? Yo he hablado a causa de mi preocupación por Lydia, pero usted... aunque diga que desea protegernos de Tom Fortune, lo único que quiere es arrestarlo de nuevo. ¡Lydia tenía razón!

—Así que dijo algo más respecto al caso —comentó calmadamente Miles—. Eso me parecía.

—¡Sí, dijo algo más! Dijo que las autoridades debían investigarlo a usted como alternativa a Tom, porque posee la crueldad necesaria y las habilidades para ser un asesino.

Alice oyó a Miles soltar un juramento entre dientes.

Él detuvo el carruaje en seco, tan rápidamente que los caballos se encabritaron, y después se giró para encararse con ella. Su presencia física era tan intimidante que Alice se echó hacia atrás instintivamente.

—¿Y creíste eso de mí? —preguntó él en voz baja, aunque en un tono que consiguió que ella se estremeciera—. ¿Lo creíste, Alice? —repitió suavemente—. ¿Crees que soy un asesino?

—¡No lo sé! —estalló Alice—. ¡Es cierto que posee la crueldad necesaria! ¿Por qué no iba a creerlo, si me está obligando a casarme con usted? Y Lydia tenía razón en que debe de haber una docena de cosas en su pasado por las cuales un criminal como Warren Sampson podía chantajearlo...

Se interrumpió al oír que Miles volvía a soltar un juramento.

—Entonces, ¿también has estado pensando en el móvil que yo pudiera tener?

—¡Claro que no! No estoy diciendo que haya asesinado a Sampson...

—No, solo acabas de demostrar tu absoluta falta de confianza en mí —dijo Miles.

Alice se puso furiosa.

—¡No sabía que quisiera contar con mi confianza! ¡Usted solo quiere mi dinero para pagar sus deudas, eso es todo!

—Y acostarme con usted, señorita Lister —dijo Miles—. No lo olvide.

—Ninguna de las dos cosas requieren confianza, ni tampoco afecto —replicó Alice—. O al menos, eso me ha dicho usted.

—Cierto —dijo Miles, en el mismo tono de voz peligroso.

—Está enfadado —comentó ella—. No debería estar

enfadado conmigo dado que no le importa ni un comino mi opinión.

–Su lógica es desternillante, señorita Lister –soltó Miles.

Su expresión era de rabia. Alice se echó a temblar, pero al mismo tiempo se quedó asombrada, porque parecía que su opinión sí le importaba. Alargó la mano hacia él, pero antes de que pudiera volver a hablar, sonó un ruido seco, como el sonido de una rama quebrándose por el peso de la nieve y, entonces, Alice sintió un dolor lacerante en el brazo, una quemadura en la piel. Los caballos se agitaron y movieron el carruaje, y Alice perdió el equilibrio en el asiento. Sin embargo, Miles la agarró con unos reflejos muy rápidos, la levantó y saltó a la nieve con ella en brazos.

Cayeron al suelo y rodaron juntos, y a causa del impacto, a Alice se le escapó todo el aire de los pulmones. Se quedó inmóvil entre los brazos de Miles. Su cuerpo quedó protegido bajo el de él, y Alice sintió la dureza de sus manos mientras la mantenía quieta. Tenía todos los músculos del cuerpo tensos, expectantes.

Alice echó hacia atrás la cabeza y tomó aire.

–¿Qué ha pasado...?

–¡Cállate!

La cara de Miles, tan cercana a la suya, era oscura, impenetrable. Tenía los ojos resplandecientes. Medio agachado, la arrastró hacia el carruaje para protegerla. Los caballos estaban muy asustados, piafaban y relinchaban, pero afortunadamente no parecía que fueran a salir de estampida.

–¡No te muevas!

Miles se alejó unos centímetros para mirar al otro lado del coche, e inmediatamente, sonó otro disparo que desconchó la pintura del precioso vehículo del señor Haven. La bala pasó tan cerca que Alice sintió moverse el aire. En aquella ocasión, los caballos relincharon y dieron un respingo, y el carruaje avanzó unos centímetros, dejando a Alice expuesta para el tirador. Otra bala pasó silbando y se incrustó en la nieve, justo en el momento en el que Miles tiraba de ella con fuerza y la arrastraba hacia la protección del coche y de su cuerpo.

–Maldita sea –susurró–. Somos un blanco fácil aquí.

–¿Por qué nos están disparando? –preguntó Alice con un hilillo de voz. Todo había ocurrido tan rápidamente que le parecía irreal. Únicamente consiguió mantener controlado el pánico por las reacciones calmadas de Miles, por el absoluto equilibrio que percibió en él.

–Ahora no podemos averiguarlo –dijo él–. No quiero dejarte sola, Alice –añadió, mirándola fijamente–, pero necesito intentar acercarme al tirador para detenerlo...

–Ve –dijo Alice.

Estaba temblando de frío, de impresión, con la nieve pegada a la ropa y el sombrero aplastado a causa del golpe. Vio una mancha de sangre en el lugar en el que había estado situado su brazo. También tenía los guantes manchados de sangre, y al tocarse la manga, notó los bordes del abrigo rasgados alrededor del agujero de la bala.

–Estás herida –dijo él, con la voz ronca, y con un matiz que ella nunca había oído antes–. Alice...

La dama inocente

—No es nada —dijo ella—. Apenas me ha rozado. ¡Vete! Es mejor eso que no quedarnos aquí a merced de los disparos. Pero, por el amor de Dios, ten cuidado...

Sus miradas quedaron atrapadas. Miles estaba en un dilema. Los dos sabían que, si los caballos salían corriendo, quedarían a plena vista del tirador, y Alice estaría indefensa. Se aferró a él durante un instante, y luego lo soltó.

—Vete —dijo con firmeza una tercera vez.

—¡Vickery! —gritó alguien desde detrás de ellos, y ambos se volvieron. Nat Waterhouse galopaba en dirección a ellos en un caballo bayo. Bajó de un salto y agarró las riendas de los caballos del carruaje, y los calmó.

—He oído un disparo —dijo—. ¿Qué pasa, Miles?

—Alguien nos ha usado de blanco de tiro —dijo Miles, poniéndose en pie—. Gracias a Dios que estás aquí. Al menos, eso lo habrá asustado. Pero tengo que llevar a la señorita Lister rápidamente a Spring House y avisar el doctor antes de intentar averiguar quién era el tirador.

—Estoy perfectamente —dijo Alice, mientras se levantaba y se sacudía la nieve del abrigo con las manos un poco temblorosas—. Puedo volver andando. Ustedes deben ir a hacer lo que tengan que hacer. Si esperan demasiado, el tirador se habrá marchado.

—No voy a dejarla sola —dijo Miles—. ¿Y si le disparan de nuevo? No tendría ninguna protección.

—Nadie me va a disparar a mí —respondió ella, que de repente se sentía exhausta y solo quería acostarse en su cama y dormir—. Dudo que fuera el blanco –añadió–. ¿Por qué iba a querer matarme alguien a mí? No hay ninguna maldición familiar sobre mi cabeza.

Miles y Nat se miraron.

–Puede que la señorita Lister tenga razón –dijo Nat–. Quizá el objetivo fueras tú, Miles.

Miles negó con la cabeza.

–No me estaban apuntando a mí –dijo–. Señorita Lister, no voy a permitir que vuelva sola. Eso sería absurdo –añadió, en un tono que no admitía réplica.

–Yo iré a inspeccionar aquel bosquecillo del sur y buscaré el lugar desde el que han disparado –dijo Nat–. Mandaré aviso a Dexter. Reúnete con nosotros en el Granby cuando hayas dejado a la señorita Lister sana y salva en casa –después, sonrió a Alice–. A su servicio, señorita Lister. Es usted muy valiente. Muchas mujeres ya se habrían desmayado –dijo. Subió de un salto al caballo y se dirigió al sur.

Miles tomó a Alice en brazos sin decir una palabra más, la sentó en el asiento del coche y la envolvió en la manta de viaje con tanto cuidado como si fuera de cristal. Ella lo observó mientras él, con una expresión sombría y en silencio, encaminaba a los nerviosos caballos hacia Spring House. Había dejado de sangrarle el brazo, pero le dolía de un modo que la puso nerviosa. Miles insistió en llevarla en brazos al interior de la casa, aunque ella le aseguró con firmeza que podía caminar perfectamente. En el vestíbulo, sin embargo, hubo un entretenimiento, porque, al enterarse de la noticia, la señora Lister se desmayó.

–Es una pena que no lo leyera en las hojas de té

La dama inocente

—le dijo Alice en voz baja a Miles—. Habría estado mejor preparada.

Vio que él sonreía un poco, pero su tensión no se relajó en absoluto. Mientras Marigold iba corriendo en busca de las sales y todo el mundo atendía a la señora Lister, él llevó a Alice aparte.

—¿Está segura de que no necesita un médico, señorita Lister?

—¡Por Dios, no! —respondió ella—. Con un poco de agua caliente y un paño limpio para vendar el rasguño, y un poco de brandy, todo estará solucionado.

—Parece que es muy fuerte —dijo Miles.

—Es por haber sido sirvienta —respondió ella con energía—. Sé resolver muchas emergencias —afirmó. Después bajó la voz—. ¿No cree que ha sido un accidente, lord Vickery? Quizá alguien que estaba cazando conejos... —se interrumpió al ver la expresión de Miles—. No, me doy cuenta de que no lo cree.

—Habría sido muy mal tirador —dijo él—. Nosotros estábamos a un metro y medio sobre el suelo, y ¿quién ha visto volar a los conejos?

Alice suspiró.

—Entonces, alguien estaba tratando de matarnos a mí o a usted. Sin embargo, eso no tiene ningún sentido. ¿Por qué, y quién?

—Volveré más tarde y hablaremos de ello —le dijo Miles—. Debo reunirme con Waterhouse e informarme de lo que ha averiguado —la miró fijamente y añadió—: Es muy valiente, señorita Lister, pero tiene aspecto de estar agotada. Debe descansar.

Alice sí estaba agotada, y el barullo de voces del vestíbulo le estaba causando un dolor de cabeza. El rasguño del brazo le dolía, y estaba helada porque tenía la ropa calada. Además, tenía ganas de llorar, cosa extraña en ella.

Le puso una mano a Miles en el brazo.

—Gracias por salvarme la vida —le dijo—. Si no me hubiera bajado del carruaje tan rápidamente... Aunque supongo —añadió con amargura—, que es lógico que quisiera salvarme. Ha invertido mucho tiempo y esfuerzo en conseguirme.

La mirada de Miles, dura e implacable, sostuvo la de Alice un largo instante.

—Sí, es cierto —dijo con la voz ronca.

Después la atrajo hacia sí y le dio un beso breve, áspero. Había ira y un deseo salvaje en él, y durante un momento, Alice cedió sin poder evitarlo, antes de que él la soltara.

—Acuéstese —le ordenó él—. Dígales a los sirvientes que no le abran la puerta a nadie que no sea de su confianza. Yo volveré pronto.

Alice lo vio marchar, dándole órdenes al criado para que llevara a la señora Lister al salón y a Marigold para que le subiera agua caliente a Alice a su dormitorio. Después, Miles alzó la mano para despedirse y salió, y Alice subió las escaleras trabajosamente y se quitó la ropa mojada. Marigold avisó a Lizzie, y las dos ayudaron a Alice a limpiarse y vendarse la herida. Después, la dejaron sola para que descansara.

Alice no dejó de pensar en la ternura que había visto en los ojos de Miles, y en la atracción seductora que irradiaban su fuerza y su protección. Él había arriesgado su propia vida por salvarla. Ojalá se lo hubiera ofrecido todo libremente.

Sin embargo, ella sabía que no debía ver a Miles

La dama inocente

con la misma ilusión que había sido su ruina el año anterior. Tenía que recordar, antes de forjar los mismos sueños sobre Miles, que ya lo había querido antes, y que había sufrido el terrible golpe de su traición. Tenía que recordar que, para Miles Vickery, ella no era más que el medio de salvarse de la deuda y la desgracia.

Capítulo 12

Estaba nevando otra vez cuando Miles llegó al Hotel Granby.

Caían unos copos grandes, blancos, que impedían la visión y que, seguramente, ya habrían cubierto las huellas y las pruebas en Fortune's Row. En el salón privado, encontró a Nat Waterhouse y a Dexter Anstruther, acomodados ante un fuego que ardía vigorosamente.

–No vas tan impecablemente arreglado como siempre, amigo –le dijo Dexter a modo de saludo–. Nat me ha contado lo ocurrido. ¿Estás bien?

–Sí, perfectamente –dijo Miles mientras se quitaba los guantes y se acercaba a la chimenea para calentarse las manos.

–¿Y la señorita Lister? –preguntó Nat–. Tenía un rasguño feo en el brazo.

La dama inocente

–Estaba helada y asustada, pero no quiso llamar al médico –respondió Miles–. Es una mujer extraordinaria.

Vio que Nat y Dexter intercambiaban una mirada.

–¿Qué? –preguntó con irritación.

–Nada en absoluto –respondió Dexter con suavidad–. ¿Quieres tomar algo?

–Solo un café bien fuerte.

Tomó una taza y se hundió en una de las butacas con un profundo suspiro. Durante su carrera, se había enfrentado a situaciones mucho más peligrosas que aquella en la que se habían visto inmersos Alice y él un poco antes, y sin embargo, por algún motivo que no entendía, Miles estaba más afectado que nunca.

Al ver que alguien había disparado a Alice, el terror le había atenazado la garganta de un modo desconocido para él.

Había sentido miedo muchas veces en la vida. Solo un tonto, o un loco, negaría que tenía miedo en la batalla, o cuando alguien lo encañonaba con un arma. Sin embargo, el miedo que había sentido por Alice era algo distinto. Era como un terror a perder algo que acababa de encontrar, el horror a que le arrebataran algo muy importante a lo que todavía no había podido aferrarse. Seguramente era el miedo a perder el dinero de Alice, se dijo, pero de todos modos sentía algo desconocido, extraño. Carraspeó bruscamente y dejó la taza en el plato de golpe.

–¿Pudiste descubrir alguna pista en el paseo antes de que comenzara a nevar otra vez? –le preguntó a Nat.

Nat asintió.

—Había huellas en la nieve cerca de Seven Acre Covert. Las medí. Era un hombre grande de paso firme. También había un caballo. La distancia desde allí a tu carruaje era de unos doscientos metros.

—No es mucha distancia para un tirador con buena puntería —comentó Dexter.

—No tenía buena puntería —dijo Miles—. Falló tres veces —se volvió hacia Nat—. ¿Habrías fallado tú a esa distancia?

Nat sacudió la cabeza lentamente.

—No. Cualquier fusilero entrenado habría dado en el blanco a esa distancia.

—Como cualquier hombre de campo, acostumbrado a cazar —añadió Miles—. Un granjero, por ejemplo.

Dexter entornó los ojos.

—¿Qué quieres decir?

—Estoy pensando en Lowell Lister —dijo Miles—. El tirador apuntaba a la señorita Lister, no a mí. Estoy seguro. ¿Quién heredaría su fortuna si ella muriera?

—Me imagino que su madre —dijo Nat.

Miles se encogió de hombros.

—Entonces, Lowell saldría ganando. Si Alice muriera, la señora Lister heredaría, y él no quiere que Alice se case conmigo...

Hubo un silencio.

—Lowell Lister quiere mucho a su hermana —dijo Nat—. No es que eso demuestre nada, pero... —frunció el ceño y preguntó—: ¿Estás seguro de que estaban apuntando a la señorita Lister y no a ti, Miles?

—Bueno —dijo Miles secamente—, la hirió a ella, aunque no gravemente. Eso me hace pensar que ella era su objetivo.

La dama inocente

—Piensa por un momento que fueras tú.

Miles se encogió de hombros nuevamente, con irritación.

—Ya lo he pensado, y no tiene sentido. Nadie de mi familia quiere verme muerto. De hecho, quieren que siga vivo para que la Maldición de Drum no recaiga sobre Philip. En cuanto a la maldición... bueno, ya sabéis que yo no creo en supersticiones.

—¿Y Tom Fortune? —sugirió Nat.

Miles negó con la cabeza.

—¿Por qué iba a matarme a mí, a uno de los Guardianes? Sabe que si nos liquida a todos, el ministro del Interior enviará a otros en su busca. De hecho, tiene más lógica que Fortune quisiera matar a la señorita Lister.

—¿Por qué? —preguntó Dexter.

—Porque la señorita Lister y lady Elizabeth —Miles miró a Nat— han deducido que Tom se ha escapado de la cárcel. La señorita Lister me lo preguntó esta mañana. Creo que Tom se ha puesto en contacto con la señorita Cole, y si pensó que la señorita Lister me lo estaba contando... Bueno, supongo que ese es un móvil de asesinato.

—Pero nadie ha visto a un hombre cuya descripción concuerde con la de Tom Fortune esta mañana en las cercanías del pueblo, Miles —dijo Nat.

—Dudo que nadie viera a nadie —dijo Miles—. Muy poca gente sale cuando nieva.

—Lady Elizabeth y yo no vimos a nadie —asintió Nat.

Dexter lo miró.

—¿Habías salido a cabalgar con lady Elizabeth cuando ocurrió todo esto?

NICOLA CORNICK

–Volvía de acompañarla a Spring House cuando vi a Miles y a la señorita Lister –explicó Nat–. La señorita Minchin no sabe montar a caballo –añadió, en tono defensivo, cuando vio la mirada que Dexter le lanzaba a Miles.

–Entonces, se sentirá muy aliviada de que tengas a lady Elizabeth para acompañarte en tus salidas en vez de ella –dijo Miles, regodeándose en la evidente incomodidad de su amigo.

–Déjalo, Miles –le espetó Nat–, antes de que yo diseccione tus sentimientos por la señorita Lister, que no están tan claros como parece que piensas.

–Caballeros –dijo Dexter, con una sonrisa asomándole en los ojos–, antes de que lleguen a las manos, vamos a pensar en lo que debemos hacer. Creo que es necesario entrevistar a la señorita Cole para ver si es cierto que Tom Fortune se ha puesto en contacto con ella. Sé que no querrá responder a nuestras preguntas, pero quizá podamos convencerla de que hable con Laura. Después de todo son primas, y Laura siempre ha sido amable con ella.

Nat asintió.

–Buena idea, Dexter.

–Mientras, tú tienes que hablar con la señorita Lister para que te diga quién se beneficiaría de su muerte –le dijo Dexter a Miles–, y averiguar si hay algún motivo por el que alguien quisiera matarla.

Miles se puso en pie y se metió las manos en los bolsillos.

–No me gusta nada esto –dijo–. Si Tom Fortune está detrás de lo que ha ocurrido, entonces la señorita Lister, la señorita Cole y lady Elizabeth están en peligro. No hay nadie con ellas en Spring House, aparte de los sirvientes. Uno de nosotros debería estar allí para protegerlas.

—¿Crees que uno de nosotros debería instalarse allí? —preguntó Dexter con las cejas arqueadas—. Eso sería muy irregular.

—Esta es una situación muy irregular —replicó Miles.

Dexter asintió.

—Está bien. Convence a la señorita Lister para que te permita quedarte allí.

—Oh, la convenceré, no lo dudes —dijo Miles. Se sintió un poco más relajado al pensar que estaría cerca de ella si sucedía algo. Se volvió hacia Dexter y le dijo—: No te he dado las gracias todavía por haber permitido que mi madre, Celia y Philip se queden en El Viejo Palacio —le dijo con la voz ronca—. La verdad es que no quería que se quedaran, pero ahora me alegro mucho de que no estén en Drum.

—No lo pienses más, amigo —dijo Dexter, dándole una palmada en la espalda—. Lizzie está agobiada porque su embarazo la tiene muy mareada. No puede salir, y agradece la compañía.

Miles asintió.

—Voy a Spring House —dijo bruscamente—. Os veré después.

Hubo un silencio breve después de que Miles se hubiera marchado.

Después, Dexter enarcó las cejas mirando a Nat Waterhouse, y Nat sonrió.

—Le vi la cara cuando se dio cuenta de que le habían disparado a la señorita Lister —dijo—. Está metido en un buen lío.

–Por supuesto que sí –convino Dexter mientras servía más café.

Celia Vickery se quedó asombrada al reconocer al caballero que le sujetaba la puerta de la oficina de correos de Fortune's Folly con una cortesía tan ejemplar.

–Señor Gaines –dijo–. No esperaba verlo esta mañana. Muy poca gente se aventura a salir cuando nieva. Son tontos, claro, porque unos cuantos copos no hacen ningún daño, pero de todos modos...

Estaba parloteando. Se daba cuenta. Ella, de una frialdad proverbial cuando trataba con el sexo opuesto, que podía reducir a los hombres jóvenes a tartajeos y después a un patético silencio, estaba tartamudeando también.

Al recordar el baile de la noche anterior, y el modo en que había importunado a Frank Gaines para que bailara con ella cuatro veces seguidas, sintió una mortificación poco habitual. Él debía de pensar que ella había ingerido demasiado ponche de ron, o que estaba tan desesperada por despertar el interés de un hombre que se había lanzado hacia él. ¡Y ahora se lo encontraba allí! Si Gaines hubiera llegado un minuto antes, ella todavía habría estado enviando su paquete y eso habría sido muy difícil de explicar. Y si él hubiera visto la dirección, se habría imaginado...

–Lady Celia –dijo Gaines con una ligera reverencia–. ¿Me permite que la acompañe? ¿Se dirige quizá al balneario?

–¡Dios Santo, no! –exclamó Celia–. No soy débil

y no necesito aguas termales para fortalecer mi constitución.

–Estoy seguro de que no –dijo Frank Gaines, caminando a su lado–. En ese caso, me pregunto si podría hablar con usted, lady Celia, ¿en privado?

Celia lo miró, y él le devolvió la mirada directamente. El corazón le dio un vuelco. Gaines parecía un abogado muy astuto, y si había estado haciendo averiguaciones sobre el pasado de Miles para desacreditarlo e impedir su boda con la señorita Lister...

–Por supuesto –murmuró–. Aunque no sé de qué querrá hablar conmigo.

–Dejémoslo por el momento, si no le importa –le dijo Gaines de manera insulsa. Sin embargo, parecía que con su mirada brillante e inteligente veía todas las cosas que ella ocultaba.

«Oh, Dios Santo», pensó Celia. «Lo sabe».

–Hace demasiado frío como para quedarse al aire libre –continuó Gaines–. ¿Le gustaría tomar una taza conmigo en el balneario?

–Muy bien –dijo Celia, rindiéndose a lo inevitable.

En pocos minutos se vio sentada en uno de los preciosos bancos de hierro forjado de la sala de té. Gaines se sentó junto a ella y avisó a una de las doncellas con una sencilla inclinación de la cabeza. Cuando la chica tomó nota de lo que querían y fue a buscarlo, él se giró hacia Celia con una mirada pensativa. Ella era muy consciente de que Gaines había posado la mano en el respaldo del asiento, a punto de tocarle el hombro.

–Lo sabe, ¿verdad? –preguntó.

–Sí. Lo sé.

Nicola Cornick

—Tenía que hacerlo —dijo ella, mirándolo a los ojos—. Necesitábamos dinero, y mi madre no sabe ahorrar. Oh, piensa que se le da muy bien, pero nunca hay suficiente para pagar las facturas y... —su voz se acalló—. Sé que nadie lo aprobaría, pero...

—¿Aprobarlo? —preguntó Gaines, con una mirada divertida en los ojos grises—. Yo creo que no, lady Celia. Es usted la hija de un obispo.

Celia extendió las manos en un gesto de ruego.

—Pero, ¿no entiende que no me quedaba otro remedio? Tenía que pensar en algo para lo que tuviera talento...

—¿Y se le ocurrió esto? —preguntó Gaines, en un tono poco halagador que molestó a Celia.

—Sí —respondió ella de forma cortante—. Eso fue lo que se me ocurrió. A usted le sorprenderá, señor Gaines, pero le aseguro que se me da muy bien.

—No lo pongo en duda —respondió Frank Gaines sin alterarse—. Mis investigaciones me han demostrado que obtiene buenos ingresos, pero lo que me asombra... lo que me desconcierta es de dónde saca las ideas. He leído varias de sus obras, lady Celia. De hecho fui directamente a comprar sus libros cuando descubrí su secreto. Son muy... —sus labios se curvaron en una sonrisa—. Muy apasionantes, de veras.

—Tengo algo de experiencia —dijo Celia, ruborizándose—. Y soy observadora e imaginativa.

—Debe de serlo, sí.

Llegó el té. Ninguno de los dos tenía muchas ganas de tomarlo. Se hizo el silencio entre los dos. Celia jugueteaba con la cucharilla y con los guantes y con el borde de la capa. Finalmente, alzó la vista y descubrió que Gaines la estaba mirando con una expresión indescifrable.

Parecía que se había movido ligeramente hacia ella en el banco. Le rozó el hombro con la mano de la manera más casual.

—¡Oh, por el amor de Dios! —exclamó ella finalmente—. ¡Necesito saber si se lo va a contar a alguien!

—No veo por qué iba a hacerlo —dijo él—. Después de todo, no es relevante para las investigaciones que estoy llevando a cabo en nombre de la señorita Lister.

Celia sintió un enorme alivio.

—Gracias —murmuró.

—Sin embargo —continuó Gaines—, confieso que me gustaría obtener algo a cambio.

—¿Va a chantajearme? —preguntó ella con incredulidad.

—Claro que no. Nada más lejos de mi intención. Solo pensé que quizá pudiera... ¿ayudarla? ¿Proporcionarle algo de inspiración, quizá?

Celia tragó saliva.

—No creo que tenga que tomarse la molestia.

Él le rozó la manga con la mano. Celia se estremeció.

—No sería ninguna molestia.

Celia se quedó allí, inmóvil, con el té enfriándose en la mesa, frente a ella. ¿Sería capaz de hacerlo? Le asombraba el darse cuenta de lo muy tentada que se sentía. Aprender, explorar... Se mordió el labio. Frank Gaines no dijo nada más para intentar persuadirla ni apremiarla, pero en su mirada brillante había algo que capturó a Celia e hizo que se le acelerara el pulso.

–Muy bien –susurró–. Pero, ¿dónde podemos hacerlo? Nadie debe saberlo…

–Confíe en mí. Conozco el lugar perfecto –dijo Gaines. Se puso en pie y le ofreció el brazo–. ¿Vamos?

Celia se quedó mirándolo con asombro.

–¿Ahora?

–¿Por qué no? –él sonrió–. No quería ese té, ¿verdad?

–No, yo… –Celia se interrumpió, mareada por la rapidez con la que estaba ocurriendo todo–. De acuerdo.

Se levantó y se agarró del brazo de Gaines. Le temblaban ligeramente los dedos cuando los posó sobre su manga. Él se los cubrió con la mano en un gesto que la tranquilizó y la inquietó a la vez.

–¿Está nerviosa?

–Por supuesto.

Él se echó a reír.

–Le aseguro que no tiene por qué. Como ha dicho, tiene experiencia, y yo espero ser de gran ayuda para usted –dijo, y se llevó el dorso de su mano a los labios–. Mi querida lady Celia… ¿o quizá pudiera llamarla Celia, ya que vamos a conocernos mucho mejor?

Ella no lo corrigió. Salieron juntos a la calle, y pronto los copos de nieve habían cubierto sus huellas.

Capítulo 13

Miles estaba de mal humor cuando llegó a Spring House aquella noche. En su visita de la tarde, le habían dicho que Alice estaba dormida, así que había tenido varias horas para darle vueltas a todo lo que había hablado con Nat y Dexter.

Llamó con impaciencia a la puerta justo cuando estaba anocheciendo. Había despejado y la noche era fría y clara, con una luna en forma de hoz elevándose por el cielo. Cuando Marigold le abrió la puerta, él entró enseguida.

—¿Se ha despertado ya la señorita Lister? —preguntó.

La doncella hizo una reverencia.

—La señorita Lister no está en casa, milord. Dijo que necesitaba tomar el aire y que iba a dar un paseo por el jardín...

—¿Cómo?

Miles estaba quitándose el abrigo, pero se quedó petrificado. Alice no podía ser tan imprudente como para haber salido sola...

Con un juramento, él volvió a ponerse el abrigo y salió de la casa corriendo. Bajó los escalones de dos en dos. En el jardín, había dicho Marigold. Mientras oscurecía, un asesino tenía la oportunidad perfecta...

Al llegar a la cancela del parque, pasó la mirada por todo el recinto y vio una figura caminando por entre los frutales del bosquecillo. Exhaló un suspiro de alivio y de furia, y corrió.

—¿Qué demonios está haciendo aquí sola?

Alice se volvió hacia él y Miles sintió una emoción violenta en el alma. La miró. Estaba muy pálida, y el color dorado de su cabello acentuaba su blancura. Era evidente que lo ocurrido aquel día la había dejado exhausta, porque tenía unas profundas ojeras y una expresión tensa, y él sintió el impulso irrefrenable de abrazarla y consolarla. Por una vez, aquel impulso era totalmente generoso y no tenía nada de sexual.

El sentimiento lo invadió. Sabía que estaba perdiendo el distanciamiento, pero no sabía cómo había podido ocurrir. De repente, todo aquello ya no tenía nada que ver con él y con lo que Alice podía darle, sino que trataba de ella. Miles quería reconfortarla, transmitirle seguridad, adorarla.

Era inexplicable.

Era alarmante.

Era una equivocación.

No podía sentir aquello. Esa reacción emocional

solo podía deberse a la frustración de que Alice no quisiera acostarse con él. Al final, todo quedaba reducido al deseo físico. Tenía que ser así. Y él tenía que encontrar el modo de recuperar el control.

—Me dolía la cabeza —dijo Alice—. Necesitaba tomar el aire.

Le sonrió. Parecía, incluso, que estaba contenta de verlo, lo cual solo sirvió para enfadar más a Miles, que ya estaba enfadado al ver que ella se había puesto en peligro irresponsablemente.

—Así que se le ha ocurrido salir al jardín sola sabiendo que hay por ahí suelto un loco con un rifle —le dijo Miles en tono de reprobación—. ¡Qué idea más desacertada, señorita Lister!

Alice hizo una pausa, con una mano apoyada en el tronco de un manzano. Frunció el ceño ligeramente.

—Está enfadado conmigo —dijo.

Miles intentó contenerse.

—Solo quiero protegerla, y usted me lo está poniendo muy difícil —respondió, y la tomó del brazo—. Vamos a casa rápidamente.

Alice adoptó una expresión obstinada.

—He salido a dar un paseo porque necesitaba algo de soledad.

—Y ahora va a volver.

Alice suspiró.

—Es usted muy autoritario —le dijo con exasperación—. Mi madre me ha dicho que desea quedarse en Spring House para protegerme. No puedo permitirlo. Es completamente innecesario.

—Al contrario. Es completamente necesario, y usted no tiene elección, señorita Lister.

Alice negó con la cabeza.

—Siempre intentando llegar un poco más lejos, ¿no es así, lord Vickery?

—Es la naturaleza del juego que hay entre los dos.

—¡No es un juego! —replicó Alice—. ¡Y todo esto es una estupidez! He estado reflexionando, y no hay nadie que quiera matarme. La única gente que se beneficiaría de mi muerte serían Lowell y mamá, y ellos nunca me harían daño.

Miles no dijo nada. Entendía lo difícil que era para la gente aceptar que, algunas veces, aquellos a quienes querían podían hacerles daño. Además, en realidad no creía que Lowell Lister deseara la muerte de su hermana. Quizá sí la suya, lo cual era un deseo muy razonable, pensó Miles con ironía, pero dudaba que Lowell hiciera daño a Alice.

—Hay otra posibilidad —dijo—. También debemos pensar en que puede haber sido Tom Fortune.

—¿Tom? —preguntó Alice con asombro—. ¿Y por qué iba a querer hacerme daño a mí?

—No lo sé —dijo Miles—. Quizá la señorita Cole le dijera a usted algo importante, y él tiene miedo de que usted pueda decírmelo a mí...

Habían llegado a la puerta del jardín y Miles se hizo a un lado para cederle el paso a Alice. Ella lo precedió al interior de la casa. Caminó lentamente por el pasillo hacia el vestíbulo, quitándose los guantes. Tenía la cabeza agachada, y él no veía la expresión de su rostro.

—No recuerdo nada importante que me haya dicho Lydia —dijo después de un momento. Miles la ayudó a quitarse el abrigo, y después posó las manos sobre sus hombros y la obligó a girarse hacia él.

—¿Está segura? —insistió, y vio que tenía un rubor rosado en los pómulos—. Tiene expresión de culpabilidad. ¿Qué secretos me oculta?

Alice se ruborizó más. Miles tuvo ganas de acariciarla para ver si su piel era tan cálida y sedosa como parecía.

—¡Nada! —dijo ella—. No tiene nada que ver con este asunto...

—Dígamelo.

—No es asunto suyo.

—Soy su futuro marido. Todo es asunto mío —dijo él, y la obligó a levantar la cara y mirarlo—. Dígamelo.

—Oh, está bien. Supongo que si consigue cumplir las condiciones de lady Membury y nos casamos, averiguará la verdad de todos modos...

—¿Está intentando decirme que no es virgen, señorita Lister?

—¡Lord Vickery! —exclamó ella. La palidez de Alice se había transformado en un vivo rubor—. ¿Y qué tiene que ver eso? —inquirió con la indignación de una archiduquesa—. Además, ¿le importaría que no lo fuera?

—No —dijo Miles, intentando desesperadamente quitarse de la cabeza la imagen de Alice retozando en la paja con un fornido granjero—. Sí, me importaría.

—Ya veo —dijo ella con frialdad—. No sé por qué hemos acabado hablando de esto en público...

Miles se volvió y vio a Marigold y a Jim, que habían salido de la zona de servicio y estaban limpiando su ropa de abrigo húmeda, sin disimular que además estaban escuchando desvergonzadamente la conversación. Él tomó a Alice del brazo y la llevó hacia el salón. Allí, cerró la puerta.

—Yo no quería hablarle de eso —dijo Alice—. Me refería a un asunto totalmente distinto...

—Hablaremos de lo que quiera en un momento —dijo Miles—. Señorita Lister, sé que ha sido sirvienta, y por tal motivo, debe de haber estado a merced de la lujuria de los caballeros...

—No hay nada de caballeroso en el hecho de convertir a una doncella en objeto de la lujuria de su lujuria —respondió Alice con rabia. De repente, estaba iracunda, y Miles se quedó desconcertado.

—Le parece aceptable que un hombre de su calaña seduzca a una criada por diversión —dijo ella—, y sin embargo le exige la virginidad a una doncella a la que ha chantajeado para que se case con usted. Son todos iguales. Son crueles, egoístas y piensan que las mujeres están en sus manos...

—Espere —dijo Miles, y la tomó por las muñecas—. ¿Quiénes son iguales?

—Los supuestos caballeros —respondió Alice, y Miles se dio cuenta de que tenía los ojos llenos de lágrimas—. Usted, con su chantaje y su apuesta sobre mi virtud, y Tom Fortune, seduciendo a Lydia y abandonándola después, y todos los aristócratas despreciables que fuerzan a las mujeres, sean criadas o debutantes... —a Alice se le quebró la voz en un sollozo—. Los odio por ello —terminó, y se echó a llorar.

Miles la abrazó. Ella se quedó inmóvil entre sus brazos, sin aceptarlo ni rechazarlo. Tenía los ojos ce-

La dama inocente

rrados, pero se le escapó una lágrima gruesa que cayó sobre la manga de la chaqueta de Miles. Y él, que normalmente odiaba el llanto de las mujeres, la abrazó con fuerza y le besó el pelo, y se vio diciendo unas palabras que nunca hubiera pensado en pronunciar:

—No llores —dijo—. Alice, por favor... querida, dime de qué se trata. ¿Te ha hecho daño alguien? —de repente, las imágenes le llenaban la mente con detalles horribles y desgarradores.

—No —dijo ella—. A mí no. Así no. Soy inocente, tal y como tú exiges —añadió con furia—. Pero odio que me coacciones, Miles, y estoy enfadada por Lydia, y por todas las muchachas que conozco que han sufrido los caprichos de los hombres. Jenny se quedó embarazada y fue expulsada de la casa en la que servía. Jane murió porque alguien la violó y la apaleó —dijo, y se tragó un sollozo—, ¡y yo no pude hacer nada por ella!

Miles la abrazó hasta que se calmó y su llanto cesó. Después la llevó hacia el sofá y se sentó a su lado. Alice se secó las lágrimas de la cara con los dedos temblorosos, y Miles le tomó las manos.

—Lo siento —le dijo—. Siento que sucedan todas las cosas que has descrito. Sería estúpido e inútil que negara que suceden o que son tan terribles como tú dices.

Alice alzó la cara.

—No creía que te importara —dijo.

—Poseo una humanidad básica —respondió Miles, y se ganó una pequeña sonrisa de Alice.

—Lucho contra la injusticia porque está muy mal, pero puedo hacer muy poco —le dijo—. Pensé que tú eras distinto. El año pasado, cuando nos conocimos, pensé que al trabajar por la justicia y por el bien común... Cometí un error. Eres despiadado y egoísta cuando persigues lo que quieres.

–Te deseaba, y deseaba tu dinero –dijo Miles–. Todavía lo deseo.

Sabía que no podía defenderse de las acusaciones de Alice. Eran ciertas.

–Así que decidiste chantajearme para que me case contigo, lo cual es equivalente a forzarme en tu cama.

–Puede que sea un vividor y un cazador de fortunas –dijo Miles–, pero nunca he obligado a una mujer a acostarse conmigo. Nunca lo haría –dijo él con gravedad.

–¿Nunca?

–De veras. Nunca lo haría.

–Entonces, ¿no me obligarías a acostarme contigo ni siquiera cuando estuviéramos casados?

–Pero entonces no te estaría forzando, ¿verdad, querida? Vendrías a mí por voluntad propia. Tú sabes que me deseas tanto como yo te deseo a ti.

–Yo... –Alice se puso las manos sobre las mejillas enrojecidas.

Miles le quitó las manos de la cara y las aprisionó sobre su regazo.

–Eso es lo que te preocupa –dijo–. Que puedas sentir desagrado por mí y al mismo tiempo desearme.

–Te diré lo que me preocupa –respondió ella–. Odiaría que me fueras infiel cuando estemos casados, Miles. Eres un mujeriego. ¿Crees que podrás ser fiel, o será demasiado difícil para ti?

–No lo sé –respondió él, lentamente–. Esa es la

verdad. Nunca he intentado serle fiel a nadie. Creo que puedo decir que haré todo lo que pueda por conseguirlo.

–Supongo que no puedo echarte en cara tu honestidad –dijo Alice–, aunque hubiera preferido otra respuesta. De todos modos, no sé cómo hemos llegado a hablar de esto. Al principio estaba intentando decirte que ha habido un malentendido con mi fortuna –explicó, y de repente, su mirada se volvió cautelosa, desafiante–. No soy... tan rica como piensa todo el mundo.

–Un malentendido –repitió Miles, y tuvo un presentimiento horrible.

–Bueno, no es exactamente un malentendido. Las ochenta mil libras están intactas, y bien invertidas.

–Me parece que hay un pero.

–Pero he gastado todos los intereses y he pedido prestado contra los intereses futuros. Lo cual podía hacer perfectamente, según los términos de mi herencia. Así que, en teoría, tengo deudas.

Miles estuvo a punto de echarse a llorar. Alice lo estaba observando con atención, y aunque intentaba aparentar indiferencia, él sabía que estaba nerviosa por la reacción que él pudiera tener. ¿Que en teoría tenía deudas? ¿Qué demonios era una deuda teórica? Él todavía no había conocido ninguna deuda que no fuera muy, muy real.

–Habría que fusilar a tus fiduciarios por haberte permitido hacer algo así –dijo Miles, intentando dominar su genio–. ¿Cuánto? –preguntó con suavidad.

–Le di unos miles de libras a Lowell, para que pudiera comprar maquinaria moderna y ganado para la granja. También invertí para mi madre, para que pueda vivir confortablemente, y algo para los niños del orfanato, y otras obras benéficas y... –lo miró de reojo para ver cómo reaccionaba y prosiguió–: También invertí en la cooperativa del molino.

–La cooperativa del molino –repitió él. Estaba ligeramente desconcertado.

–Sí. Muchos hemos invertido para estimular los nuevos negocios en el pueblo.

Hubo un silencio entre ellos.

–¿Y qué más?

–Bueno –dijo Alice–. Hay otras cosas pequeñas. Mi madre, por ejemplo, es muy extravagante y le gustan los lujos. Y a mí no me gustaba el dinero, de todos modos –añadió de forma desafiante–. Me estaba haciendo infeliz.

–La falta de dinero me ha hecho infeliz a mí durante bastante tiempo –dijo Miles–. ¿Por qué el hecho de poseerlo tenía el mismo efecto en ti?

–Porque he sido sirvienta, y estoy acostumbrada a trabajar. Quedarme sentada cosiendo, leyendo, tomando el té o cotilleando... –Alice se encogió de hombros–. Cuando pasó la novedad de estar desocupada, me parecía una pérdida de tiempo. Oh, me encantan las cosas que se pueden comprar con el dinero –añadió–. Me encanta no tener que trabajar hasta quedar agotada. Me encanta comprar ropa. Pero me aburría. Necesitaba estar activa.

Miles vio que lo miraba por debajo de las pestañas. Parecía que estaba asustada y que al mismo tiempo lo desafiaba. Miles quería zarandearla. Quería besarla.

–Y también le he cedido la casa de Skipton a la

señorita Cole, para que tenga un lugar donde vivir con su hijo en el futuro –añadió.

Miles estaba sacudiendo la cabeza.

–Alice, eres una mujer exasperante...

–Es mi dinero –argumentó ella–, y puedo hacer lo que quiera con él hasta que me case –dijo, y lo miró–. Estás enfadado.

–Sería menos que humano, o mentiría, si dijera que no.

Se pasó una mano por el pelo. Era consciente de que se sentía furioso y frustrado, pero al mismo tiempo, tenía también admiración por ella y por lo que había hecho.

–Demonios, Alice... –dijo–. A este paso, los dos acabaremos en Fleet...

–Bueno, yo no sabía que estabas tan desesperado como para querer las ochenta mil libras y los intereses, además –dijo Alice–. Los chantajistas se merecen unas cuantas sorpresas desagradables –añadió ella.

Miles la abrazó con brusquedad.

–Estoy furioso contigo –le dijo, con su mejilla contra la de ella.

Ella lo miró, y la suavidad de su piel se movió contra la aspereza de la de Miles.

–Eres avaricioso –susurró.

Miles la agitó un poco.

–Lo quiero todo.

–Pero no puedes tenerlo –dijo Alice. Echó hacia atrás la cabeza y lo miró retadoramente–. ¿Vas a dejarme plantada ahora que sabes que no soy tan rica como pensabas?

Miles se vio invadido por el deseo.

–No. Voy a tomarte, Alice. Quizá no seas tan rica como yo esperaba, pero de todos modos serás mía.

Ella se apartó y se zafó de su abrazo, y lo miró de nuevo con desafío, de tal manera que él se abrasó.

–Se te olvida que todavía quedan dos meses de prueba –dijo–. Libérame del chantaje –añadió de repente–. Deja que tome mis propias decisiones.

Miles reflexionó sobre ello. Sorprendentemente, negárselo le resultó más difícil de lo que hubiera creído. La honestidad de Alice le pedía una honestidad igual. Sin embargo, el riesgo era demasiado grande. No podía arriesgarse a perder a Alice ni su dinero, y de todos modos hacía mucho tiempo que no podía enorgullecerse de su honestidad.

–No. No puedo hacerlo.

–No me gusta que me coaccionen –dijo ella.

–A ninguno de los dos nos gusta –respondió Miles.

Volvió a abrazarla, y ella lo miró sin miedo. Sin embargo, él sintió la tensión de su cuerpo.

–No puedo arriesgarme a perder mi ventaja –dijo él contra sus labios.

La besó, le separó los labios con la lengua y se hundió en la dulzura de su boca, pidiéndole una respuesta. Ella estaba bajo sus caricias, como antes, cuando la había consolado, pero no se retiraba ni tampoco lo animaba. Él cerró los labios alrededor de su labio inferior y la mordió lo suficientemente fuerte como para arrancarle un jadeo.

–Respóndeme –le dijo, y volvió a apropiarse de su boca, y con la palma de la mano le cubrió un pecho. La seda del corpiño de su vestido crujió bajo sus dedos, y ella jadeó de nuevo al sentir la fricción.

–Esto es algo a lo que no me puedes obligar –susurró ella. Tenía los labios húmedos y separados, y para él eran una tentación insoportable. Quería besarla hasta que perdiera el sentido–. Antes dijiste que yo me entregaría a ti por voluntad propia. Te equivocabas. Puedes chantajearme y obligarme a que me case contigo, pero no puedes obligarme a que te responda.

Miles sabía que era cierto, pero la frustración que le producía su maldita independencia y su negativa a ceder se concentró de repente en el beso, y la empujó para tumbarla sobre el sofá y devoró su boca hasta que ella estuvo indefensa y dócil entre sus brazos. No le ofreció resistencia, pero tampoco le devolvió el abrazo, lo cual solo sirvió para enfurecerlo más.

La necesidad de conseguir su respuesta, de que reconociera que lo deseaba, rugía dentro de él. Le sujetó la cabeza para poder tomar su boca en unos besos cada vez más profundos, y le soltó el vestido por el cuello para exponer su piel pálida a sus caricias, a sus manos, a sus labios.

Fue inclemente con ella; la piel de su cuello y sus hombros era rosada, y estaba coloreada por los roces de Miles, y los pezones se le endurecieron contra la seda del corpiño. Al final, él notó el deseo en ella y se sintió triunfante, hasta que se retiró hacia atrás y vio la mirada de sus ojos azules. Entonces supo que su espíritu estaba lejos de romperse. Durante un instante, se miraron el uno al otro como gladiadores, y entonces, Miles recordó todo lo que le había dicho Alice sobre forzar a una mujer. Fue como una ducha de agua fría. La soltó con un juramento salvaje, y volvió a abrazarla, pero sintió una resistencia instintiva en ella, y se odió a sí mismo por haberla causado.

Poco a poco, su respiración se calmó y ella se relajó contra él, y él apretó la mejilla contra la de ella, como muestra de disculpa y arrepentimiento.

–Lo siento –dijo–. Mi deseo por ti ha estado a punto de convertirme en un mentiroso.

Ella se movió un poco contra él. Su cuerpo era suave y dócil contra el de Miles.

–Y yo también estaría mintiendo si dijera que no te deseo –dijo Alice–, pero no voy a ceder –alzó una mano y le acarició los labios suavemente–. Miles. Odio lo que me estás haciendo. No puedo darme por vencida.

–Lo sé –murmuró él–. No puedes capitular, y yo tampoco.

De repente, sintió un intenso arrepentimiento. No podía arriesgarse a perderla, pero más que nada en el mundo, deseaba que su respuesta fuera libre, voluntaria. Aquel conflicto se agudizó en su interior.

–¿Sabes lo que pasa cuando te niegas algo que deseas mucho? –le preguntó.

Alice lo miró fijamente.

–¿Que desarrollas una sólida disciplina?

Miles sonrió.

–No –dijo–. Lo que ocurre es que lo deseas más todavía.

Capítulo 14

–¿Has sido tú? –Lydia, jadeando y llorando, se echó en brazos de Tom Fortune–. ¿Lo hiciste tú, Tom? ¿Has intentado matar a Alice?

Había hecho corriendo todo el camino desde Spring House, a través de las praderas nevadas, hasta las ruinas del viejo priorato, donde estaba acampado Tom en aquel momento. Llevaba todo el día esperando un mensaje suyo, cada vez más ansiosa y disgustada, y ahora no podía detener las lágrimas ni dejar de temblar.

Tom cerró las puertas de la bodega y la abrazó. La abrazó fuertemente, calmándola y acariciándola y hablándole con suavidad, como si estuviera calmando a un caballo nervioso. Y, sorprendentemente, era reconfortante. Los sollozos cesaron, y Lydia se sintió en paz. Salvo que él no había respondido su pregunta.

Nicola Cornick

—¿Y bien? —preguntó.

—Claro que no —dijo Tom con una sonrisa—. ¿Por qué iba a querer yo matar a la señorita Lister?

—No lo sé —dijo Lydia, temblando—. Pero alguien quiere hacerlo.

Tom la sentó a su lado en el suelo. En la bodega, la temperatura era sorprendentemente cálida en comparación con el frío del exterior, pero de todos modos no era acogedora. La pequeña colección de posesiones de Tom estaba esparcida por el suelo: una bolsa, una capa, una pistola. Lydia se estremeció al verla.

—Quien disparó a la señorita Lister tenía un rifle —dijo Tom, siguiendo su mirada—. He oído la historia en la taberna —dijo. Le quitó el tapón a una botella y se la llevó a los labios—. Es champán de saúco —dijo—. La señora Anstruther guarda su vino en esta bodega. ¿Quieres un poco?

—No deberías robarlo.

Tom frunció los labios.

—Es solo una cosa más que añadir a la lista que hay contra mí. Sé que me estarán buscando con el doble de determinación ahora que piensan que he querido matar otra vez.

—No es seguro que estés aquí —dijo Lydia—. Dexter Anstruther vive a menos de cien metros de aquí, en El Viejo Palacio, y Miles Vickery se aloja en Spring House.

—Lo sé —dijo él.

Se inclinó hacia delante y la besó. Sabía a champán, y olía a almizcle y a cuero. Lydia se estremeció al recordar el contacto de su piel.

—Me gusta el peligro —dijo Tom, y sus palabras

sonaron ahogadas contra los labios de Lydia–. No puedo evitarlo. Me excita.

–Entonces, es una suerte que yo tenga más sentido común que tú –respondió Lydia, apartándolo, aunque de mala gana–. Escucha, Tom... –perdió el hilo de su pensamiento cuando él comenzó a mordisquearle la suave piel del cuello, y a ponerle el vello de punta con los dientes, los labios y la lengua–. ¡Basta! ¡Tengo que pensar, y me estás distrayendo!

–Bien –dijo Tom, tirando del lazo que le sujetaba la capa al cuello, y desatándolo lentamente.

–Lo digo en serio –protestó ella, débilmente–. ¿Crees que esos asesinatos e intentos de asesinato son obra de un solo hombre?

–Deben de serlo –dijo Tom, levantando un instante la cabeza–. No creo que haya más que un criminal peligroso pululando por Fortune's Folly.

Apartó la capa y comenzó a acariciarle con la nariz la línea del escote del vestido, y hundió la lengua en la hendidura que había entre sus pechos.

–¿Quién –preguntó Lydia, intentando ignorarlo, aunque su corazón latía como un tambor–, tiene menos posibilidades de ser ese criminal?

–Mmm... ¿mi hermano Monty? ¿Tus padres? –no parecía que a Tom le importara mucho. Le sacó a Lydia un pecho del vestido y se inclinó para lamérselo.

–¡Tom!

En el último momento, Lydia recordó que se suponía que debía hablar muy bajo, y su exclamación sonó como un susurro rasgado. Al sentir la boca de Tom en el pecho, se despertaron todas las emociones y la necesidad que siempre había sentido por él, unas emociones peligrosas que ella creía que había enterrado para siempre.

—Estoy embarazada de cinco meses –protestó, aunque se arqueó hacia sus caricias sin poder evitarlo.

La mano libre de Tom se curvó sobre su vientre hinchado.

—Eso me excita más –dijo.

—No puede ser cierto –respondió ella.

—Es cierto –Tom dejó su pecho y la besó con toda la pasión que ella recordaba–. Te hace muy, muy deseable, Lyddy.

Cuando se separaron, Lydia tenía la respiración acelerada y se sentía como si todo su cuerpo fuera una llama. Miró a Tom, y vio sus ojos oscuros y llenos de secretos, de picardía, de la excitación que recordaba.

—¿Podríamos...? –dijo tentativamente, y él sonrió.

—Si tú quieres.

—Oh, quiero –respondió, y de repente se sintió febril de deseo–. Pero, ¿no le hará daño al bebé?

—No –dijo Tom–. Tendremos mucho cuidado.

—Oh, sí.

Lydia se abandonó entre sus brazos con un suspiro.

Alice estaba sentada frente al espejo de su habitación, cepillándose el pelo muy lentamente. El fuego ardía con suavidad en la chimenea y la vela estaba encendida sobre su mesilla de noche, preparada para la lectura nocturna. Toda la casa se disponía suavemente a dormir.

La dama inocente

Alice estaba pensando en Lydia. Había visto a su amiga entrando en la casa muy tarde, sacudiéndose la nieve de la capa y sacándose las botas empapadas de agua.

Lydia tenía una expresión radiante, vibrante, y estaba tan bella como siempre la había visto Alice. Tenía los ojos brillantes y las mejillas sonrosadas. Alice supo, al instante, que su amiga había estado con Tom Fortune.

Suspiró, y se miró al espejo. La situación de Lydia preocupaba mucho a Alice, porque su amiga parecía muy feliz, y Alice no quería que sufriera de nuevo. No habían tenido ocasión de hablar, porque Miles había bajado las escaleras justo después de que Lydia entrara en la casa. A Lydia se le había borrado la sonrisa de los labios y se había puesto muy pálida. Había mirado a Alice con un ruego en los ojos y después de desearle buenas noches a Miles en un murmullo, había subido las escaleras hacia su habitación. Alice recogió la capa de Lydia y se la llevó a la cocina para que la secaran, y ahora, en su propio dormitorio, se sentía culpable, y su lealtad estaba dividida. Quería confiar en Miles, pero no quería traicionar a Lydia.

Se puso en pie. Laura Anstruther iba a ir de visita a Spring House a la mañana siguiente. Ella era prima política de Lydia, además de prima carnal de Miles. Quizá Laura convenciera a Lydia de que hablara. Y mientras, lo mejor que podían hacer todos era dormir y descansar.

Al final, ella había permitido que Miles se quedara en Spring House. Su madre quería, y Alice se sentía demasiado cansada como para seguir poniendo objeciones. Así pues, Miles compartía su techo, y ella se sentía nerviosa aunque la casa estuviera llena de gente.

Alguien llamó a la puerta.

—Adelante —dijo, Alice, pensando que Marigold había ido a subirle su taza de leche caliente.

La puerta se abrió, y Miles pasó al dormitorio. Se detuvo al verla, y su mirada fue desde su melena rubia y suelta a sus pies descalzos, que asomaban por el bajo del camisón. De repente, Alice se dio cuenta de que estaba desnuda bajo el camisón, y de que Miles estaba completamente vestido. A ella le pareció muy inquietante que él tuviera toda la ropa puesta y ella no.

Notó que le ardían las mejillas.

—¡Miles! —dijo—. Creía que eras mi doncella. ¿Qué estás haciendo aquí?

—He venido a registrar tu habitación y a asegurarme de que estás segura esta noche.

—¿A registrar mi habitación? —preguntó ella con perplejidad—. No pensarás que alguien ha conseguido entrar en la casa a escondidas y está aquí oculto, ¿no?

—No lo sabré hasta que no registre —respondió él.

Se acercó a la ventana y miró detrás de las largas cortinas. Después fue hacia el armario de la ropa y lo abrió de par en par. A Alice se le aceleró el pulso. No había pensado que iba a registrarle la ropa. Aquello le parecía demasiado íntimo; cuando él miró por entre los vestidos y los abrigos, pasó una mano por el lino y la batista de su ropa interior. Ella percibió el contraste entre su piel bronceada y

La dama inocente

la blancura de sus cosas, y se estremeció como si Miles le estuviera acariciando el cuerpo.

–Eh... no parece que haya nadie aquí –dijo él, con la voz enronquecida. Su mirada, oscura e intensa, se enredó con la de ella mientras cerraba el armario cuidadosamente.

–Bueno... eh... gracias –murmuró Alice.

Miles se encaminó hacia la puerta y se detuvo con la mano sobre el pomo.

–¿Crees que la señorita Cole ha estado con Tom Fortune esta noche? –le preguntó de improviso.

Alice dio un respingo.

Se percató de que él le había soltado la pregunta deliberadamente para que no tuviera tiempo de inventar la respuesta.

–Sí, creo que sí –dijo con calma.

–¿No te ha contado nada?

–No.

Miles asintió lentamente.

–¿Y crees que hablará mañana con Laura?

–Lo dudo. Sé que la señora Anstruther es su prima, pero... sus sentimientos por Tom son demasiado fuertes como para que lo traicione. Confía en él, solo por amor.

–¿Y piensas que su instinto de confiar en él está equivocado?

–Sí. Tom es un canalla, y el amor distorsiona el sentido común de las personas, en vez de fortalecerlo.

Miles sonrió ligeramente.

–Habla usted casi con tanto cinismo como yo, señorita Lister –dijo–. Cierra la puerta con llave cuando yo salga, y no abras hasta mañana por la mañana. Yo estaré en la habitación de enfrente, por si me necesitas.

Salió, y Alice giró la llave en la cerradura con una mano temblorosa. Después se metió en la cama y apagó la vela. Estaba demasiado inquieta como para leer.

Aquella noche no durmió bien. El rostro de Miles no dejaba de aparecer en sus sueños interrumpidos. Su mirada oscura invadía hasta los rincones más privados de su mente. Aunque no estuviera allí, parecía que su presencia dominaba toda la habitación, y que ella no podía escapar de él.

Un sonido la despertó antes del amanecer, y temblando, se acurrucó entre las sábanas. Rápidamente, pensó en que su amiga Lydia quizá fuera tan imprudente como para arriesgarse a salir antes del amanecer solo por estar una hora más con su amante. Recordó que Miles le había ordenado estrictamente que no abriera la puerta, pero entonces oyó otro sonido suave al otro lado; se levantó, giró la llave y abrió un resquicio la puerta.

Había una sola lámpara encendida en el pasillo, y a su luz tenue, Alice vio a Miles acostado en un camastro junto a su puerta. A ella se le encogió el corazón de la sorpresa, y de algo más. Lo miró fijamente, clavada en el sitio. Dormido, Miles estaba relajado, y los rasgos marcados de su rostro parecían más suaves. Sus largas pestañas descansaban contra la curva de sus mejillas. Tenía la sombra de la barba de un día en la mandíbula. De repente, Alice sintió un impulso casi irrefrenable de arrodillarse a su lado y acariciarlo para sentir aquella aspereza en las manos.

Debió de hacer algún ruido, o quizá un ligero mo-

La dama inocente

vimiento, porque al instante siguiente, se encontró tumbada boca arriba en el camastro, con Miles sobre ella, sujetándola.

Él respiraba entrecortadamente, y en sus ojos había una luz peligrosa. Alice se quedó tan impresionada que no pudo pronunciar una palabra. Sabía que no serviría de nada forcejear, porque no tenía fuerza suficiente como para quitárselo de encima. Posó las palmas de las manos en su pecho y sintió su piel cálida y suave. Tragó saliva.

–¡Estás durmiendo a la puerta de mi habitación y no llevas pijama! –balbució. Entonces vio la sonrisa de Miles, que se apartó de ella y se sentó.

–Llevo los pantalones –dijo él burlonamente. Después, su tono de voz varió–. No vuelvas a hacer eso, Alice. Podía haberte hecho daño.

–¡No he hecho nada! –protestó ella–. Me pareció oír algo...

–¿Y saliste a investigar, aunque yo te había dicho expresamente que no lo hicieras?

Alice suspiró.

–No ha estado bien por mi parte –admitió.

–No.

Alice suspiró de nuevo y se puso de rodillas con esfuerzo. De repente, se dio cuenta de que el camisón se le había subido y había dejado a la vista la parte trasera de sus muslos. Ella se lo bajó, pero en aquel momento vio que Miles abría mucho los ojos y que se le oscurecían con una mezcla de perplejidad y lujuria.

–¿Qué –preguntó él– es eso?

–¿Qu... qué? –murmuró Alice, tirando del camisón hacia abajo y sujetándoselo alrededor de los tobillos.

«Oh, Señor, lo ha visto. No voy a poder explicárselo nunca...».

Presa del pánico, Alice intentó ponerse en pie y alejarse de él, pero Miles extendió una mano perezosa, la agarró por el tobillo y ella cayó de nuevo al camastro con un gritito.

—Shhh —Miles le puso la mano sobre los labios—. Vas a despertar a todo el mundo.

Antes de que Alice pudiera protestar, la tomó en brazos, atravesó la puerta de su dormitorio y la depositó sobre la cama sin ceremonias. Ella se quedó allí, sin aliento, indignada, con el camisón subido de nuevo y la cara enrojecida.

—¿Qué estás haciendo, Miles? —graznó. Su cuerpo era como una enorme llamarada de mortificación y deseo.

Intentó alejarse de él por la cama, pero, de nuevo, Miles fue demasiado rápido para ella. La agarró por el tobillo y la inmovilizó.

—Vas a decirme qué es lo que acabo de ver, o yo mismo echaré un vistazo. ¿Y bien?

Alice se sujetó el camisón alrededor de las piernas.

—E... es... —era una prueba más, por si él la necesitaba, de que Alice no era una dama.

La brillante mirada de Miles la dejó clavada en la almohada.

—Creía que ya conocía todos tus secretos, Alice, pero parece que no es así —murmuró él—. ¿Te das cuenta de que cuando estemos casados te veré sin el camisón, completamente?

Alice emitió un sonido ahogado desde la garganta. No creía que pudiera sentir más calor sin entrar en combustión.

La dama inocente

—Entonces, tendrás que esperar, ¿no? —susurró.
—Por desgracia, soy muy impaciente —dijo Miles—. Perdóname, pero voy a comportarme con una gran incorrección.

La agarró por ambos tobillos y le dio la vuelta. Tumbada sobre el estómago, Alice se quedó quieta, con el pelo sobre la cara, sin respiración. En medio de su aturdimiento, notó que Miles le subía el camisón por la parte posterior de los muslos. Intentó ponerse en pie, pero Miles se lo impidió poniéndole la mano libre en la cintura y sujetándola contra la cama.

—No. No te muevas.
—Miles... —rogó Alice.
—Querida Alice —dijo él, en un tono íntimo que la dejó débil—. Tengo que verlo.

Alice gimió en señal de rendición. Escondió la cara en la almohada y sintió que Miles apartaba la tela del camisón hasta la curva de sus nalgas. Alice tuvo la sensación de que se le iba a salir el corazón del pecho. Hubo un silencio.

Ella volvió la cara hacia atrás y, de reojo, vio a Miles. Él tenía la mano posada en su muslo y estaba mirando fijamente la florecita que tenía dibujada en tinta en la piel.

Oyó que él jadeaba suavemente mientras la acariciaba con la ligereza de una mariposa, deslizaba los dedos por la curva de su pierna y después hacia el interior del muslo. El cuerpo de Alice se tensó.

—Un tatuaje —dijo él, con una voz que no parecía la suya—. Vaya, vaya, señorita Lister, ¡qué sorpresa!

Alice se retorció.

—Solo fue una broma —dijo—. Un verano hubo ferias en Harrogate, y fui con mis compañeros de trabajo una noche –se daba cuenta de que estaba balbuceando, pero no podía evitarlo–. Pensé que sería divertido, pero era demasiado joven y tonta, y no sabía que no podía quitármelo con jabón. Froté y froté hasta que me despellejé, y después lo tapé y me dije que no estaba allí.

Miles se echó a reír, pero su mirada siguió siendo abrasadora, y la presión de su mano sobre la espalda de Alice no se relajó. Ella seguía inmovilizada, expuesta a sus ojos hambrientos.

–¿Te dolió?

–Sí. La tatuadora era una vieja que se reía cuando yo gritaba –titubeó–. Entonces, te gusta. La vieja bruja que me lo hizo me dijo que a mi amante le iba a gustar, pero yo no la entendí en aquel momento.

–Y ahora sí –susurró Miles.

–Tenía miedo de que te pareciera inapropiado para una dama.

–Oh, y lo es. Por eso me gusta tanto –dijo él con un suspiro, y sacudió la cabeza–. Qué extraña combinación de inocencia y falta de propiedad eres, querida. Me confundes. Me fascinas.

Volvió a acariciar el tatuaje con la yema de los dedos, con una caricia que provocó un gemido de Alice.

–No soy una dama decorosa –dijo ella–. Lo sé. Ninguna dama iría a la tienda de una tatuadora en una feria.

–Yo no quiero una dama decorosa en mi cama –respondió Miles.

Inclinó la cabeza, y Alice sintió su lengua sobre la pequeña flor. El cuerpo se le encendió, se le abrasó.

La dama inocente

Sentía cada centímetro de piel contra la cama, la suave fricción de las mantas contra los pezones y el vientre. Sentía el camisón sobre la curva de las nalgas.

El aire fresco le acariciaba la piel desnuda de las piernas, y el roce caliente de la lengua de Miles hizo que se retorciera. Entonces, él succionó el tatuaje lo suficientemente fuerte como para que ella sintiera una punzada de dolor mezclada exquisitamente con el placer, y al mismo tiempo, Miles deslizó la mano entre sus muslos. Le separó las piernas lo bastante como para poder acariciarla íntimamente.

Posó los dedos en el centro de su sexo. Alice no podía creer aquellas sensaciones.

–Miles, ¿qué...?

–Confía en mí. ¿Te gusta esto?

¿Que si le gustaba? Tenía la impresión de que iba a deshacerse de gozo, salvo que en su vientre se estaba formando un nudo más y más tenso, hecho del más dulce de los dolores y de la más dulce de las necesidades.

Los dedos de Miles ejercieron una presión distinta. Ella estaba húmeda, imposiblemente excitada, y solo hizo falta un astuto roce, y después otro, para que su cuerpo explotara en una cascada de placer y su mente se llenara de luz. Habría gritado, pero Miles le dio la vuelta rápidamente y atrapó su boca en un beso, ahogando así sus gemidos. Le sujetó las muñecas en la almohada, por encima de la cabeza, mientras seguía besándola.

Alice se sentía mareada, sin aliento, y él le succionó el labio inferior y metió la lengua en su boca, y le exigió respuesta aunque su mente y su cuerpo todavía temblaran con la enormidad de lo que le había sucedido. Y en aquella ocasión, no lo rechazó. Abrió los labios para él, para que pudiera hacerle cosas devastadoras a su boca, y él se hundió en ella sin reservas, besándola profundamente con una fuerza feroz.

Aunque el cuerpo de Alice todavía sentía convulsiones del placer que él le había proporcionado, Alice quería más. Sabía que tenía el camisón subido hasta la cintura y que sus piernas estaban extendidas y Miles estaba tumbado entre ellas, completamente excitado, y que en un segundo iba a tomarla, y quería sentirlo dentro de su cuerpo, más de lo que nunca hubiera deseado nada en el mundo.

Y entonces, increíblemente, él se detuvo y se apartó de ella. Su mirada se posó en la curva de su vientre desnudo y cayó, oscura y primitiva, en la unión entre sus muslos. Entonces, Alice sintió que Miles agarraba con la mano la tela de su camisón en un gesto íntimo y tierno, pese a que la expresión de su rostro era severa e inflexible, y un músculo se le movió en la mandíbula.

—¿Miles? —susurró Alice.

La miró a los ojos, con un tormento en sus profundidades.

—Si te tomo ahora, romperé todas las reglas. He jurado que te protegería y... —sacudió la cabeza, callándose lo que fuera a decir.

—Creía que lo que hacías normalmente era violar las normas —dijo ella, con un hilillo de voz. Parecía que él estaba enfadado, y ella se quedó helada y confusa al verlo. Un instante antes la había abrazado con ternura y deseo. En aquel momento la estaba mirando como si ni siquiera le tuviera simpatía.

La dama inocente

—Yo también lo creía —dijo él—. Por desgracia, parece que me asedia un honor que no sabía que poseía.

Miles se apartó de ella. La puerta se cerró de golpe tras él, y Alice se quedó asombrada y sin aliento en la cama.

Tenía el cuerpo blando, como sin huesos, con la dicha que ya había experimentado, pero engañado e insatisfecho, anhelando más.

¿Qué quería decir Miles con que le asediaba un honor que no sabía que poseía? A Alice solo se le ocurría que él tenía intención de seducirla para obligarla a que se casara con él inmediatamente. Ella había sospechado, desde el principio, que aquel era su propósito. Sin embargo, en el último momento no había sido capaz de hacerlo, aunque supiera que ella no iba a resistírsele. El descubrimiento del tatuaje los había excitado a los dos más allá de lo soportable, y ella lo había deseado con un apetito que estaba a la altura del de Miles.

Alice se levantó de la cama y se acercó lentamente al lavabo, donde se lavó la cara con agua fresca. Sabía que una parte de lo que había sucedido era responsabilidad suya. Ya había dejado de resistirse a Miles. Si él iba a hacerle el amor, entonces ella participaría en su propia seducción, y nada, ni siquiera la ira y la frustración que sentía por su chantaje conseguirían detener su deseo por él.

Se estremeció al pensar que no había nada que les impidiera actuar en contra del sentido común y el decoro. Estaban comprometidos, y Miles iba a casarse con ella. Ella tendría la protección de su apellido. Aunque quedara encinta, estaría a salvo de la censura y del escándalo, tanto como podía estarlo una antigua sirvienta. Deseaba a Miles con ferocidad, pero la poca prudencia que le quedaba le dijo que tenía que tener cuidado consigo misma y con su reputación. Había muchos pasos entre una seducción y una boda, tal y como demostraba la situación de Lydia. Si finalmente no se celebraba el matrimonio entre Miles y ella, su reputación quedaría por los suelos. Su madre sufriría mucho. Perderían toda la respetabilidad por la que tanto habían luchado.

Con un suspiro, Alice tomó su bata y se la abotonó con las manos temblorosas. Era un poco tarde para pensar en la respetabilidad. Miles le había mostrado, con exactitud, lo poco respetable que ella quería ser.

Miles estaba sentado a la mesa del desayuno, preguntándose cómo demonios había llegado a aquella situación. Nunca había tenido escrúpulos; generalmente, si había algo que quería, encontraba la manera de conseguirlo.

Deseaba a Alice y había pensado que sería fácil seducirla y casarse con ella, y de ese modo, lograr disfrutar de su cuerpo y de una cierta seguridad económica. Tenía planeado visitar a los abogados y decirles abiertamente que se había acostado con ella y que las condiciones de lady Membury debían anularse.

Dos horas antes había tenido la oportunidad perfecta. Y sin embargo, no había podido consumar sus intenciones, porque se lo habían impedido unos principios que no sabía que tuviera. Pensaba que no tenía conciencia, y averiguar lo contrario era muy desconcertante para él.

Además, había tenido revelaciones asombrosas aquella mañana. Miró a Alice. Estaba sentada frente a él, concentrada en untarle mantequilla a su tostada.

Miles sabía que ella era plenamente consciente de su presencia, tanto como él de la de ella. Alice llevaba un vestido amarillo con encaje, y estaba circunspecta, fresca y preciosa, y Miles sabía, él lo sabía, que bajo la falda de muselina, en su piel, había una flor diminuta tatuada.

Cerró los ojos. No había podido quitarse aquella flor de la cabeza ni un segundo desde que había salido de la habitación de Alice. Quería acariciarla y besarla de nuevo, sentir la seda de su piel. Al pensar en la dicha privada que habían compartido, su cuerpo se endureció insoportablemente. Había estado semiexcitado durante horas pese a haberse vaciado un cubo de agua fría por la cabeza en el patio después de separarse de Alice. Estaba demasiado obsesionado con su cuerpo, y una vez que la hubiera probado, solo desearía hacerlo una y otra vez...

–¿Mermelada de whisky, lord Vickery?

La señora Lister le sonrió, y después hizo una seña para que el criado le pasara el frasco de mermelada. Miles parpadeó.

–Gracias, señora.

–Espero que nada haya perturbado su sueño – continuó la señora Lister.

La mirada de Alice se cruzó con la de Miles en una ráfaga azul.

–No, gracias, señora –respondió Miles–. He tenido un sueño muy tranquilo.

Vio que Alice arqueaba las cejas infinitesimalmente.

Miles apretó los dientes. Descarada. Quería besarla. Quería hacerle el amor en la mesa. Ella estaba aprendiendo demasiado deprisa el poder que tenía sobre él, y él estaba sufriendo todos y cada uno de los pasos que daba en aquel trayecto.

Capítulo 15

A Alice le pareció perturbador encontrarse a Miles a la hora del desayuno. Después de lo que habían compartido, todos los nervios de su cuerpo notaban su presencia. La gravedad de su voz le producía un cosquilleo en la piel, y cada mirada que él le lanzaba le producía calor en las entrañas. Estaba completamente a su merced, y a merced de sus propios deseos.

Con toda seguridad, los demás debían de notar las chispas que saltaban entre ellos, pensó Alice, pero no era así. Lydia parloteaba con su sinceridad habitual. La señora Lister leía las hojas del té, y se quejaba porque veía malos augurios.

–¡Un par de tijeras! –anunció–. ¡Una pelea o una separación! –añadió, mirando a Alice–. Alice, cariño, espero que no vayas a causarme preocupaciones –le dijo a su hija.

NICOLA CORNICK

–Claro que no, mamá. ¿Por qué iba a hacer algo así? Vamos, ¿quieres ir de paseo hasta el balneario hoy por la mañana? Creo que lady Vickery y la señora Anstruther van a estar allí.

La señora Lister se animó.

–¡Oh, entonces claro que quiero ir! Lady Vickery y yo tenemos que hablar de los planes para la boda –respondió, y miró a Miles y a su hija–. Ojalá fijarais ya la fecha, Alice, querida. Ahora que el marqués está viviendo en nuestra casa no es apropiado que lo retrases.

–Y menos cuando casi te he hecho el amor esta mañana en tu cama –le susurró Miles al oído a Alice–. Fija una fecha, querida.

–¿Qué ha sido eso? –preguntó la señora Lister muy sonriente, alzando la vista desde su bolso, en el que había estado rebuscando algo.

–Lord Vickery estaba añadiendo sus propias palabras de apremio –explicó Alice, con una mirada fulminante para Miles–, en su estilo inimitable.

–Bien, muy bien –dijo la señora Lister distraídamente–. Vaya, ¿dónde puede haber ido eso? ¡Las hojas no me han dicho que fuera a perder nada hoy!

–Tu madre cree en esas cosas de verdad, ¿no? –le preguntó Miles a Alice más tarde, cuando caminaban hacia el pueblo.

Lizzie y la señora Lister estaban caminando un poco por delante de ellos, y Alice se había visto obligada a tomar del brazo a Miles, una maniobra muy respetable que, aparentemente, a él le parecía divertida. Ella notaba con claridad el músculo duro de su brazo bajo la lana de su abrigo, y recordaba perfectamente las ondas de aquel músculo bajo su

La dama inocente

piel. Y, sencillamente, tenía que dejar de pensar en Miles sin ropa, porque no le estaba haciendo ningún bien.

—¿Alice? —dijo Miles—. Solo estaba charlando sobre la afición de tu madre por la lectura de las hojas de té.

—Sí, me temo que lo cree —dijo Alice—. Es muy supersticiosa. Cuando tu madre le habló de la Maldición de Drum, estuvo a punto de desmayarse.

—Entonces, ¿no rechazó la idea de que nos casáramos? —preguntó Miles.

Alice se echó a reír.

—¡Oh, no, ahora está mucho más impaciente porque se celebre la boda! Siempre y cuando yo sea marquesa antes de que la maldición acabe contigo, ella estará satisfecha —dijo. Después añadió, en voz baja—: Hace un rato, me sugirió que tuviera más amabilidades contigo, ¿sabes? Algunas veces me deja horrorizada.

—Más amabilidades —dijo Miles pensativamente—. ¿Como las que me demostraste esta mañana, Alice?

—Esta mañana te permití demasiadas licencias.

—Pero querías permitirme más —dijo Miles con la voz muy suave.

—Lo admito, sí —dijo ella—. Siempre he sido sincera contigo...

—Sí.

—Y aunque no es propio de una dama, confieso que te deseo.

—Le adjudicas demasiado refinamiento al hecho de ser una dama. Todas las mujeres están hechas de carne y hueso, después de todo —dijo, e inclinó la cabeza para decirle al oído—: No me tengas demasiado tiempo esperando.

Nicola Cornick

—¿Para casarnos?

Miles se rio.

—Preferiblemente. Pero, más bien, para tomarte, con o sin la bendición de la iglesia.

A Alice le ardieron las mejillas mientras apresuraba el paso hacia su madre y Lizzie.

—Podrías haberlo conseguido esta mañana, y los dos lo sabemos. ¿Por qué te detuviste?

—Parece que no pude llevar a cabo lo que había planeado.

—Entonces, es cierto —susurró Alice—. Desde el principio tenías pensado seducirme.

—Te dije que haría cualquier cosa por conseguirte —dijo Miles, y la miró a los ojos—. ¡Demonios, Alice, no te pongas así! —exclamó, al ver que ella había palidecido—. Siempre has sabido que soy un canalla.

Alice se mordió el labio. Sí lo sabía.

—No dejo de olvidarlo. Es culpa mía. Lo olvido a menudo, y entonces, tropiezo con la verdad y me hago daño. De todos modos, me preguntó por qué creíste que era necesario dormir junto a mi puerta. Te aseguro que no hay ningún motivo.

—Lo hice por si me necesitabas —respondió él, y sonrió—. Como ya sabes, habría preferido dormir en tu cama, pero como no es decoroso todavía, quería estar lo más cerca posible por si gritabas pidiendo ayuda.

—Ha debido de ser muy incómodo dormir en ese camastro —dijo ella.

Miles se encogió de hombros.

—No tan incómodo como algunos de los lugares en los que tuve que dormir mientras estaba en campaña.

Alice lo miró.

La dama inocente

–Nunca hablas sobre tu temporada en la Península.

–Normalmente, la guerra no es un buen tema de conversación.

–Supongo que no, pero de todos modos me gustaría oírlo.

Alice notó que Miles era reticente a hablar de aquel tema. De nuevo, estaba ansioso por no revelar nada de sí mismo. Tenía los labios apretados.

–Dudo que aprobaras mis experiencias, Alice –le dijo finalmente–. Vivía con las cosas que tú condenas: las argucias, la negociación, los compromisos. Ese era mi trabajo.

Alice frunció el ceño.

–¿A qué te refieres?

–Era diplomático, pero no de los diplomáticos que toman té en los palacios de las capitales del mundo, sino un negociador secreto, de los que hacen los tratos sucios que mantienen la paz y el curso del mundo, pero que todos los gobiernos negarían y abandonarían si alguna vez salieran a la luz –explicó con amargura–. Todos los gobiernos llegan en secreto a ese tipo de acuerdos, por supuesto. Son pragmáticos, y no quieren hacer el trabajo sucio por sí mismos. Así que ese era mi trabajo, y por el camino, sacrifiqué a mucha gente y también mis principios –dijo, y miró a Alice–. Si supieras tan solo una de las cosas que tuve que hacer, te verías obligada a condenarme.

–Cuéntamelo –le pidió Alice. Al oír el dolor de su voz, lo acarició instintivamente–. Cuéntamelo –repitió, al ver que él fruncía el ceño–. No puedo entenderlo si no me lo explicas.

Miles le apartó el brazo y se separó un poco de

ella. Siguió andando con las manos en los bolsillos.

—Muy bien. Yo estaba con Wellesley en Rolica hace un par de años —dijo—. Hicimos prisioneros a algunos hombres locales, que habían sido guías de los franceses. La mujer de uno de ellos vino a verme una noche —prosiguió, y cerró los ojos—. Todavía la veo. Estaba embarazada, descalza, vestida de harapos, y llevaba a un niño agarrado a sus faldas. Me dijo que su marido solo había trabajado con los franceses por el dinero, porque su familia se moría de hambre. Me rogó que lo salvara, o todos morirían. Le prometí que la ayudaría. Y mientras se lo decía, sabía que le estaba mintiendo.

Alice sacudió la cabeza.

—¿Y qué ocurrió?

—Wellesley quería hacer un trato con los resistentes locales —dijo Miles—. Estábamos al principio de nuestra campaña, y teníamos una necesidad desesperada de aliados. El líder de los guerrilleros nos exigió que le entregáramos a los prisioneros a cambio de la información que precisábamos. Yo sabía que, si lo hacíamos, aquellos hombres serían ajusticiados por haber colaborado con los franceses. Seguramente, sufrirían torturas, y morirían de un modo horrible. Sin embargo, yo negocié un acuerdo con la guerrilla.

Alice sintió un nudo frío en el estómago.

—¿Entregaste a aquellos hombres? —preguntó.

—Sí. Los tratos se hacen así, Alice, por un bien mayor. Lo hice para que Wellesley tuviera la información que necesitaba para planear un ataque. Aquel día ganó. Esos hombres fueron sacrificados para que todos los hombres, mujeres y niños de este país pudieran dormir con más tranquilidad, sabiendo que aquel día no sería el día en que Bonaparte los invadiría.

—No tenía idea... —musitó Alice.

—Muy poca gente se lo imagina —dijo Miles con una expresión sombría—. No piensan en el precio que hay que pagar por su seguridad.

—Pero, ¿eso no te espantaba? Es horrible lo que los hombres les hacen a sus congéneres. Es odioso. ¡Me siento contaminada solo por saberlo!

—Ya te he dicho que soy el más cínico de todos los hombres, así que no me molesta mucho. Todo tiene un precio, y este es el precio de la paz. La guerra es un asunto muy feo, lo cual nos lleva de nuevo al inicio de esta conversación, y al motivo por el que no es un tema de conversación adecuado.

—No entiendo por qué comenzaste a trabajar en eso en primer lugar.

—No tienes por qué entenderlo —dijo Miles. Su tono de voz no invitaba a seguir con aquel tema de conversación, pero Alice, aunque lo oyó, hizo caso omiso de la advertencia.

—Sé que ocurrió algo que te distanció de tu familia —le dijo—. ¿Fue lo que te impulsó a alistarte en el ejército y aceptar un puesto así?

—Alice —dijo Miles con frialdad—, no tengo ganas de seguir con este tema.

—No, pero yo sí. Necesito entenderte. Necesito saber por qué te separaste de tu familia...

—No tienes por qué entender ninguna de las dos cosas, Alice. Me parece que tienes la estúpida idea de que si puedes reconciliarme con mi familia, podrás curar las heridas que crees que sufro. Me temo que los finales felices y románticos no existen, o existen solo en tu imaginación.

Habían llegado al balneario, y Lizzie y la señora Lister se volvieron hacia ellos en las escaleras de la entrada.

Alice miró a Miles a la cara. Era muy guapo, pero también era frío y distante, y cuando le devolvió la mirada, sus ojos no tenían ninguna expresión. Él no hizo ningún intento de reconciliarse con ella después de la dureza de sus palabras, ni tampoco de aligerar la conversación. Sonrió vagamente, aunque su mirada seguía siendo heladora.

–No pongas esa cara de consternación, Alice –murmuró–. Conocías el alcance de mi depravación desde el principio. Si alguna vez has pensado que podías reformarme, esto te demostrará que no es posible.

Alice lo tomó del brazo cuando él se giraba para alejarse.

–Pero quiero ayudarte...

–No puedes hacerlo, ni yo lo deseo –dijo Miles, y la agarró con fuerza–. Estás confundida. Crees que porque quiero acostarme contigo, hay algún vínculo entre nosotros. Siento desilusionarte, pero lo que necesito de ti es muy simple, y no requiere intimidad emocional.

Miles se dio la vuelta y subió los escalones hasta la entrada del balneario. Le sujetó la puerta a la señora Lister y dejó bien claro que la conversación entre Alice y él había terminado.

–¿Me permite traerle una jarra de aguas medicinales, señora? –preguntó agradablemente–. Dicen que es muy buena para la salud.

Alice se sentó en uno de los preciosos bancos de

hierro forjado de la rotonda, y Lizzie se acomodó a su lado.

–¿Te encuentras bien, Alice? –le preguntó–. Estás muy pálida. El cortejo de lord Vickery debe de estar falto de estilo para dejarte tan alicaída.

Alice observó a Miles mientras él se alejaba hacia el mostrador para pedir el agua. Tenía un aspecto tan frío y tan indiferente como de costumbre, como si su pelea no hubiera ocurrido, y él no la hubiera herido deliberada y profundamente.

–Lord Vickery me ha estado hablando de su servicio en el ejército –explicó–. Oh, Lizzie, me siento tan tonta y tan ingenua... No tenía ni idea de que sucedían cosas tan terribles...

–No debería habértelo contado si iba a disgustarte.

–Estoy empezando a darme cuenta de que con Miles uno obtiene lo que pide –dijo Alice amargamente–. Pero después le pregunté el motivo por el que se había separado de su familia, y se volvió muy frío y desagradable. Me dijo que nunca hablaba de ello, y que yo no tenía por qué entrometerme.

–Hombres –dijo Lizzie con un suspiro–. Ya sabes cómo pueden ser.

–No, no lo sé –dijo Alice–. Y tú tampoco.

–¡Yo sí! –respondió Lizzie–. No son capaces de hablar de sus emociones. Se quedan callados, y no se puede sacar ninguna información de ellos. Es raro y exasperante, pero son así, y no se puede hacer nada.

Se dio la vuelta en el asiento cuando la puerta del balneario se abrió y entraron Nat Waterhouse con Flora y su madre, y con la mejor amiga de la señora

Nicola Cornick

Minchin, la duquesa de Cole. Laura Anstruther y lady Vickery las seguían. La duquesa ignoraba significativamente a las dos damas.

Lizzie puso cara de pocos amigos.

—Vieja bruja despreciable —murmuró—. Le está bien empleado a Nat el tener que acompañar a esas dos arpías para poder echarle el guante al dinero de Flora. ¿Sabes que se van a casar dentro de dos meses, Alice? ¡No entiendo cómo es posible que Nat sea tan idiota!

—¿Y qué quieres que haga, Lizzie? —le preguntó Alice con cansancio. Sentía lástima por Nat—. Él necesita casarse con una mujer rica, y nunca lo ha mantenido en secreto. A menos que tú misma te casaras con él...

—¡Prefiero que me corten las orejas! —dijo Lizzie, ruborizándose mucho.

—Entonces, deja de quejarte —le respondió Alice—. Si eres su amiga, deberías estar contenta por él. Y si sientes algo diferente por Nat, entonces deberías hacer algo al respecto antes de que sea demasiado tarde.

Lizzie se quedó callada, mordiéndose el labio, y al observarla, Alice tuvo la inquietante sensación de que le había dado una idea a su amiga, una idea que iba a explotar de un modo espectacular. Sin embargo, no pudo preguntarle a Lizzie qué estaba pensando, porque Laura Anstruther y lady Vickery se acercaron a ellos.

Alice vio a Miles mirar a su madre, y su cara cambió. ¿Qué se había reflejado en ella? ¿Arrepentimiento? ¿Tristeza? Alice se inclinó hacia delante rápidamente.

La dama inocente

—Lizzie, ¿tú sabes por qué se alejó Miles de su familia? Es tan extraño... es como si se resistiera a todos sus impulsos de acercarse a ellos.

Lizzie cabeceó.

—¿Por qué no se lo preguntas a Laura? Ella es su prima. Quizá lo sepa.

Laura se sentó junto a Alice con un profundo suspiro, porque como su prima Lydia, estaba en el quinto mes de embarazo, y se sentía muy cansada. Lady Vickery se situó junto a la señora Lister, y ambas comenzaron a charlar como viejas amigas. La duquesa de Cole y la señora Minchin se habían colocado al otro extremo de la sala, y estaban lanzándoles miradas envenenadas.

—Parece que el agua medicinal del balneario no sirve para mejorar el humor de la prima Faye —murmuró Laura—. Ayer nos encontramos en la biblioteca y fue monstruosamente maleducada conmigo. Me comentó que parecía que mi familia estaba decidida a contraer matrimonio por debajo de nuestro estatus, primero yo, después Miles, perdona, Alice, pero ya sabes las tonterías que dice Faye, y ahora Celia —añadió con una sonrisa—. Me parece que Celia siente cierta estima por el señor Gaines. Esta mañana los he visto dirigiéndose a alguna parte...

Se interrumpió al ver que Miles les llevaba las jarras de agua medicinal. Miles le entregó a Alice la suya y después se excusó para ir a hablar con Nat Waterhouse. Laura enarcó las cejas.

—¡Qué raro es que Miles no se siente con nosotras! ¿Te has peleado con él, Alice?

—Sí —respondió Alice con tristeza—. Le pregunté por el distanciamiento con su familia.

—Nunca habla de ello —dijo Laura, encogiéndose de hombros—. Yo ya estaba casada con Charles cuando se separaron, y no sé lo que ocurrió. Lo único que sé es que Miles tuvo una discusión tremenda con su padre y se alistó inmediatamente en el ejército. Mi tío se puso furioso. Quería que Miles siguiera su camino en la iglesia.

Lizzie soltó una risita.

—¡Eso sí habría sido inapropiado!

—Dexter se ha llevado a Philip a pescar esta mañana —continuó Laura—. Mi tía lo mima como si fuera un niño, pero Philip ya tiene una edad en la que desea hacer cosas más masculinas —añadió, y miró a Miles—. Ojalá Miles se tomara más interés en su hermano pequeño. Philip lo adora, pero Miles apenas pasa tiempo con él. Miles es tan bueno con Hattie... y ella es solo su ahijada. No lo entiendo.

—Por favor, hablemos de otra cosa —le pidió Alice. Todavía estaba dolida por el áspero rechazo de Miles, y no entendía su comportamiento. Fuera cual fuera el secreto de su familia, lo había enterrado muy profundamente.

—¿Cuándo vuelve sir Montague de Londres, Lizzie? —preguntó para cambiar de tema.

—Creo que en uno o dos días, según su última carta —respondió lady Elizabeth—. Supongo que habrá pensado en más impuestos medievales con los que atormentarnos. ¡Qué tranquilo ha estado Fortune's Folly sin él!

Mientras terminaban sus aguas medicinales y se preparaban para marcharse, Miles se despidió de Nat y se unió a ellas. No se estaba comportando como un pretendiente, sino más bien como un carcelero.

La dama inocente

–Volveré a Spring House con la señora Anstruther –dijo Alice.

–Entonces, os acompañaré –respondió Miles–. No puedo protegerte si estamos en sitios distintos.

–No tienes por qué molestarte –dijo Alice con irritación, mientras él ayudaba a Laura a subir al carruaje–. No quiero...

Sus palabras cesaron cuando Miles la subió sin miramientos al coche y saltó detrás de ella. La agarró de la muñeca y tiró para obligarla a sentarse a su lado.

–Solo por una vez –dijo–, vas a hacer lo que te dicen.

–Vaya, vaya –dijo Laura, intentando no sonreír al mirarlos–, ¡creo que va a ser un viaje muy largo!

Permanecieron en un silencio elocuente mientras el coche avanzaba por el camino que ellos habían recorrido a pie unas horas antes. Miles no soltó la muñeca de Alice. Ella intentó zafarse de él, porque estaba furiosa por su frialdad hacia ella, pero él la sujetó con fuerza.

Y, con tan solo aquel punto de contacto entre ellos, Alice se dio cuenta de que su piel se calentaba, que era muy sensible a su roce. Apretó los dedos al notar un cosquilleo por todo el cuerpo, que la hizo estremecerse.

Le parecía imposible que con un toque tan ligero, Miles pudiera hacerle eso, y sin embargo, ella no podía concentrarse en otra cosa que no fuera aquella presión insistente. Él movió los dedos y le acarició la palma de la mano, y a Alice se le cortó la respiración. De repente, el aire del carruaje estaba demasiado cargado para ella. Alice se quedó inmóvil, traspuesta, sintiendo que la sangre le recorría las venas con pulsaciones duras, pesadas. Su cuerpo se calentó. No se atrevía a moverse por miedo a que Lydia supusiera cuál era su estado, y por miedo a que Miles se diera cuenta de lo que le estaba haciendo.

Sin embargo, entonces la presión de sus dedos se intensificó ligeramente, y Alice no pudo evitar mirarlo. Sus ojos oscurecidos, sus párpados medio cerrados, le indicaron que él sabía exactamente lo que estaba sintiendo ella, y eso le provocó a Alice otra oleada de sensualidad deliciosa que la dejó lánguida y acalorada. Se movió en el asiento, porque aquello le resultaba insoportable. ¿Cómo podía hacerle aquello Miles, cuando estaba tan enfadada y frustrada con él? ¿Cómo era posible que su cuerpo la traicionara de aquella forma? Solo quería librarse de Miles, y sin embargo, lo deseaba tanto que casi no podía respirar.

Miles se inclinó hacia delante y le habló suavemente al oído.

—Parece que está un poco distraída, señorita Lister. ¿Tiene fiebre?

Alice vio que él sonreía vagamente.

—¡Sí! —exclamó—. No. No lo sé.

—Está confusa.

—Estoy perfectamente —dijo Alice.

Con un gran alivio, vio que estaban entrando por la cancela de Spring House. Su pelea con él no había disminuido en absoluto el deseo, y se sentía indefensa, ansiosa, desvergonzada y libertina.

En cuanto el carruaje se detuvo frente a la casa oyeron un grito, y tanto Marigold como Jim, el mozo, se acercaron a saludarlos. Alice saltó del coche y se liberó de Miles. Marigold estaba retorciendo el delantal con ambas manos, y parecía que iba a echarse a llorar.

—¡Señorita Lister!

—¿Qué ocurre, Marigold? —preguntó Alice—. ¿Qué ha pasado?

—¡Es la señorita Lydia! ¡Se ha escapado!

Capítulo 16

Buscaron durante todo aquel día, pero no hallaron ni rastro de Lydia ni de Tom Fortune. A medida que avanzaba la tarde, volvió a nevar, y bajó mucho la temperatura. Iba a ser una noche muy fría. Lady Vickery se acurrucó delante del fuego y declaró que encontrarían a Lydia muerta de frío a la mañana siguiente.

La señora Lister hizo tazas y tazas de té para leer las hojas, quejándose del hecho de que solo encontrara malos augurios. Celia Vickery no estaba por ninguna parte, y Philip se retiró a un rincón de mala gana, intentando disimular el hecho de que estaba muy decepcionado porque su madre no le hubiera permitido unirse a las partidas de búsqueda.

–Es culpa mía –dijo Laura aquella tarde, mientras trabajaba con Alice en la cocina de El Viejo Palacio, junto a la sevidumbre, preparando comida para las partidas de búsqueda–. Lydia debía de tener miedo de que yo la obligara a decirme la verdad sobre el paradero de Tom Fortune –explicó, y sacudió la cabeza–. Espero que él la esté cuidando. Pobre Lydia. Está tan sola...

–Me he enterado de que los duques de Cole ni siquiera han dejado que sus sirvientes participaran en la búsqueda. Han dicho que tenían mejores cosas que hacer –dijo Alice con disgusto.

Miles entró en la cocina. Llevaba un abrigo salpicado de nieve, y tenía cara de mal humor. Alice apenas había hablado con él desde su pelea de aquella mañana, pero en aquel momento, pese a la tensa situación, ella notaba que se había suavizado.

–Debería haber previsto que iba a suceder esto –le dijo él, mientras tomaba la taza de chocolate caliente que ella le ofrecía–. Anoche, los dos pensamos que la señorita Cole se había escapado para verse con Tom Fortune. Debería haberme dado cuenta de que el paso siguiente era huir con él –afirmó, mirando fijamente a Alice–. Estaba distraído. Fue un gran error mudarme a Spring House para vigilarte, Alice. Parece que no soy capaz de ver otra cosa –dijo, y frunció los labios, casi sonriendo–. Intenta no poner cara de estar tan satisfecha –añadió secamente.

–Pensaba –dijo ella, aprovechando el hecho de que él estuviera de mejor humor– que quizá pudieras llevarte a Philip cuando vuelvas a la búsqueda. Está desesperado por ser útil, y seguro que puede ayudar...

Se interrumpió al ver que Miles fruncía el ceño.

NICOLA CORNICK

—Philip sería más una carga que una ayuda —dijo él—. Está mejor aquí, con mi madre. De lo contrario, ella se preocupará mucho.

Alice se dio la vuelta y puso unas cacerolas en el fuego con una fuerza innecesaria. Echando chispas silenciosamente, pensó que Miles era imposible.

—Alice —murmuró Miles, con un deje de humor en la voz.

Alice le hizo caso omiso. Al oír su tono, se le aceleró el pulso y sintió una esperanza renovada, pero no iba a darle a Miles la satisfacción de dirigir la conversación. Tomó la empanada de jamón de una de las repisas de la despensa y comenzó a cortarla con cuchilladas rápidas, feroces.

—Muy propio de una esposa —comentó Miles.

—No tengo nada que decirte, Miles —dijo Alice—. Eres una persona horrenda, malhumorada, mala y miserable, y me equivoqué al pensar que hubiera algo de bondad en ti.

—Ya te dije que no tenía buenas cualidades —dijo Miles—. Deberías haberme prestado atención. Yo nunca te miento.

—Está claro —dijo ella. Puso un plato de venado y un poco de mantequilla sobre la mesa—. ¿Quieres que te corte un poco de pan? —le preguntó fríamente.

—No, gracias —respondió Miles—. Probablemente me cortarías la mano —añadió. Después suspiró pesadamente—. Oh, muy bien. Que Philip venga conmigo —dijo, y la miró—. Supongo que ahora estarás muy satisfecha contigo misma.

—En absoluto —dijo ella, conteniendo una sonrisa—. Voy a avisarlo.

La dama inocente

Miles la agarró del brazo.

–Primero dame un beso. Es lo menos que puedes hacer, a modo de recompensa.

–¿Delante de tu prima? –le preguntó ella, con la voz entrecortada.

–Ella puede mirar a otro lado, ¿verdad, Laura? Después de todo, estamos comprometidos, y tengo derecho.

–Yo iré a buscar a Philip –dijo Laura, mientras se secaba las manos en el delantal.

Cuando se cerró la puerta de la cocina, Miles le puso las manos sobre los hombros a Alice.

–¿Puedo? –le preguntó suavemente.

Antes nunca se lo había preguntado. Simplemente, había tomado lo que quería, y por algún motivo, eso significó una gran diferencia para ella. Sintió un aleteo en el corazón.

–Puedes –susurró.

Miles le sonrió también, y Alice sintió una ráfaga de emoción tan fuerte que se echó a temblar. Entonces, él inclinó la cabeza y la besó. Fue un beso tierno, dulce, que fue haciéndose abrasador poco a poco. Distinto. El temblor que Alice sentía por dentro floreció y se intensificó. Ella le rodeó el cuello con los brazos y lo atrajo hacia sí, notando la delicadeza con la que él la abrazaba, como si fuera algo precioso.

Hubo un ruido sonoro, y Laura entró en la cocina. Entonces, los dos se separaron. Miles la observó. Tenía una mirada de desconcierto, como si estuviera intentando descifrar un acertijo especialmente complicado. Después de un instante, él agitó la cabeza. La miró de nuevo y carraspeó.

NICOLA CORNICK

—Sé que tienes muy buena puntería, Laura —le dijo—, así que si alguien intenta hacerle daño a Alice mientras estoy fuera...

—Yo la cuidaré —dijo Laura muy sonriente.

Miles asintió otra vez, con gravedad, le hizo un gesto a Philip y salió por la puerta sin decir una palabra más.

—Bien hecho —le dijo Laura a Alice cuando estuvieron a solas. Alice estaba muy ruborizada y se había dado la vuelta para remover la sopa—. Philip está muy contento. No creía que lo consiguieras, Alice, te lo confieso. Aunque una lo ve pocas veces, Miles puede tener muy mal humor y ser más terco que una mula.

—Lo sé —dijo Alice.

Laura dejó el cuchillo en la mesa y se acercó a Alice.

—Admito que cuando empezó a cortejarte, el año pasado, yo tuve miedo de que te hiciera sufrir —dijo.

—Me hizo sufrir.

—Nunca pensé que se enamoraría de ti —dijo Laura, y se echó a reír al ver la expresión de incredulidad de Alice—. ¿Es que no te das cuenta, Alice? Se ha llevado a Philip para agradarte, tanto como para agradar a su hermano. Lo hizo porque quiere que tengas buena opinión de él.

Alice sintió una muy pequeña esperanza, pero la aplastó.

—Miles no es del tipo de hombre que se enamora —dijo. Quería creer a Laura, pero había llegado a conocer muy bien a Miles, y le parecía imposible—. Me aleja en todas las oportunidades que se le presentan —añadió—. No es como Dexter. A Miles no le importa nadie. Me ha dicho que lo único que quiere es mi dinero.

–Quizá no quiera que le importes –dijo Laura–, pero no le queda más remedio que aceptarlo. Dexter luchó con todas sus fuerzas –añadió con una sonrisa–. A veces tardan un poco. ¿Y tú? Si Miles te ha hecho daño ya una vez, quizá no quieras darle otra oportunidad.

–No puedo evitarlo. No puedo evitar lo que siento por él, Laura. Ojalá pudiera, pero no es mi forma de ser. Soy una persona muy simple...

–No hay ningún artificio en ti –dijo Laura, abrazándola suavemente–. Y eso es muy bueno.

–¿Por qué ha dicho Miles que tienes muy buena puntería? –le preguntó después Alice, con curiosidad.

Laura suspiró.

–Porque no siempre he estado embarazada de cinco meses, y más mareada que un pato –respondió, y observó a Alice con atención–. ¿Te acuerdas de la historia de las Chicas de Glory, Alice, de la banda de salteadoras de caminos que cabalgaba por los valles hace unos años?

–¡Por supuesto! –dijo Alice con los ojos iluminados. Las Chicas de Glory habían sido heroínas para ella y para otra gente pobre y desposeída–. Robaban a los ricos para reparar las injusticias de la sociedad... –su voz se fue acallando mientras miraba a Laura–. ¡No! –exclamó, abriendo unos ojos como platos–. ¡No podías ser tú!

–Sí –dijo Laura.

–Pero... ¡eras duquesa! Quiero decir que... No, es imposible. ¿Lo sabe Dexter?

Laura sonrió.

—Lo averiguó el año pasado.

—Oh —dijo Alice—. ¡Oh! —añadió en otro tono, al recordar el noviazgo, bastante tormentoso, que habían tenido Dexter y Laura.

—Sí —dijo Laura—. No se puso muy contento.

—Ya me lo imagino —comentó Alice—, teniendo en cuenta que es uno de los Guardianes.

Laura hizo un mohín.

—Dexter puede llegar a ser muy estirado.

—De un modo muy atractivo —replicó Alice sonriente.

—Pero lo cierto —dijo Laura, ruborizándose un poco—, es que Miles fue quien me ayudó a obtener el perdón del ministro del Interior, Alice. Miles me salvó. Y también fue Miles quien le dijo a Dexter que se casara conmigo solo si podía quererme con toda su alma, y es Miles quien le hace regalos a Hattie aunque no pueda permitírselos, y Miles el que está ansioso por protegerte, y el que se ha llevado a su hermano consigo porque, en el fondo, quiere que Philip sea feliz... —se interrumpió y miró a Alice con expectación—. ¿No?

Alice se secó las manos en el delantal.

—No lo sé —dijo—. Ojalá pudiera creerte, Laura. Ojalá pudiera creer que Miles se preocupa por los demás, pero la verdad es que a mí me está obligando a casarme con él por mi dinero, y a menos que pueda elegir libremente, no puedo quererlo como me pide el corazón —añadió. Al ver la expresión de horror de Laura, se apresuró a aclarar lo que había dicho—: No te asustes. No me ha hecho daño...

La dama inocente

—Gracias a Dios, o habría tenido que pegarle un tiro.

—Tengo la tentación de pedirte que lo hagas —dijo ella, riéndose. Después se puso seria—. La verdad es que quiero importarle a Miles, pero no estoy segura de que sea capaz de sentir algo así. Le ocurrió algo, Laura, que le quitó toda la ternura y el amor, y no quiere decirme de qué se trata.

—Lo hará —le aseguró Laura—. Te lo dirá cuando llegue el momento. Ten fe.

Miles todavía se estaba preguntando qué demonios había ocurrido mientras salía con su hermano del establo. Estaba furioso consigo mismo por no haberse dado cuenta de que Lydia iba a escaparse con Tom. El problema era que había estado completamente consumido con su ansiedad por Alice. Solo podía pensar en ella. Había perdido su eficiencia porque no era capaz de ver más allá de su necesidad por Alice. Incluso en aquel momento quería volver a la casa, abandonarse entre sus brazos y hallar por fin aquella paz esquiva que parecía que solo podía darle ella.

Aquel beso que habían compartido... Se movió con inquietud en la montura. No estaba seguro de cómo había sucedido. Era como si el mundo hubiera dado un vuelco en su eje, lo cual resultaba absurdo. Solo había sido un beso. No tenía por qué ser trascendental. A él le gustaba besar a Alice. Demonios, adoraba besar a Alice. Sin embargo, el efecto que tenía sobre él estaba empezando a inquietarlo.

Se había enfadado mucho con Alice antes, cuando

ella lo había presionado para que le hablara de la pelea con su familia. Ella había rebuscado por los rincones más oscuros de su mente, en los que ni él mismo se atrevía a rebuscar, y Miles la había rechazado cruelmente. En el pasado, demostrar semejante dureza y cinismo no le habría importado lo más mínimo. Se habría protegido a sí mismo, y eso era lo que contaba. Sin embargo, en aquella ocasión se había reprochado su brutalidad desde el mismo momento en que había pronunciado las palabras. Había intentando alejar a Alice, cuando, en realidad, lo último que quería era perderla.

Y después estaba Philip. Miró a su hermano. ¿Cómo se las había arreglado Alice para convencerlo de que se llevara a su hermano? Era lo último que pretendía hacer, y sin embargo, no había podido resistir la súplica de sus ojos.

Se sentía raro al pensar en ello. Había querido agradarle, y esa sensación era ajena a él. Lo incomodaba, tenía la sensación de que una parte de él se estaba rindiendo. Volvió a moverse en la montura. Muy bien, lo admitiría, aunque solo fuera ante sí mismo.

Alice estaba empezando a importarle.

Maldición.

Para distraerse, se giró hacia Philip. Observó que el chico montaba bien, y que estaba mirando a su alrededor con atención en busca de pistas sobre la nieve. Philip se volvió hacia delante y le lanzó a Miles una sonrisa contagiosa, de pura emoción, y Miles notó que se le encogía el corazón. Por un momento, Philip le recordó a sí mismo en los años anteriores al distanciamiento con su familia, cuando su padre y su vida

La dama inocente

eran buenos, y no había complicaciones. Sintió una oleada de nostalgia tan fuerte que estuvo a punto de aplastarlo, y después, la fuerte determinación de que para su hermano, al menos, el futuro fuera distinto al suyo. Quizá no pudiera volver atrás en el tiempo, ni siquiera escapar del oscuro cinismo que dominaba su alma, pero sí podía asegurarse de que Philip nunca sufriera una desilusión tan grande.

–Te echo una carrera hasta los árboles del río – le dijo, y vio que a su hermano se le iluminaba la cara antes de hundir los talones en los flancos del caballo y robarle un cuerpo de ventaja.

Capítulo 17

–No me siento bien viniendo a un concierto cuando todavía no han encontrado a Lydia y a Tom –dijo Lizzie acongojadamente, dos noches más tarde, mientras Alice y ella estaban sentadas en el balneario, esperando a que la orquesta terminara de afinar sus instrumentos y comenzara a tocar–. No creo que baile esta noche. Estoy demasiado angustiada.

Estaban sentadas en primera fila, con lady Vickery, Celia, la señora Lister y Lowell. Miles se había detenido en la entrada a hablar con Nat Waterhouse. Le había besado la mano a Alice y le había dicho que se uniría a ella poco después. Nat no le había hecho semejante promesa a Lizzie, que lo había fulminado con la mirada.

–Me siento fatal, Alice –siguió diciendo lady Elizabeth–. Si encuentran a Tom, esta vez lo colgarán,

La dama inocente

y si no lo encuentran, no sabremos si Lydia está bien, y mientras, hay un loco por ahí suelto con un arma que puede dispararnos en cualquier momento –dijo con un suspiro–. ¡Creo que preferiría los días en que Monty nos aplicaba sus indignantes impuestos medievales! ¡Al menos era más divertido!

–Hablando del rey de Roma –dijo Alice. Miró al hombre corpulento que estaba en la entrada del balneario, con la petulancia de un faisán–. Creo que tu hermano ha vuelto, Lizzie. ¿No es sir Montague quien está hablando con el señor Pullen?

Lizzie se giró en su silla.

–¡Dios Santo! –exclamó–. ¡Sí lo es! Debe de haber vuelto de Londres para ir a la boda de Mary Wheeler. ¡Maldita sea! Ahora Monty se hará el estirado y me exigirá que vuelva a vivir con él a Fortune Hall, y yo me he divertido mucho más contigo, Alice. ¡Dios Santo! –añadió, tomando a Alice del brazo, mientras su hermano entraba en la sala acompañado de una mujer–. ¿Es que Monty se ha comprometido con alguna dama? No... no puede ser... parece una cortesana... ¿Habías visto alguna vez un vestido así en el balneario de Fortune's Folly, Alice?

–Lucido por una señora, no, desde luego –dijo Alice. Estaba dividida entre el horror y la diversión por el espectáculo que estaba dando sir Montague–. Parece que la dama va a perder el corpiño por completo.

La rubia acompañante de sir Montague Fortune estaba esperando descaradamente que todo el mundo que había en la sala la mirara. Vestida, apenas, con un traje de gasa plateada y brillante, tenía un aspecto exótico y desdeñoso. El murmullo se fue intensificando y después se redujo a un susurro, cuando la pareja avanzó por el salón de música.

—¡Oh, madre mía! —susurró Lizzie al oído de Alice—. Mi hermano está a punto de presentarme a su amante aquí, delante de todo el mundo! Siempre supe que Monty era un idiota, ¡pero esto! ¿Qué puedo hacer, Alice?

—Nada —dijo Alice—. Espera. Creo que va a suceder otra cosa...

Había empezado a sentirse un poco nerviosa, porque se había dado cuenta de que Miles y Nat Waterhouse también habían visto a Sir Montague. Nat le estaba diciendo algo a Miles, y de repente, Miles tenía una expresión tensa. Alice tuvo un mal presentimiento, y se le formó un nudo en el estómago.

—Tiene cierto estilo —decía Lizzie—. Me pregunto qué verá en Monty. ¿Y por qué la ha traído él aquí? ¡Parece un ave del paraíso en una granja!

—Es Louise Caton —dijo lady Vickery, saliendo del trance—. ¡No la miréis, niñas! ¿En qué estaba pensando sir Montague para traer aquí a la cortesana más famosa de todo Londres? He dicho que apartéis la vista —repitió, y tomó del brazo a Alice—. De veras, esto es una vulgaridad.

—Así es Monty —dijo Lizzie—. Señora, no tenga miedo. No creo que vayamos a corrompernos solo por ver a una cortesana... oh, pero... ¿no era la señorita Caton la que... —Lizzie se interrumpió, afligida, y miró a Alice—. Oh, Dios mío. Alice...

—Sí —dijo Alice, con la voz temblorosa—. Creo que la señorita Caton es la cortesana con la que lord Vickery se relacionó la última vez que estuvo en Londres.

La dama inocente

—¡Alice! —exclamó la señora Lister—. Se supone que tú no sabes esas cosas. Y si lo sabes, debes fingir que no lo sabes.

—Lo siento, mamá. No hay duda de que tienes razón. Una dama debe fingir ignorancia. Sin embargo, siempre has sabido que yo no soy una dama.

La señora Lister soltó un gemido de consternación.

—Oh, ¿qué vamos a hacer? —dijo, y se volvió hacia lady Vickery—. ¡Y delante de su madre, también!

—Delante de su prometida —dijo lady Vickery—. ¡Delante de los abogados!

Miró hacia la fila en la que estaban sentados el señor Gaines y el señor Churchward. Gaines estaba observando con sumo interés cómo Louise Caton se acercaba a Miles. Por el contrario, el señor Churchward estaba tan horrorizado como si la cortesana se le hubiera sentado en el regazo. Tenía la cara muy roja y los ojos abiertos como platos. Alice sabía exactamente cómo se sentía.

—Qué chico tan estúpido —gemía lady Vickery—. Señorita Lister, espero que le dé a Miles la oportunidad de explicarse...

—No creo —dijo Alice—. La situación habla por sí misma, ¿no es así?

Observó, entre la fascinación y el horror, cómo sir Montague abordaba a Miles. Era como si estuviera viendo una obra de teatro. En aquel momento no sentía nada, pero sabía que el frío caparazón que la recubría podía romperse, y el dolor la invadiría, y Alice se temía que no iba a poder soportarlo. Aquella era la criatura dorada con la que Miles había tenido una aventura tórrida. Aquella era la mujer cuyo lecho había buscado después de haberla dejado plantada a ella, el año anterior. Aquello era echar sal en la herida.

Intentó convencerse de que solo era una horrenda coincidencia, que Miles no sabía nada de todo aquello, que probablemente el amante de la señorita Caton era sir Montague en aquel momento, y que con su típico mal gusto y su falta de consideración por los demás, la paseaba por delante de toda la sociedad de Fortune's Folly. Las palabras, los pensamientos y las imágenes se le agolpaban en la mente, y entonces, oyó el saludo de sir Montague:

–¡Vickery! ¡Recibí tu carta! –le dijo a Miles, mientras le daba una palmada en la espalda–. Me alegro de haber podido complacerte, amigo, acompañando a esta espléndida criatura a Yorkshire. ¡Un buen regalo para ti!

Después, se quedó a un lado, sonriendo, y la señorita Caton se puso de puntillas, y a la vista de todo el mundo, le dio a Miles un beso en los labios.

Hubo un silencio escandalizado en el salón.

Alice se puso en pie. Su bolso y su abanico cayeron al suelo, pero ella no se molestó en recogerlos. Solo era consciente de que necesitaba escapar. Al instante, sintió a Miles a su lado...

–Alice –le dijo él.

Alice lo ignoró. Comenzó a caminar muy lentamente, cuidadosamente, hacia la puerta. Sabía que la gente la estaba mirando. Era horrible. De repente, su confianza en sí misma desapareció. Todas sus inseguridades se despertaron para burlarse de ella, de la doncella convertida en heredera, cortejada por su fortuna, humillada por su prometido y la amante de su prometido en público.

La dama inocente

–Claro que tiene que ir tras ella –oyó Alice, de boca de Louise Caton, que hablaba con un interés lánguido–. Después de todo, ella es muy rica, y él es muy pobre, y yo soy muy cara –añadió, y después, con afectación, soltó una carcajada.

Alice enrojeció de furia al pensar que su dinero serviría para pagar el placer de Miles en la cama de una prostituta.

Cada pensamiento, cada sentimiento, le hacía daño. Se dio cuenta con perplejidad. Nunca hubiera pensado que iba a sentir un dolor tan grande. Había vuelto a enamorarse de Miles, mucho más profunda y desesperadamente de lo que pensaba.

–¡Alice, espera!

Oyó que Miles caminaba detrás de ella, y al instante, la agarró del brazo y la llevó hacia una habitación apartada. Eran los baños del balneario. En aquel momento de la noche estaban desiertos, pero había una sirvienta doblando toallas y ordenándolo todo para la mañana siguiente. Había una lámpara en una mesita baja, cuyo brillo rojo igualaba las ascuas que relucían en la enorme chimenea. Del agua del baño de piedra cuadrado surgían volutas de vapor, como si fueran dedos de niebla. Durante el día, los baños comunitarios de Fortune's Folly estaban llenos de visitantes. Ahora, los bancos estaban vacíos y por la sala resonaban las burbujas suaves del agua. Alice vio el calor a su alrededor, pero no pudo sentirlo. Estaba helada hasta los huesos.

Miles miró a la doncella y le señaló la puerta con la cabeza.

–Si es tan amable...

La cortesía de su tono de voz no encajaba con su

mirada. La chica hizo una reverencia apresurada y se marchó.

Alice oyó que Miles giraba la llave en la cerradura.

—No puedes hacer eso —dijo, saliendo del estupor—. No es decoroso.

Entonces, Alice se echó a reír al pensar en su comentario, cuando la amante de Miles acababa de besarlo delante de todo Fortune's Folly.

—Alice, escucha —dijo Miles. Se pasó la mano por el pelo, revolviéndoselo. Estaba muy pálido.

—Supongo que es tu amante —dijo Alice, y suspiró—. En realidad, no necesito que respondas a eso, Miles. Claro que lo es.

—Era mi amante —dijo él.

—Sir Montague ha dicho que te la había traído como regalo. ¿Tú... tú le pediste que la trajera?

—No —respondió él—. No —repitió con más fuerza—. No tenía ni idea de que Monty fuera a venir con ella. Seguramente, lo hizo a propósito para acabar con nuestro compromiso. Ya sabes que quería casarse contigo, o, si no lo conseguía, poder reclamar la mitad de tu fortuna de acuerdo con El Tributo de las Damas.

Alice lo miró atentamente a la cara, con el corazón muy dolido.

—Entonces, ¿me prometes que no lo sabías? —susurró.

Miles sonrió con arrepentimiento.

—Nunca habías dudado de que te decía la verdad, Alice. ¿Por qué ahora?

—Porque eres un mujeriego —respondió ella—. Y yo... estoy celosa —dijo, sorprendida. Aquel sentimiento se le clavaba en el alma como si fueran las uñas de un gato–. Muy celosa. Lo odio. Me siento fatal.

Miles la observaba fijamente.

–Siempre supiste que era un libertino –dijo–. Nunca te he ocultado mi pasado.

–No –convino Alice–, pero no creía que me importara. No creía que nunca me preocupara.

A Miles se le oscurecieron los ojos. Dio un paso hacia ella y le tendió la mano.

–¿Y te importa?

–¿Que si me importa que una prostituta de Londres te bese delante de todo Fortune's Folly? ¡Sí, claro que me importa! Me hiere el orgullo.

–Orgullo. Entiendo –dijo él, y bajó la mano–. No hay nada entre la señorita Caton y yo. No me importa nada. Nunca me importó. Todo había terminado antes de que yo volviera a Yorkshire.

–Entonces, ¿por qué ha venido? –le preguntó Alice, y sacudió la cabeza–. No, no me lo digas. No confío en ti.

–Eso ya lo veo.

–¿Y por qué iba a hacerlo? ¡Nunca has hecho nada por ganarte mi confianza! Has intentado chantajearme para que me casara contigo...

–Bueno, eso ya se ha terminado –dijo Miles–. Ahora que mi examante me ha besado delante de tus abogados, ha quedado demostrado irrevocablemente que no soy digno de ti –añadió, y se encogió de hombros–. Eres libre, Alice. Nunca permitirán que te cases conmigo –se metió las manos en los bolsillos y la miró–. ¿Por qué no te vas?

Alice no lo sabía. Sus palabras, y el hecho de ser consciente de que Louise Caton había echado por tierra las condiciones de su matrimonio, hicieron que asimilara la situación con la fuerza de una marea. Era libre, y sin embargo, era tan infeliz...

No podía dejar de mirarlo a los ojos.

—No fue culpa tuya —susurró—. Ella te besó.

Miles tenía una expresión de desprecio.

—¿Y crees que eso aplacará a los abogados? Gaines ha estado buscando sin descanso un motivo para rechazarme como pretendiente tuyo. Esto es un regalo para él. Y para ti —dijo, y apretó los puños—. ¡Vete, Alice! Vete a decirles que nuestro compromiso ha terminado.

—Pero... te encarcelarán por deudas —susurró Alice.

—¿Y por qué te importa? Yo intenté chantajearte.

Miles se dio la vuelta, como si no soportara mirarla.

Alice le puso una mano en el brazo. Estaba tan tenso como un arco. Ella percibió la violencia y la desesperación que había en él, y se preguntó por qué no salía corriendo tan deprisa como le fuera posible. Sin embargo, no se movió.

—¿Has tenido alguna amante desde que nos comprometimos? —le preguntó en un susurro.

—No.

—Pero, ¿has pensado en tenerla?

—Yo no hice venir a Louise Caton, pero pensé en mitigar mi lujuria con una doncella —dijo Miles, y su brutalidad sacudió a Alice. Sin embargo, él prosiguió—: Ya no necesito decirte la verdad, pero lo haré. Cortejar a una virgen estaba resultando ser un trabajo frustrante, y la chica de la posada de Morris me ofreció sus favores, así que yo...

La dama inocente

—¿Pensaste en aceptar la oferta? —preguntó Alice, con un nudo de lágrimas en la garganta.

—Quería hacerlo. No me atribuyas ningún mérito; si hubiera podido, me habría acostado con ella.

De nuevo, Alice se enfureció.

—¿Y por qué no lo hiciste?

—¿Cómo iba a acostarme con ella —le preguntó Miles entre dientes—, cuando estoy ardiendo por ti? —la agarró por la muñeca y la agitó un poco—. No es inteligente que me presiones más, Alice, a menos que quieras enfrentarte a las consecuencias. ¿Me entiendes? Llevo mucho tiempo deseándote.

Alice pensó sobre ello. Lo pensó durante unos instantes. La sensata Alice, la pragmática Alice se retiraría, por supuesto, preservaría lo que quedaba de su inocencia. Ahora era libre. Podía marcharse, y Miles no podía obligarla a que se casara con él. Sin embargo, ella no deseaba escapar. Estaba atrapada en una complicada telaraña de ira y deseo, y no quería otra cosa que a él. Esa era la verdad entre ellos.

Le acarició los labios a Miles con las yemas de los dedos, y vio que él cerraba los ojos y apretaba la mandíbula. Rozó su barba incipiente con delicadeza, y después deslizó la mano hacia su nuca para atraerlo hacia ella y besarlo.

Sus labios lo tocaron, inexpertos, dubitativos, y de repente, Alice tuvo miedo, porque a pesar de todas las cosas que había aprendido de él, y de todo lo que habían hecho, seguía habiendo una gran diferencia entre la imaginación y la experiencia, y tuvo la sensación de que no iba a estar a la altura de las circunstancias. Hizo ademán de retroceder, con un nudo de ansiedad en el estómago, pero entonces, Miles inclinó la cabeza y atrapó su boca con una precisión implacable, y los miedos de Alice fueron sustituidos por una necesidad tan grande que eclipsó todo lo demás.

Todavía percibía ira en él, y la tensión y el deseo que lo arrasaban todo a su paso. No lo entendía, pero se aferró a Miles. Él la rodeó entre sus brazos y, súbitamente, Alice se vio tendida sobre las losas de piedra del suelo, que estaban calientes y resbaladizas bajo su espalda, tan calientes como su propio cuerpo dentro del vestido de noche húmedo. Jadeó; entonces, Miles le cubrió los labios e invadió su boca profundamente, y movió la mano para atrapar su pecho, y los sentidos de Alice comenzaron a dar vueltas.

Entonces supo, de repente, que él no iba a parar. Iba a tomarla allí mismo, sobre el suelo de piedra, con el vapor adhiriéndose en briznas a su ropa y sin decir nada. El terror y la excitación hacían que el corazón le latiera con fuerza, y Alice podía oír la sangre recorriéndole las venas con violencia mientras se rendía a la boca que le exigía hasta la última pizca de sumisión.

La autoridad estaba en las manos de Miles, mientras se movían por el corpiño de su vestido, mientras pasaban por encima de sus pechos, acariciándola a través de la muselina que se estaba empapando y que se le pegaba al cuerpo como una segunda piel. Se le endurecieron los pezones, y al verlo, él bajó la cabeza para atraparlos con los labios, para mordisquearlos y succionarlos a través de la tela. Alice se arqueó hacia arriba, obediente a aquellas exigencias absolutas, y notó que él le lamía el sudor salado que

La dama inocente

tenía en la hendidura entre los pechos. Él gruñó, y volvió a posar su boca sobre la de ella, con aspereza, y ella respondió ansiosamente, bebiéndoselo, aprendiendo su contacto y su sabor incluso cuando el deseo que se estaba formando en ella amenazó con explotar. Él movió las manos ciegamente, le subió la falda del vestido, le quitó la ropa interior y se desabrochó los pantalones.

El aire caliente y húmedo le acarició los muslos desnudos. Notó cómo Miles le separaba las piernas, y se le abrieron al beso del aire. La espiral de necesidad que tenía en el vientre, tensa, como un torbellino, se intensificó. Se sentía frenética, desesperada por algo que notaba muy cerca, pero que era esquivo. Sabía que estaba justo fuera de su alcance, y el deseo se estaba haciendo tan fuerte que le resultaba insoportable.

–No pares –susurró–. Por favor, no pares ahora.

Entonces, él posó los dedos en su cuerpo, los deslizó sobre el centro tenso y resbaladizo y ella lo sintió entre las piernas, y después, estaba dentro de ella de una suave acometida.

El dolor fue efímero. Alice lo notó y perdió la sensación en cuanto las demás se sucedieron. Tuvo la impresión de que su cuerpo, invadido por ondas de placer, se movía para acoger a Miles. Sintió su tamaño, llenándola completamente, estriándola, atravesándola, y fue algo extraño y a la vez familiar, como si lo conociera desde siempre. Fue reclamada, tomada, despojada de su inocencia, y sin embargo, se sentía tan desinhibida y atrevida en aquella nueva sabiduría que se retorció bajo él instintivamente, y lo oyó gruñir. Entrelazó los dedos en su pelo e hizo que inclinara la cabeza hacia ella para besarlo mientras Miles se movía en su interior, con un ritmo suave, pero firme, inexorable. La tela húmeda de sus pantalones le rozaba los muslos desnudos mientras él seguía moviéndose. La piedra era muy dura, y estaba caliente bajo ella, pero Miles la estaba rodeando con el brazo, sujetándola para que recibiera sus acometidas y protegiéndola de la solidez inflexible de las losas.

El cuerpo de Alice se aferró con avaricia al placer que él le ofrecía, y las sensaciones se apoderaron de ella en respuesta a las embestidas y la fricción de Miles dentro de su cuerpo. Se intensificó más y más, hasta que el mundo estalló y la consumió completamente. Notó que Miles le agarraba las caderas para hundirse en ella más profundamente. Lo oyó gruñir y sintió su estremecimiento cuando aquella misma fuerza lo llevó al clímax y lo dejó caer en la espiral oscura del placer. Y entonces, él la abrazó como si no fuera a dejarla marchar nunca, y ella se sintió completa y triunfante.

«Mía». La palabra resonó por la cabeza de Miles.

Abrazó a Alice contra su cuerpo. Ella estaba completamente relajada, confiada, rendida. Tenía los ojos cerrados, y su piel estaba sonrosada. Sus rizos le hacían cosquillas en la barbilla. Olía levemente a flores, pero también al sudor y a la sal que él había probado en su piel. Aquel olor le provocó otra punzada de lujuria; parecía que su deseo por ella no había disminuido. Tenía ganas de llevársela a un lugar donde hubiera una cama de plumas y hacerle el amor durante el resto de la noche, y probablemente para siempre.

Sin embargo, al mismo tiempo tenía un sentimiento de protección hacia ella, y de posesión. Aquella sensación lo aprisionó de una manera inesperada y fuerte, como si fuera una marea repentina, y por un momento, él se vio a la deriva en aguas desconocidas. Aquel era el momento en el que, normalmente, daba excusas a sus amantes y se marchaba. Nunca había tenido la necesidad de acariciarlas y abrazarlas, o simplemente, mirarlas con aquella mezcla de reverencia y triunfo.

Solo era porque Alice era virgen, se dijo. Era natural que sintiera responsabilidad por su placer, aunque a él nunca le hubiera importado otro placer que el suyo. Miró a Alice y tuvo un súbito arrepentimiento. No debería haber sido así. Debería haberla cuidado más, y no haberla tomado en el suelo de los baños del balneario. Sin embargo, pese a que lamentaba la forma en que había seducido a Alice, aquella había sido la relación sexual más perfecta y extraordinaria que él recordara. Aunque eso, sin duda, también era una ilusión provocada por la extraña responsabilidad que sentía. O eso se dijo. Se movió un poco, bajo el peso desacostumbrado de los sentimientos. La reacción era extraña, casi mal recibida, pero también era inevitable, como si todas sus creencias estuvieran variando y disolviéndose y algo completamente nuevo estuviera ocupando su lugar.

Tonterías. La verdad era que en medio de su ira y de su deseo egoísta había seducido a su virginal prometida y la había tomado en el suelo de los baños, y todo el mundo del edificio debía saberlo ya. Lo cual, en realidad, iba en su favor, porque ni el señor Gaines ni el señor Churchward se interpondrían ahora que todo el pueblo estaría hablando del escándalo. Por muy indigno que fuera él, tal y como había demostrado su examante, la deshonra de Alice era más importante, y había que subsanarla. Tenía a Alice y tenía también su dinero.

Esperó a sentirse triunfante, aliviado. Aquellas sensaciones no llegaron. Miró a Alice, y su necesidad por ella se avivó insoportablemente. Tenía que casarse con ella, pero no por el dinero, sino porque le parecía lo correcto, lo natural, lo único que tenía que hacer.

Maldición. Se estaba volviendo loco.

Alice abrió los ojos. Estaban suaves, desenfocados, profundos, azules. Y entonces, ella le sonrió, y la emoción se adueñó de su alma.

–Miles.

Ella le acarició la mejilla, y nuevamente él sintió aquella emoción. Estaba empezando a gustarle, aunque eso era todavía más espantoso. Abrió la boca para hablar, pero en aquel momento alguien llamó con fuerza a la puerta de los baños. Miles hizo ademán de levantarse, pero Alice lo agarró por las solapas y lo mantuvo inmóvil.

–Déjalo –susurró sonriente, y él tuvo ganas de besarla otra vez. Titubeó, pero llamaban a la puerta cada vez con más insistencia y entonces se oyó la voz de Dexter.

–¿Miles? ¡Por el amor de Dios, abre la puerta!

Miles soltó una maldición, presa de un sentimiento de responsabilidad que le obligaba a prote-

La dama inocente

ger a Alice de lo que pudiera ocurrir después. La ayudó a ponerse en pie. La miró. Tenía la ropa en su lugar, porque él no le había quitado nada para hacerle el amor. En apariencia estaba muy respetable, y nadie tendría por qué saber lo que había ocurrido. Sin embargo... sin embargo, en sus ojos había una mezcla de satisfacción somnolienta y nuevo descubrimiento que Miles encontró completamente sensual, y que sabía que todo el mundo iba a reconocer.

—¡Miles! —insistió Dexter en tono angustiado, y Miles giró la llave y abrió la puerta.

—¿Qué demonios...' —preguntó y, de repente, se interrumpió.

Toda la población de Fortune's Folly se había reunido al otro lado de la puerta. Cuando se abrió, el silencio fue sustituido por un susurro de voces que se convirtió en un torrente. Él vio que la expresión de Alice cambiaba y se convertía en una de horror por aquella intrusión de la realidad, y él se puso delante de ella y la protegió de las miradas escrutadoras. Sintió ira.

—Lo siento, Miles —le dijo Dexter—. He hecho lo que he podido, pero ha venido el magistrado. Alguien ha puesto una denuncia contra la señorita Lister.

El señor Pullen, el magistrado, se abrió paso entre la multitud.

—Milord —dijo—. Ha habido una acusación contra la señorita Lister. Han sugerido que robó un vestido de novia de la tienda de *madame* Claudine...

—¡Indignante! —lo interrumpió la señora Lister—. ¡Es una locura!

—Y —prosiguió el magistrado— que usted fue testigo del evento, milord. ¿Puede ser cierto? ¿Vio a la señorita Lister junto a la tienda la noche del siete de febrero, milord?

Miles se volvió a mirar a Alice. Ella tenía los ojos muy abiertos, llenos de terror. Él sintió una aguda punzada de pena por lo que tenía que hacer, y una gran ternura por Alice, aunque sabía que iba a traicionarla.

—Miles —susurró ella—. No...

«No digas la verdad».

Pero tenía que hacerlo. Alice quería que se reformara, y lentamente, dolorosamente, en contra de su voluntad, se estaba convirtiendo en un hombre honrado. No podía retroceder ahora. No podía mentir cuando le conviniera, y decir que era digno de ella. Alice se merecía lo mejor, no a un canalla que acababa de encontrar sus principios para comprometerlos inmediatamente después.

—Sí, señor Pullen —dijo Miles—. Puedo confirmarlo.

Se volvió hacia el magistrado, que lo estaba mirando boquiabierto.

—¿Milord?

—Es correcto —repitió Miles—. Vi a la señorita Lister fuera de la tienda de vestidos la noche del siete de febrero. No puedo mentir.

Capítulo 18

Alice estaba sentada en el pequeño banco de su celda, mirando ciegamente a la pared opuesta. La cárcel de Fortune's Folly era muy pequeña, solo contaba con dos celdas, y normalmente acogían a los borrachos del pueblo. Aquella noche, las celdas estaban ocupadas por uno de aquellos juerguistas y por ella. El señor Pullen se había disculpado profusamente, pero le había dicho que no tenía más remedio que encerrarla hasta que investigaran la gravedad de la acusación que pesaba sobre ella.

El nombre de la persona que la había denunciado todavía le era desconocido, como cualquier información sobre lo que podría ocurrirle después. Lowell la había tomado de la mano cuando se la llevaban, y le había prometido que la sacaría de la cárcel, pero Alice sabía que su hermano era tan ignorante de la ley como ella misma. Solo podía esperar que el señor Gaines y el señor Churchward pudieran ayudarla.

Mientras el señor Pullen estaba leyendo formalmente la acusación contra ella, la multitud se había arremolinado y comenzado a hablar sobre el escándalo como si ella no estuviera allí. Las caras maliciosas de la duquesa de Cole y de la señora Minchin y sus amigas pasaron ante los ojos de Alice como una pesadilla horrible. Todavía tenía en la piel el olor de Miles, sabía que tenía un aspecto desarreglado e indecoroso, y sabía que todo el mundo de Fortune's Folly sabía que Miles la había tomado como si fuera una cualquiera. Se sentía completamente humillada y no sabía a dónde mirar.

Entonces, Lizzie le había proporcionado una buena distracción al tirarle un cubo de agua del balneario a la señorita Caton por la cabeza, y la señorita Caton había gritado y jurado como una pescadera.

Lowell había intentado darle un puñetazo a Miles, y Dexter Anstruther había tenido que contenerlo. La señora Lister se había puesto histérica, y lady Vickery la había atendido con un frasco de sales. Nat Waterhouse había conseguido, finalmente, que la multitud se dispersara. El señor Pullen se había llevado a Alice y ella no había opuesto resistencia.

Y durante todo el tiempo, Miles había permanecido allí, con una expresión de granito, como si cinco minutos antes no la hubiera tenido entre sus brazos y no le hubiera hecho el amor con una pasión tierna y abrasadora, y como si nunca le hubiera importado. Alice se sentía incrédula, confusa, traicionada y abandonada. Había visto a Nat discutiendo con Miles en susurros furiosos, y Miles había sacudido la cabeza, y aunque sabía que él era un oficial de la ley, Alice sentía una furia amarga por el hecho de que no hubiera estado dispuesto a mentir para protegerla. Él mismo había dicho que no había conseguido cumplir las condiciones del testamento de lady Membury, así que ya no estaba obligado a decir la verdad. Entonces, ¿por qué no había mentido para salvarla?

En aquel momento, sentada en la celda y escuchando el goteo del agua sobre las paredes húmedas, no se encontraba mejor. De hecho, se encontraba peor. Sabía que era culpable.

Lizzie y ella habían entrado a hurtadillas a la tienda de vestidos para robar el traje de novia de Mary. Ella lo había olvidado todo, pero claramente había alguien que no. La habían visto y habían esperado, y habían usado la información para dejarla en aquella situación tan difícil.

Nada de eso, sin embargo, le importaba tanto como la traición de Miles. Se sentía usada y rebajada, y en vez de dicha, solo sentía humillación. No podía quitarse el olor de Miles de la piel, ni borrarse las sensaciones que él le había marcado a fuego en el cuerpo. Y lo peor de todo, lo más angustioso, era el presentimiento de que nunca podría liberarse de él.

La puerta de la prisión se abrió de golpe, y Alice se sobresaltó y salió de sus lamentaciones durante un instante. Oyó la voz de su madre. Era evidente que la señora Lister se había recuperado de su histerismo.

–¡Esto es un escándalo y un atropello! ¡Se merece que lo azoten!

Alice se había preguntado muchas veces qué haría falta para que su madre cambiara de opinión en cuanto a Miles Vickery. Ahora lo sabía. Que degradara a su hija frente a todo el pueblo y que hiciera que la encerraran en la cárcel. Con eso, Miles había ayudado por fin a la señora Lister a comprender que no era más que un canalla.

–¡Suelte a mi hija ahora mismo, cobarde! –gritó su madre, y por los golpes que se oían desde el exterior, Alice pensó que era probable que estuviera atacando al guardia con su bolso. Quizá compartieran celda próximamente.

–Mamá... –aquella era la voz mesurada de Lowell–. Por favor, cálmate. Así no vas a ayudar a Alice.

–¡No me importa! ¡Bellacos y rufianes, todos ellos! ¡Deberían avergonzarse de encerrar a una señorita como ella!

Hubo un sonido de algo que se arrastraba, y Alice supuso que Lowell estaba llevándose por la fuerza a su madre de la cárcel antes de que se convirtiera en la siguiente presa. Entonces, la puerta resonó de nuevo, y Alice oyó la voz imperiosa de Lizzie Scarlet.

–Oficial, he venido a confesar el robo de un traje de novia de la tienda de *madame* Claudine.

Alice pegó la oreja a la puerta. Pese a todo, estaba empezando a pasárselo bien.

–No puedo tomar confesiones aquí, milady –dijo el guardia con calma–. No estoy cualificado para ello. Tiene que hablar con el magistrado.

–Ya lo he hecho –dijo Lizzie con indignación–, y no quiere prestarme atención. ¡Quiero explicar que fui yo la que robó el vestido, y no Alice!

–Lizzie, cállate –le dijo Nat Waterhouse, y Alice

La dama inocente

se dio cuenta de que su tono era de exasperación. Así que Lizzie había acudido a Nat en un momento de dificultad, y Nat había respondido. Eso, pensó Alice, era interesante.

—No vas a conseguir nada con una confesión semejante —continuó Nat—. Accedí a venir contigo para sacar a la señorita Lister de la celda, no para que tú te unas a ella. Oficial —dijo—, claramente ha habido un error. Estoy seguro de que la señorita Lister es inocente de cualquier delito.

—No hay ningún error, milord —dijo el guardia—. Su colega, lord Vickery, la identificó como la ladrona, y *madame* Claudine la ha denunciado.

Lizzie comenzó a decir algo, pero Nat la cortó, y milagrosamente ella se quedó callada.

—Seguro que lord Vickery se ha equivocado —siguió él—. La señorita Lister no es una delincuente. Solo puede ser un caso de confusión de identidades.

—No puedo hacer nada, milord —dijo el guardia, con más severidad.

—¡Le pagaré si la deja marchar! —exclamó Lizzie de repente—. ¡Cincuenta guineas! ¡Cien! ¡Lo que quiera!

—Lizzie —dijo Nat con fuerza—. No vas a arreglar nada intentando sobornar a un oficial de la ley.

—Exacto, milady —dijo el guardia.

Lizzie soltó un resoplido de indignación.

—Por lo menos, yo estoy intentando hacer algo. ¡El resto de vosotros sois unos imbéciles!

—Miles está intentando sacar a la señorita Lister de la celda por medios más adecuados —dijo Nat.

—¿Lo oyes, Alice? —gritó Lizzie, y Alice dio un respingo—. Miles está intentando sacarte de ahí.

Nicola Cornick

Qué amable por su parte, cuando fue él quien hizo que te arrestaran en primer lugar. ¡Voy a pegarle un tiro por esto!

Hubo un sonido de escaramuza en el pasillo exterior, y entonces Lizzie comenzó a protestar débilmente:

–¡Nat! Basta…

De nuevo, la puerta de la prisión se cerró, y los sonidos cesaron, dejando a Alice en el silencio.

La vela ardió y la pequeña cárcel quedó en calma para la noche. El borracho de la celda de al lado debía de haberse quedado dormido. El frío y el silencio comenzaron a metérsele en los huesos a Alice, que se estremeció. Se tumbó en el camastro y se acurrucó bajo la manta sucia, en un vano intento por calentarse. Debió de quedarse dormida, porque lo siguiente que oyó fue el golpe seco de los cerrojos al descorrerse y la puerta abriéndose. Estaba rígida y fría de haber dormido en aquel banco estrecho, y tenía la ropa arrugada. La celda estaba a oscuras, pero cuando se abrió la puerta, el espacio se inundó con la luz de las velas.

Alice se frotó los ojos con el dorso de la mano.

Miles Vickery estaba en el umbral. Estaba tan impecable como si hubiera ido a recogerla para un baile. Alice, consciente de que estaba llena de polvo, se sentía desaliñada.

–Es toda suya, milord –dijo el guardia–. Me alegro de librarme de ella. No es que haya dado problemas, pero sus amigos y sus parientes son otra cosa muy diferente… –sacudió la cabeza con tristeza.

Alice descubrió, con vergüenza, que su primer instinto era echarse en brazos de Miles, aferrarse a

La dama inocente

él y pedirle que la sacara de allí. El impulso era tan fuerte y abrumador que se quedó asombrada. Y después, llegó la furia, purificadora y fuerte.

–¿Qué estás haciendo aquí?

–He venido para sacarte de la cárcel.

–¡Maravilloso, ya que fuiste tú el que me metió aquí en primer lugar! –se puso en pie y se colocó frente a él, con las manos en las caderas–. No quiero verte, Miles, y no quiero tu ayuda. ¡Te odio! ¡Vete!

Miles entró en la pequeña celda. Su presencia física dominaba el pequeño espacio, abrumándola. Alice se alejó de él hasta que topó con el banco de madera, y él alargó la mano para agarrarla y tomarla en brazos con una facilidad casi insultante. Alice pataleó y se retorció, presa de la ira.

–¡Bájame! –gritó.

–No.

Él no le hizo caso. Salió al pasillo, donde corría una brisa fría.

–¡Bájame!

Miles continuó hasta la calle, y allí dejó a Alice en el suelo. El aire cortaba como un cuchillo, y caían pequeños copos de nieve. Alice ignoró por completo a Miles y se puso a recorrer el camino que llevaba hasta Spring House. Cuando Miles aceleró el paso para alcanzarla, ella echó a correr, pero él la agarró del brazo para detenerla.

–¡Espera!

–¡No quiero hablar contigo! –dijo Alice–. ¡Déjame en paz!

–No puedo –respondió él–. No puedo permitir que vayas sola a casa en mitad de la noche. He jurado que te protegería.

—Cosa que has hecho metiéndome en la cárcel. Muy buen trabajo.

—¿Y qué querías que hiciera? ¿Mentir para salvarte?

—¡Sí! —dijo Alice—. ¡Sí! —repitió—. Eso es exactamente lo que quería que hicieras. Tú fuiste quien me dijo que hay muy buenas razones sociales para mentir. Pues esta era la mejor ocasión. ¡Ni siquiera tenías que seguir diciendo la verdad para cumplir con las condiciones del testamento! ¡Ya no necesitabas ser honesto, y de repente, decidiste que ibas a ser completamente honrado y hacer que me metieran en la cárcel!

—Tenía que hacerlo, Alice —dijo Miles—. Tú no querías que fuera honesto solo para conseguir que te casaras conmigo. No querías que fuera honesto solo durante tres meses, y que después volviera a comportarme como antes. Al principio, cuando hicimos el trato, querías que me reformara. Bien, ya me has reformado, contra mi voluntad, y contra mi naturaleza, y esta noche contra mis deseos. ¿Crees que ha sido fácil para mí?

—¡Sí! ¡Ha sido mucho más fácil para ti que para mí! De repente piensas que tienes que reformarte, y como consecuencia, ¡yo tengo que pasar frío, hambre y cansancio! Oh, y ahora me han marcado como criminal y prostituta, y mi reputación ha quedado por los suelos. ¡Espero que estés contento con los resultados de tu honestidad!

Intentó seguir caminando, pero él la agarró con fuerza y se lo impidió.

—Esta noche, lo que más quería era protegerte —dijo Miles con la voz temblorosa—. Soy un oficial del gobierno, y quería mentirle a un magistrado para salvarte, pero no he podido hacerlo. Quería ser digno, no solo porque tuviera que cumplir las condiciones del testamento, sino para agradarte...

–Bien, pues no me ha agradado que dijeras la verdad. Debería haberme dado cuenta de que tú ibas a descubrir tu honestidad en este momento tan inconveniente. Déjame en paz –añadió, luchando para que la soltara–. Me voy a mi casa, y no quiero volver a verte jamás.

Él la hizo girar y la abrazó con fuerza.

–He pasado las últimas cuatro horas arreglándolo todo para que te soltaran, Alice –le dijo, manteniéndola inmóvil mientras ella forcejeaba por zafarse de él–, e intentando descubrir quién te denunció. He trabajado mucho para conseguir tu libertad.

–¡Pero has sido tú quien me ha metido en la cárcel en primer lugar! ¿Es que quieres que te lo agradezca?

–Si no me lo agradeces a mí, agradéceselo a Gaines –dijo Miles–. Él ha hecho un buen trabajo por ti. Dijo que, como estabas fuera de la tienda y no dentro, no hay pruebas de que hubieras estado dentro.

–¿Y el traje de novia?

–Dijo que probablemente te lo habías encontrado en la calle, donde el verdadero ladrón lo había dejado abandonado, y que tú lo habías recogido por generosidad. Fue muy verosímil.

–Es un hombre eficaz en una crisis –dijo Alice. Después suspiró–. Supongo que también pudo inventar una razón por la que yo estaba en la calle a medianoche.

—Por supuesto —dijo Miles—. Estabas allí para encontrarte conmigo.

—¿Y tú no lo negaste?

—No —dijo Miles—. Nadie me preguntó si era cierto.

—Entonces, se supone que he estado citándome contigo antes de que estuviéramos comprometidos —dijo Alice, iracunda—. ¡Se acabó mi buena reputación!

—No tienes ninguna reputación —respondió Miles—. Eres escandalosa. Estás arruinada, Alice.

La furia y la exasperación se avivaron en ella.

—¡Sobre todo gracias a ti! ¿Por qué tenías que decidir reformarte ahora, precisamente?

—No puedo evitarlo —dijo Miles—. ¿Es que no has oído nada de lo que te he dicho? ¿Crees que yo querría cambiar? Estaba perfectamente bien hasta que te conocí.

—Eras despiadado y arrogante antes de reformarte —dijo ella—. Todavía tengo que ver tu cambio.

Estaba empezando a calmarse al oír el tono de irritación de Miles. Claramente, aquella mejora no era una experiencia cómoda para él. Dejó de luchar, y le pasó los dedos por la tela de la chaqueta.

—No voy a casarme contigo —añadió—. No tengo por qué hacerlo, ahora que has incumplido las condiciones de nuestro acuerdo.

—Sí vas a casarte conmigo —la corrigió Miles—. No te queda una pizca de reputación, y si no te casas conmigo, la sociedad te aislará y hará todo tipo de comentarios escandalosos sobre ti, que es precisamente una de las cosas que más teme tu madre, y que has intentando evitar por todos los medios. Ya sabes que tú lo detestarías, y que tu madre sufriría mucho.

La dama inocente

–¡El escándalo lo provocaste tú, no yo! ¡Tú eres el que nos encerró en la sala de baños del balneario y me hizo el amor!

–Eso no tiene importancia –dijo Miles–, y de todos modos –añadió con una sonrisa de picardía–, no te oí protestar. De hecho recuerdo que tú colaboraste con entusiasmo en tu propia seducción. Me rogaste que no parara.

–No eres ningún caballero por recordármelo –dijo ella, con una punzada de angustia.

–Yo soy un caballero en la misma medida que tú eres una dama. Y sabes que lo que quieres de verdad es volver a casa, tomar un baño caliente y hacer el amor conmigo otra vez, y otra, hasta que los dos estemos saciados. Lo sabes, Alice –le dijo al oído, y la rozó con los labios. Ella sintió su respiración cálida en el frío de la noche. Él la tenía abrazada–. Lo que hicimos fue maravilloso. Pecaminoso y decadente, e indecoroso, pero tan delicioso...

–¡No! –susurró Alice.

El murmullo de sus palabras la atormentaba. Le latía el pulso frenéticamente en la garganta. El calor se adueñó de ella.

–No quiero perdonarte. Maldito seas, Miles.

–Maldíceme hasta la perdición si quieres –dijo Miles–, pero me aceptarás igualmente.

Alice soltó un sonido de exasperación, lo agarró y lo besó con fuerza. Él sabía a frío, a delicia.

–Todavía estoy muy enfadada contigo –le dijo cuando se separaron–. Quiero castigarte.

–Me doy cuenta –dijo Miles.

Fue él quien la besó en aquella ocasión, con suavidad.

Nicola Cornick

—¿Todavía sigues enfadada? —le preguntó, y cuando ella asintió débilmente, dijo—: Puedes vengarte cuando lleguemos a Spring House.

—Lo dudo —dijo Alice—. Mamá estará allí, y Lizzie, y la servidumbre, y todo el mundo querrá saber cómo estoy...

—No —dijo Miles—. Sir Montague se ha llevado a Lizzie a Fortune's Folly, y tu madre ha ido a quedarse con Laura a El Viejo Palacio, y los sirvientes están acostados.

Alice lo miró fijamente.

—Entonces...

«Al cuerno todo», pensó. «No soy una dama, y los dos lo sabemos, pero quiero hacer el amor con él otra vez y tiene razón, voy a hacerlo».

—¿A qué estamos esperando?

Capítulo 19

Miles llevó el último cántaro de agua caliente al dormitorio de Alice y cerró la puerta. Alice había situado la tina detrás de un biombo de muselina. La habitación estaba caldeada. El aire estaba perfumado con un vapor dulce de rosas, y le recordaba a los momentos que habían pasado juntos en los baños del balneario.

Oía a Alice canturreando suavemente, y el chapoteo suave del agua. Rodeó el biombo y dejó el cántaro en el suelo.

Alice estaba sentada en la tina. Tenía el pelo rubio recogido en un moño del que habían escapado pequeños mechones que se le rizaban a causa de la humedad. El agua caliente le había calentado la piel, y estaba brillante y sonrosada, deliciosa, como para comérsela. Soltó un pequeño jadeo al verlo e hizo

NICOLA CORNICK

ademán de tomar su combinación, pero Miles se la arrebató de las manos.

—Muy virginal y pudoroso, mi amor –dijo–, pero ya no es necesario.

«Mi amor». La expresión cariñosa le había surgido con facilidad de los labios. Sintió una repentina incertidumbre, un sentimiento hondo y extraño, pero se lo apartó de la cabeza. Más tarde. Lo pensaría más tarde. En aquel momento no quería pensar en otra cosa que hacerle el amor a Alice con una pasión concentrada que los satisficiera a los dos.

Alice lo estaba mirando con timidez. Todo aquello era muy nuevo para ella, y Miles sintió una punzada de compasión. Ella apartó la mirada de la suya, y se cubrió el pecho con los brazos.

—Es solo que... –dijo con la voz un poco ronca– sé que soy rellenita. Las damas siempre están diciendo que tengo la constitución de una campesina.

Miles sintió furia. Observó sus curvas voluptuosas, la tomó de las muñecas y, suavemente, le apartó los brazos. Tenía los pechos muy bellos, exuberantes y pálidos, con los pezones tersos y del color de las moras. Bajo ellos, la curva de su estómago y sus muslos redondeados eran tan espléndidos que él quiso enterrarse en su cuerpo y deleitarse en su abundancia.

—Cariño –le dijo–... te tienen envidia. No hay ni un solo hombre en la tierra que le encontrara defectos a tu cuerpo.

Entonces, le puso una mano en el hombro, sintiendo la humedad, y su calor.

—Aunque no deseo que lo compruebes. El único hombre que puede acariciarte –dijo, deslizando la mano hacia su pecho– soy yo.

La dama inocente

Miles quería terminar con sus ansiedades, hacer que lo olvidara todo salvo su necesidad por él. Con sus palabras, Alice había sonreído, y Miles sintió otra punzada de ternura posesiva. Inclinó la cabeza y le besó el cuello, saboreó la sal de su piel y le lamió las gotas de agua que tenía en los hombros. Pese al calor de la habitación, a Alice se le endureció el pezón contra la palma de su mano, y ella suspiró e inclinó la cabeza en el hombro de Miles, hacia atrás, para permitirle un mejor acceso a sus senos. Cerró los ojos lentamente. Mientras él continuaba acariciándole con la nariz la piel húmeda del cuello, ella soltó un gemido de abandono. Miles se sintió impresionado por su confianza en él, y deleitado por su sensualidad innata. Entendía sus inseguridades, porque a Alice le habían repetido muchas veces que no era una dama. A él le importaba un comino. Lo que le importaba era que Alice era honesta en su pasión, tanto como en lo demás, y ahora que había decidido entregarse, no iba a negarle nada.

Él atrapó sus pechos y jugueteó con ellos hasta que Alice estuvo haciendo ruiditos de necesidad y arqueándose hacia atrás, contra él, mientras él le pasaba los dedos por los pezones tensos, apuntados. Le apretó las puntas suavemente, y después con más firmeza, mientras ella se retorcía y sus sonidos se volvían más apremiantes y desesperados. Él ya estaba más endurecido que una roca, pero por una vez, suprimió sus propios impulsos y las demandas de su cuerpo. Aquello era para Alice, la seducción que debía haberle regalado antes.

Volvió a apoyarla, con cuidado, en el borde de la tina, para poder posar la boca en los lugares donde habían estado sus dedos, y lamer y succionar de uno de los pezones, y dibujar círculos a su alrededor con la lengua. Sin cesar, le acariciaba con los dedos el otro pico, de modo que ella no pudiera escapar de su boca ni del exquisito tormento de sus caricias. Sentirla bajo las manos y los labios era una belleza: cálida, sedosa y trémula. Miles se daba cuenta de que estaba tan excitada que necesitaba un clímax, y solo él podía dárselo.

–Por favor, Miles...

–¿Te gusta? –preguntó él, pasándole la boca, húmeda y caliente, por el pecho.

–Oh, sí, pero... Necesito salir de la tina –dijo, y se ruborizó–. Quiero tumbarme contigo, y acariciarte.

–Yo también quiero eso.

La tomó en brazos y la envolvió en la toalla, y la llevó hacia la cama dejando un rastro de agua por la alfombra. La tendió suavemente sobre el colchón y comenzó a desnudarse con torpeza, con los dedos temblorosos. Normalmente no era tan inepto. Sin embargo, la mirada soñadora y azul de Alice posada en él lo volvía lento. Se alarmó. Quería que aquello fuera perfecto para ella. Le asustaba que ella sintiera desagrado...

Sin embargo, cuando se tumbó a su lado, todas sus inseguridades se desvanecieron. Ella lo acarició con la misma honestidad y entusiasmo de antes, confiando plenamente en él, necesitándolo tanto como él la necesitaba a ella.

Se quedaron inmóviles, piel contra piel, y entonces ella sonrió, una sonrisa que lo dejó anonadado, y le recorrió el cuerpo con las manos, y él se sintió vivo bajo sus caricias, de un modo que nunca había experimentado antes.

La dama inocente

—No tenía idea —susurró Alice— de que podía ser así...

Él tampoco.

Miles notó que lo tocaba con dedos tímidos, con delicadeza, deslizando las yemas contra la dureza de su erección, y estuvo a punto de perder el control.

—Sí —susurró—. Alice...

Rodó y se colocó sobre ella, y la besó con dureza, con posesión, con pasión, olvidándose de ser tierno. Y la respuesta de Alice lo cautivó.

—Te quiero —susurró ella, abriendo los ojos.

Eran de un azul profundo, y había en ellos tanta calidez y tanta ternura que él sintió algo como una descarga eléctrica en el estómago. La abrazó para perderse en ella, sabiendo que ya nunca volvería a ser el mismo.

Alice ya estaba húmeda y preparada para él cuando se deslizó dentro de su cuerpo. Miles se quedó muy quieto con ella atrapada bajo su cuerpo.

—Cásate conmigo —dijo él.

Ella jadeó.

—Eso no es justo.

Miles se movió ligeramente, cada vez más caliente y duro dentro de su cuerpo.

—¿Y desde cuándo he sido justo? Cásate conmigo. Acéptame libremente.

Alice se tensó a su alrededor y jadeó de nuevo. Él la embistió sin poder evitarlo. La tensión, el calor, y la dulzura resbaladiza de ella lo lanzaban más allá de todo control.

«Espera».

Vagamente, recordó que había querido esperar,

prolongar la experiencia, darle tiempo. Sin embargo, no podía hacerlo. Los gemidos suaves de placer intenso que soltaba Alice, la forma en que se ondulaba su cuerpo bajo el de él cuando el clímax se adueñó de ella, lo transportaron a un lugar en el que nunca había estado, en el que el mundo se disolvía en la inconsciencia y él se sentía libre, en paz, como nunca se había sentido antes.

–Sí –susurró Alice.

Él se dio cuenta de que esperaba con todas sus fuerzas que aquello fuera un sí a una vida con él.

Se tumbó sobre el colchón con ella entre los brazos. Alice ya estaba quedándose dormida, con los ojos cerrados y una pequeña sonrisa de satisfacción en los labios. Él notó que movía el cuerpo para acomodarse a sus formas, y fue como si estuviera hecha especialmente para encajar allí. Se sintió como si estuviera a punto de estallarle el corazón.

–Te quiero –murmuró, apretando los labios contra el pequeño hueco que había bajo el oído de Alice, inhalando la dulce esencia de su piel, y sintiendo una marea de calor que lo invadió. Las palabras le sonaron extrañas en sus propios labios. Tuvo miedo de pronunciarlas, como si pudieran abrir las puertas a viejas traiciones y él averiguara que el pasado todavía tenía el poder de herirlo. Le hablaría a Alice de su padre y de los viejos secretos, en su momento. Solo así podría curarse del todo. Ella lo curaría. Miles lo sabía. Era tan honesta, y tan generosa, que ya le había acariciado el alma.

–Te quiero –volvió a decirle.

En aquella ocasión le resultó más fácil, aunque nunca le había dicho aquellas palabras a ninguna mujer antes que a Alice. Quizá, pensó irónicamente, había sido más honesto en el pasado de lo que él pudiera pensar. Aunque Alice no parecía muy conmovida por lo que él le había dicho. No se removió entre sus brazos, sino que se acercó más a él, suave, redondeada y exquisitamente perfecta. Miles pensó que probablemente era mejor que no lo hubiera oído. A él no se le daba muy bien aquel asunto del amor, y cuando se lo dijera de nuevo, quería estar seguro de hacerlo bien, cuando ella estuviera despierta y él tuviera confianza en sus sentimientos. Aquello era demasiado nuevo para él.

Quería hacerle el amor otra vez, pero supuso que debía dejarla dormir. Sería egoísta despertarla. Al fin y al cabo, si ella estaba tan cansada era por su culpa, de un modo u otro.

Lo pensó bien. ¿Podía ser tan generoso? Comenzó a besarla delicadamente, y a deslizar las manos por las curvas y los huecos del cuerpo de Alice, y adoró su blandura suave y encantadora. Ella hizo un ruido de aquiescencia en sueños y abrió los labios para él, y él la tomó entre sus brazos con deseo renovado.

Sí, se había reformado. Pero no tanto.

Capítulo 20

Alice intentó no sentirse demasiado impaciente. Durante la semana que había pasado desde que Miles se había ido a Londres a pedir una licencia especial de matrimonio, ella había estado confinada en la casa, con órdenes estrictas de no salir a menos que fuera en compañía de Nat Waterhouse o Dexter Anstruther. Había sido insoportablemente aburrido. Detestaba tener los movimientos tan restringidos.

Echaba mucho de menos a Miles, y además, estaba angustiada por Lydia. Todavía no la habían encontrado, y Tom Fortune andaba suelto, y en Fortune's Folly había un ambiente de tensión. Cada día, la señora Lister volvía del pueblo con un chismorreo nuevo, y cada día, Alice debía quedarse en casa bordando o haciendo frascos de mermelada para calmar los nervios.

La dama inocente

El escándalo de su seducción y su estancia en la cárcel había sido rápidamente desplazado por otro chisme tan delicioso que los cotillas de Fortune's Folly estaban emocionados. Lord Armitage había dejado plantada a Mary Wheeler y su fortuna de cincuenta mil dólares y había desaparecido en Londres con Louise Caton. Se decía que Mary estaba destrozada. Entonces, antes de que aquella noticia hubiera terminado de recorrer el pueblo, alguien había sorprendido a Celia Vickery con Frank Gaines en la biblioteca de Drum Castle, escribiendo novelas. Aquella noticia era tan sorprendente que incluso el más curtido de los chismosos la susurraba con horror. Lady Celia llevaba varios años escribiendo novelas para niños. El señor Gaines lo había averiguado, supuestamente, y estaba ayudándola con los argumentos.

Lady Vickery había estado disgustada durante días.

—¿Cómo es posible que Celia escriba semejantes cosas? —preguntaba quejumbrosamente—. ¿Libros de aventuras para chicos? ¡Es completamente inapropiado, sobre todo porque ella es una mujer!

—Dice que se inspiró en Robinson Crusoe —explicó Alice, y pensó que lady Vickery debería sentirse agradecida de que su hija hubiera podido mantener las finanzas de su casa con tanto éxito.

Lady Vickery estaba escandalizada.

—Inspirada o no, está totalmente comprometida. ¿Qué va a decir Miles cuando regrese y sepa que su hermana se ha prometido con el señor Gaines?

—Me imagino que les dará la enhorabuena —dijo Alice—. Mi querida señora, quizá eso no fuera lo que deseaba para su hija, pero, ¿no se da cuenta de lo felices que están juntos? Él está muy orgulloso de ella.

La expresión de lady Vickery se relajó un poco.

—Supongo que sí. Pero, ¿novelas de aventuras? Espantoso.

Era interesante, pensó Alice, que lady Vickery estuviera dispuesta a pasar por alto el escándalo de Alice porque ella era rica y podía salvarlos de la pobreza. Por el contrario, Frank Gaines era un mal partido para Celia, en opinión de su madre, porque era un abogado con poco dinero y un bajo estatus social. A Alice le caía bien lady Vickery, pero dudaba que vieran las cosas de la misma manera alguna vez.

Cuando el viento lanzó una ráfaga de lluvia contra la ventana, Alice suspiró. Después de llamar a la puerta, Marigold entró en la habitación para entregarle una carta.

Alice la abrió y la desdobló.

Alice, necesito tu ayuda. Reúnete conmigo en el Molino de Fortune. Ven rápidamente. Lydia.

A Alice se le aceleró el corazón. Nat era quien estaba de vigilancia ese día, y en aquel momento había salido a ayudar a Jim a cortar leña para la chimenea. Alice no quería engañar a Nat, pero tampoco quería hablarle de la nota de Lydia. Dexter y él irían al molino directamente para arrestar a Tom, y Lydia sabría que Alice había traicionado su confianza. Miró de nuevo la nota. Aquella era la letra de Lydia, y había un deje de desesperación en sus palabras. No podía ser un engaño. Su amiga nunca le haría algo así.

Intentando no pensar en que Miles se iba a poner furioso por su desobediencia, se dirigió al vestíbulo, se puso su abrigo y las botas, que estaban en el armario de la entrada, y salió rápidamente. La gravilla húmeda del camino se resbalaba bajo sus pies.

«Ven rápidamente...».

¿Estaría Lydia en una situación desesperada? ¿Acaso Tom la había traicionado de nuevo? Alice bajó la cabeza para protegerse la cara de la lluvia y apresuró el paso.

El Molino de Fortune estaba en la colina que se erguía junto al pueblo. Había sido abandonado poco tiempo antes, sustituido por el nuevo molino que habían construido las gentes del pueblo a un par de kilómetros de allí. En aquel momento, bajo la lluvia y sobre el pico, parecía un gran pájaro negro. El agua goteaba desde sus aspas silenciosas. Alice miró hacia arriba y se estremeció. Se preguntó si Miles y los demás Guardianes habrían registrado aquel lugar. Parecía un escondite evidente. El camino que llevaba hasta él era pedregoso, y estaba embarrado a causa de la lluvia. Aparte de una oveja curiosa y mojada que asomó la cabeza por un vallado para mirarla, Alice no vio a nadie más.

Alice se agachó para entrar por la portezuela del molino y esperó a que sus ojos se ajustaran a la penumbra del interior. No había un solo sonido salvo el de la lluvia que caía sobre el tejado, arriba del todo.

–¡Lydia! –dijo.

Un pájaro se asustó y salió volando. No se movió

nada más. Alice comenzó a subir las escaleras hacia el piso superior. Cuando llegó, se detuvo y miró a su alrededor. Claramente, alguien había estado allí, porque en el suelo había una alfombra vieja con varios cojines, y los restos de una comida. ¿Acaso alguien había sorprendido a Tom y a Lydia y habían tenido que huir? Entonces no estarían muy lejos de allí. Quizá debiera esperarlos; sin embargo, aquel molino abandonado, allí agazapado como una bestia maligna, con sus vigas que rechinaban a causa de los golpes de viento, la ponía nerviosa. Tenía la sensación de que alguien la estaba observando. Y esperando.

Fue entonces cuando oyó unos pasos en la escalera. Pensando que quizá Lydia hubiera vuelto, Alice se dio la vuelta y miró hacia abajo por la escalera. No veía ningún movimiento. El rellano estaba muy oscuro, y Alice titubeó, rodeada por el silencio reinante en el edificio, que solo interrumpían los gemidos de las viejas aspas al viento. La oscuridad la envolvió, y de repente sintió pánico. Con la respiración entrecortada, se agarró a la barandilla y comenzó a bajar los escalones de dos en dos. No veía bien, y se tropezó un par de veces. Le latía el corazón aceleradamente, y el miedo le atenazaba la garganta. Ojalá no hubiera ido.

En el primer rellano, Alice se detuvo e intentó calmarse, diciéndose que casi había llegado abajo y que pronto estaría fuera del molino, a plena luz del día. No veía nada más allá, salvo oscuridad. La puerta debía de haberse cerrado a causa del viento mientras ella estaba arriba. Alice se estremeció. No podía librarse de la sensación de que alguien la estaba observando. Miles le había ordenado que no saliera sola, y ella había hecho exactamente lo contrario por ayudar a Lydia, olvidando su sentido común. En aquel momento, agarrada con fuerza a la barandilla y con el vello de punta, se sentía aterrorizada.

Comenzó a contar los escalones que recorría hacia el piso bajo.

Uno, dos, tres...

Se detuvo en seco, y oyó el eco de unos pasos más arriba. ¿Era eco de verdad? ¿O había alguien siguiéndola por las escaleras?

Cuatro, cinco, seis...

Volvió a detenerse y escuchó con suma atención. Percibió solo silencio, pero entonces, las escaleras crujieron más arriba bajo el peso de la pisada de quien estuviera siguiéndola.

De nuevo se sintió presa del pánico. Los pasos se detenían cuando ella se detenía, y el edificio estaba tan silencioso que tuvo la impresión de que oía la respiración entrecortada de su perseguidor.

Siete, ocho, nueve...

Aquellos pasos sigilosos y furtivos la siguieron, cada vez más rápidamente y más cercanos. Alice corrió por la escalera, se resbaló y perdió el equilibrio porque uno de los peldaños cedió. Cayó de bruces en el duro suelo de tierra y, aturdida, se puso en pie y buscó desesperadamente una rendija de luz que le mostrara dónde estaba la puerta. Oyó a alguien detrás de ella, con una respiración jadeante, y entonces, su mano dio con el cerrojo de madera y la puerta se abrió de repente, y Alice salió a la luz del día y echó a correr.

Después de la oscuridad que reinaba en el interior del molino, incluso la débil luz de marzo le resultó demasiado brillante para sus ojos claros. Alice había perdido el camino, y se vio caminando por los páramos, tropezándose con el brezo y los helechos, rasgándose las medias y el vestido. Se cayó por una pequeña rampa y aterrizó casi en el camino, donde quedó sentada hasta que oyó el sonido de un carruaje que se acercaba.

Un coche. Gracias a Dios. Alguien iba a ayudarla.

Se puso en pie y comenzó a mover los brazos como las aspas del molino para pedirle al cochero de que se detuviera.

El carruaje pasó a su lado y se paró, y la puerta se abrió.

–¿Señorita Lister?

Era la voz de la duquesa de Cole. Por primera vez en su vida, Alice se sintió alegre de verla. Era una experiencia completamente nueva.

–Querida señora… Su Excelencia… –subió al carruaje antes de que la invitaran a hacerlo–. Si pudieran ayudarme…

Se desplomó sobre uno de los lujosos asientos de terciopelo rojo, con la respiración entrecortada, apretándose un costado con la mano. Henry Cole cerró la puerta y tocó con los nudillos, firmemente, en el techo. El carruaje se puso en marcha de nuevo.

–Parece que está confusa, querida –dijo la duquesa que, por una vez, parecía casi benevolente. Le estaba sonriendo a Alice–. Tenga, tome un traguito de esto –le dijo, y rebuscó en su bolso, del que sacó una petaca–. Es brandy. Muy reconstituyente.

Alice lo aceptó con agradecimiento y tomó un buen trago. El licor le quemó la lengua, pero serviría para reanimarla.

La dama inocente

—Siento muchísimo haberme impuesto a ustedes de esta manera... —dijo.

—No tiene ninguna importancia —dijo Faye Cole—. De todos modos íbamos a ir a buscarla, querida. Tenemos que hablar de algo con usted.

Alice la miró.

El pinchazo que tenía en el costado había cesado, y su respiración se había calmado, y ahora que tenía tiempo para pensarlo bien, se dio cuenta de que el tono de la duquesa era extraño, y que había sonado mal. Sin embargo, Faye Cole seguía sonriendo de un modo muy benévolo, y Henry asentía como un padre generoso.

—¿Iban a ir a visitarme para hablar del futuro de Lydia, señora? —preguntó Alice—. Sé que a ella le encantaría reconciliarse con ustedes.

—Querida mía, no —dijo Faye—. No queremos tener nada que ver con esa cualquiera. No, no. Sin embargo, ella me ha sido de gran ayuda. Yo sabía que si Lydia la llamaba, usted vendría corriendo.

A Alice le daba vueltas la cabeza. Pensó en la nota que tenía, arrugada, en el bolsillo.

—Entonces, ¿usted sabía que Lydia estaba en el molino?

—Lydia nunca ha estado en el molino —dijo Faye con aspereza—. De veras, señorita Lister, creía que pese a sus bajos orígenes era una chica lista. ¿Es que no lo entiende? La nota era mía. Puedo imitar la letra de Lydia.

Alice se la quedó mirando fijamente, con el corazón golpeándole las costillas. De repente, le dolía mucho la cabeza. El carruaje había tomado velocidad sin que ella se diera cuenta, e iba rebotando por los baches de la carretera, balanceándose salvajemente de lado a lado.

Los latidos que Alice sentía en la cabeza iban al ritmo de los cascos de los caballos. No era posible que se hubiera emborrachado con un solo trago de brandy, y sin embargo, el interior del carruaje había empezado a dar vueltas de una forma que la estaba mareando mucho. En el suelo había pequeñas semillas que giraban y bailaban, los mismos granos que había en el suelo polvoriento del molino, los mismos que se habían quedado prendidos a la falda llena de telarañas de Faye Cole...

—¡Era usted! ¡Usted estaba en el molino! ¿Intentó tirarme por las escaleras?

—Ha tenido usted una vida de cuento, ¿verdad, señorita Lister? —le preguntó Faye Cole, con una sonrisa fría—. Los rápidos reflejos de lord Vickery la salvaron aquel día en el paseo de Fortune, y después ya no volvió a perderla de vista. Incluso se las arregló para sacarla de la cárcel cuando nosotros estábamos seguros de que habíamos conseguido encerrarla y quitarla de en medio. ¡Y hoy, en las escaleras, ha estado casi a mi alcance!

La duquesa movió la mano con una rapidez inesperada y sacó de su falda un cuchillo que puso junto a la garganta de Alice.

—Bien, pues eso se terminó. Lord Vickery ya no está aquí, y nosotros la tenemos en nuestro poder.

Alice agarró la muñeca de la duquesa, pero al hacerlo, el coche rebotó de nuevo y ella cayó del asiento al suelo. Henry Cole la recogió, y de repente, sus manos fueron ofensivamente íntimas, y Alice percibió su aliento caliente en la cara.

La dama inocente

—Opio —dijo la duquesa—. Mi querida señorita Lister, ahora va a dormir.

Alice intentó zafarse, pero no podía respirar, no podía pensar, y después, la oscuridad la envolvió tan rápidamente que tuvo la sensación de que todas las estrellas se apagaban.

Capítulo 21

Lydia se despertó lentamente. Su cuerpo estaba agradablemente lánguido de la última vez que había hecho el amor con Tom, y estaba tan cálida y tan satisfecha como era posible, teniendo en cuenta que estaba acurrucada bajo una gualdrapa que olía a caballo y sobre un colchón que picaba, en un viejo establo de Cole Court.

Refugiarse allí había sido idea de Lydia. Ella conocía muy bien la finca y sabía dónde encontrar comida y dónde esconderse. Sin embargo, pasaba el tiempo, y no conseguían limpiar el nombre de Tom. Durante los últimos días, Tom estaba más y más preocupado y apenas le hablaba de sus planes, aunque sus atenciones amorosas eran tan ardientes como siempre.

Lydia se estiró, deleitándose con el eco del placer

La dama inocente

que le recorría el cuerpo, y estiró una mano para acariciar a su amante. No estaba allí.

Se incorporó bruscamente, y un miedo súbito disipó su somnolencia. ¿Dónde había ido Tom? ¿Por qué no le había dicho que iba a salir? ¿Por qué la había dejado sola? ¿Estaba bien? Las inseguridades de Lydia, apenas escondidas bajo la superficie, estuvieron a punto de ahogarla. Se puso en pie, se colocó la ropa con las manos temblorosas, se calzó y fue hacia la puerta.

El viento frío le azotó la cara al salir, y la lluvia la empapó. Recorrió los oscuros páramos con la mirada, y exhaló un suspiro de alivio al ver la figura oscura de Tom caminando por un sendero hacia el este, en dirección a la casa solariega de Cole Court. Incluso en aquel momento en que era un hombre que tenía puesto precio a su cabeza, tenía un caminar orgulloso y confiado que a Lydia siempre le había parecido atractivo, pero que en aquel momento, por algún motivo, hizo que se le encogiera el corazón. Parecía muy decidido. Iba a algún lugar, sin ella. Ella comenzó a seguirlo. Lo llamó, pero el viento le arrancó las palabras de la boca y se las llevó lejos, y Tom no la oyó.

Lydia comenzó a correr. Quizá, pensó, Tom estuviera en camino hacia Cole Court para pedirle a su padre permiso para casarse con ella. Aquella era una buena idea. Ella le había contado a Tom que su familia la había echado de casa y la había desheredado, pero a él no debía de haberle importado mucho. Le había dicho que la aceptarían de nuevo cuando demostraran su inocencia y se casara con ella. Las familias nobles, según Tom, odiaban el escándalo. Cuando ella estuviera respetablemente casada, todo se barrería debajo de la alfombra y se olvidaría.

Cuando estaba a unos cincuenta metros de la carretera principal, vio el carruaje de los Cole avanzando a toda velocidad hacia el patio de los establos y tomar un corto camino que conducía hacia un edificio pequeño. Lydia sabía que era la nevera. Tom también había visto llegar el carruaje y se dirigía hacia él. Atravesando un bosquecillo, todavía por delante de ella y sin mirar atrás.

Los duques de Cole estaban bajando del carruaje y Lydia vio a Tom caminar por la hierba hacia ellos. La duquesa se quedó rígida, con una expresión de horror, y su padre se irguió, alto y orgulloso como si estuviera a punto de decirle al cochero que le echara a Tom de la finca a latigazos. Sin embargo, Tom comenzó a hablar.

–¡Cole! –dijo irrespetuosamente–. He venido a hablar de su hija –añadió. Se metió las manos en los bolsillos y caminó hacia el duque y la duquesa–. Tengo a Lydia. Es mi amante. Mi amante embarazada –dijo, mirando a Henry Cole con insolencia–. Debe de parecerse a usted, señor. Tiene un gran apetito.

De repente, Lydia se sintió enferma. Tuvo ganas de taparse los oídos para no escuchar nada más, de echar a correr tan rápidamente como pudiera. Sin embargo, era demasiado tarde. Le temblaban las rodillas y no podía moverse.

–¿Qué quiere, Fortune? –preguntó el duque. Su voz sonaba malhumorada, pero no tan enfadada como Lydia hubiera pensado. Tenía un tono extraño, algo que parecía miedo.

La dama inocente

—Quiero dinero —dijo Tom sin ambages—. Quiero que le entregue a Lydia su herencia, y entonces me casaré con ella y nos marcharemos del país, y nunca más los molestaremos. Podrán olvidarse de la ramera de su hija. Se la quitaré de las manos para que no pueda manchar más el nombre de los Cole. Pero solo lo haré si me pagan.

—¡No queremos tener nada que ver con esa cualquiera! —dijo la duquesa—. ¡Entregarse a usted, que ni siquiera es un caballero! No vamos a darle ni un chelín. ¡Váyase al infierno con ella!

—¡Fuera de aquí! —dijo Henry Cole—. Ya la ha oído —añadió, mirando a su mujer—. No nos importa nada que se case con ella o no. Salga de aquí antes de que avise a las autoridades para que lo detengan.

«Tom», pensó Lydia, con un extraño y frío distanciamiento, «parece enfadado».

«Ojalá me lo hubiera pedido a mí», pensó con la misma claridad. «Si me hubiera dicho que iba a hablar con mis padres, y a pedirles que le pagaran por casarse conmigo... Yo podía haberle dicho que estaba perdiendo el tiempo al intentar extorsionarlos, porque a ellos no les importa lo que me ocurra. Ni a él tampoco...».

Tom dijo algo sucio sobre tirarla a una alcantarilla, donde debía estar con las otras prostitutas. Lydia se tapó los oídos. El cochero estaba a punto de golpearlo, y Tom se dio cuenta de que había perdido. Se dio la vuelta con un último comentario venenoso y se alejó con toda la dignidad que pudo reunir. Lydia se desplomó contra el tronco del roble tras el que se estaba escondiendo, con los ojos llenos de lágrimas y el corazón latiendo pesadamente. Se odiaba a sí misma por haber sido tan estúpida como para confiar en Tom, no una, sino dos veces, cuando a él no le importaba nada. Él le había mentido una y otra vez, diciéndole que la quería, y había fingido que quería casarse con ella, pero siempre había tenido en mente que podía heredar cincuenta mil libras. Él era un jugador, y aquella había sido su última apuesta...

Había perdido. Y ella también.

Se irguió. Un día le diría a Tom Fortune lo que pensaba de él. Le haría pagar. Sin embargo, en aquel momento se sentía enferma, mareada y débil, y lo único que quería era el consuelo de alguien que la quisiera, lo cual significaba que tenía que encontrar a Alice, a Lizzie o a Laura, y confesarles que había sido una idiota...

Estaba a punto de alejarse de Cole Court y dejar a sus padres con su misteriosa tarea en la nevera, cuando algo le llamó la atención. El mozo había abierto la puerta del pequeño edificio, y los duques estaban ayudando a alguien a bajar del coche, sujetándolo entre los dos. Era una mujer. Se le había caído el sombrero, tenía la cabeza agachada y sus tirabuzones rubios brillaban pálidamente a la luz del sol de primavera. Se tropezó, arrastró los pies como si no pudiera caminar bien, y la duquesa la agarró del brazo y le dijo algo.

Lydia se tapó la boca para acallar un jadeo de sorpresa. Iba a caminar hacia ellos, pero se contuvo al ver que los duques llevaban a Alice, solícitamente, hacia la nevera. La puerta se cerró de golpe cuando los tres hubieron entrado en la nevera. El mozo se quedó haciendo guardia en la puerta mientras que el cochero se llevaba el carruaje hacia el establo.

La dama inocente

Lydia se quedó mirando, intentando entender lo que acababa de ver.

El miedo se adueñó de ella. Allí estaba sucediendo algo muy extraño. Parecía que Alice estaba drogada, y ahora estaba encerrada en una nevera, y solo Dios sabía cuáles podían ser los planes de los duques. Sin embargo, fuera lo que fuera, requería la presencia de un hombre armado en la puerta...

Rápidamente, Lydia decidió ir en busca de Lowell. Su granja, en High Top, estaba a unos trescientos metros de distancia. Si conseguía avisarlo, él sabría lo que tenían que hacer. Estaba temblando de miedo. Ella no era valiente como Alice, ni salvaje, como Lydia. Sin embargo, Alice era su amiga. La había acogido cuando sus padres la habían echado de casa y Lydia no iba a quedarse de brazos cuidados si Alice estaba en peligro.

Se separó del roble que la ocultaba y se puso detrás del árbol siguiente, y después del siguiente, esperando, cada vez, que el guardia le gritara y la persiguiera.

No sucedió nada. Llegó al borde del seto y salió al camino, con la falda rasgada y manchada, con los pies calados y el corazón encogido de miedo. Se volvió hacia High Top y salió corriendo.

Alice solo quería dormir, pero no dejaba de recibir golpes y tirones de pelos, y el dolor la sacó de la oscuridad y la obligó a abrir los ojos.

—¡Despierta, estúpida!

Sintió otra bofetada y pestañeó, intentando aclararse la cabeza desesperadamente. Tenía un sabor amargo en la boca, y notaba una gran pesadez en la cabeza; necesitaba apoyarla sobre el muro de ladrillo que había tras ella.

Recibió otra bofetada y abrió los ojos. Se encontró con el semblante furioso de la duquesa de Cole, muy cerca de su propia cara. Parpadeó de nuevo para intentar enfocar su imagen borrosa.

–Te has pasado con el opio, querida –dijo alguien–. Y no sé por qué tenías que traerla aquí, de todas formas. Es una molestia. Debíamos haber terminado con ella en el carruaje.

–¡Cállate, Henry! Quiero saber si recuerda algo –respondió la duquesa.

–No importa que lo recuerde o no, querida, porque tenemos que librarnos de ella. Hemos montado un buen lío con todo esto, en mi opinión.

–Tú eres el que no fue capaz de acertar el blanco que tenías frente a ti. Si la hubieras matado en Fortune Row, esto no sería necesario.

–¿Acordarme de qué? –preguntó Alice, que no podía formar bien las palabras–. No recuerdo nada.

–¿Lo ves? –preguntó el duque triunfalmente–. Ha sido una pérdida de tiempo. Dale un golpe en la cabeza. ¡Vamos a librarnos de esta alimaña!

Alice retrocedió más contra el muro. Cada pequeño esfuerzo la dejaba exhausta. No estaba atada, porque no era necesario. Casi no podía levantar la cabeza.

–Es muy bonita –continuó el duque, en un tono repugnante–. Una sirvienta con energía, como a mí me gustan. Quizá pudiera divertirme un rato antes de liquidarla…

Le tocó un pecho a Alice, se lo acarició, y ella se acurrucó contra la pared y sintió náuseas.

La dama inocente

—No hay tiempo para que te diviertas —le dijo Faye Cole—. Tenemos que conseguir que hable y después librarnos de ella.

—Es una pena —dijo el duque.

—Habla, muchacha —dijo la duquesa, iracunda—. Sabemos que lo sabes...

—Yo no sé nada...

—Bueno, ya está —dijo el duque—. No perdamos más el tiempo...

Alice lo vio alzar el brazo como si fuera a golpearla, y volvió la cabeza ciegamente a un lado. No tenía escapatoria.

—¡Todavía no, idiota! —volvió a decir Faye Cole, y lo agarró por la muñeca para detenerlo. Después se volvió hacia Alice—. Maldita seas. Recuérdalo. Noviembre del año pasado. La noche de las hogueras.

La memoria de Alice dio un salto y la llevó a la noche de las hogueras de Guy Fawkes, en Fortune's Folly, el otoño anterior. De nuevo, vio la terrible escena entre Lydia y su madre, cuando Lydia había revelado que estaba enamorada de Tom Fortune y su madre la había atacado como una pescadera de los muelles. El horror del trato de la duquesa hacia su hija y después, el descubrimiento del cadáver de Warren Sampson en la hoguera, habían propiciado que Alice olvidara otra cosa que había presenciado aquella noche, pero ahora...

—Lo recuerdo.

La duquesa bajó los brazos. El duque dio un paso atrás.

—Lo he recordado —dijo de nuevo Alice—. Los vi la noche de Guy Fawkes, antes de que se encendiera la hoguera –dijo lentamente–. Estaban intentando elevar el pelele hacia la parte superior de la hoguera. A mí me pareció raro, porque, ¿quién iba a imaginarse a los duques de Cole ayudando a preparar la hoguera? No es algo acorde con su dignidad ducal, ¿verdad? ¡Qué tonta fui! –exclamó, sacudiendo un poco la cabeza–. No sospeché lo que había ocurrido ni siquiera cuando el pelele se cayó de la hoguera y quedó a la vista el cuerpo de Warren Sampson. Pero fueron ustedes, ¿verdad? ¡Lo mataron!

La duquesa lanzó un graznido de triunfo, como si Alice hubiera dicho algo muy inteligente.

–¿Lo ves? ¡Lo recuerda!

–Asesinaron a Warren Sampson –repitió Alice–. Fueron ustedes, no Tom Fortune –dijo, y con un enorme esfuerzo, abrió los ojos para mirar a Faye Cole–. Supongo que también mataron a sir William Crosby.

–¡Claro que no, estúpida! –le gritó Faye–. Eso fue obra de William Sampson. Crosby era aristócrata, como nosotros. ¿Por qué íbamos a matarlo? Pero Sampson... no era más que un don nadie, un escarabajo. Quería que lo saludáramos en público, que nosotros, los Cole de Cole Court, invitáramos a nuestra casa a un... campesino convertido en mercader. Y cuando nos negamos, nos amenazó con un chantaje.

–Me obligó a hablar con él en el Baile de Fortune's Folly –añadió Henry Cole, agraviado–. Dijo que quería que todo el mundo viera que yo lo había aceptado en mi círculo social. Maldito canalla.

–Sampson tenía algo contra ustedes –murmuró Alice.

La dama inocente

—Me amenazó con denunciarme por la muerte de una sirvienta –dijo Henry–. La encontraron en una zanja cerca de aquí. No sé por qué tanto lío... ella estaba bien dispuesta...

Alice sintió el sabor de la bilis en la garganta. Recordó a la chica que habían encontrado Lowell y ella, una muchacha cuyo nombre, seguramente, Henry Cole desconocía, y a quien habían violado brutalmente y abandonado en una zanja. No podía soportar pensarlo. Sintió un violento terror, porque Henry Cole se le estaba acercando, y sintió su aliento caliente y hediondo en la cara. Él la manoseó de nuevo, excitado al pensar en la violencia...

—¿Cómo mataron a Sampson? –preguntó ella rápidamente, con desesperación. Todavía tenía la voz ronca, y el cuerpo dolorido, pero al menos, su mente se había despejado.

«Haz que la duquesa siga hablando... No permitas que el duque te manosee... Úsala contra él...».

Henry se alejó de ella porque Faye lo apartó a manotazos. La duquesa se arrodilló junto a Alice.

—Fue fácil –le dijo con voz de excitación, como si le agradara que se lo hubiera preguntado–. Lo invitamos a que nos visitara. Él no sospechó nada. ¡Una invitación a Cole Court! Era la más grande de sus ambiciones. Yo le puse droga en el vino. Y entonces... –hizo un gesto de retorcer algo con ambas manos– le rompimos el cuello.

Alice sintió de nuevo la bilis en la garganta, y tuvo que tragar saliva.

—Supongo que ocultaron el cuerpo de Sampson y decidieron disfrazarlo de pelele y quemarlo en la hoguera.

—¡Exacto! –dijo la duquesa, muy orgullosa de sí misma–. Es un plan muy astuto. O al menos, lo habría sido si usted no nos hubiera visto.

—No es de extrañar que les estuviera costando tanto poner el pelele en la hoguera –dijo Alice–. ¡Ojalá me hubiera dado cuenta! ¡Y pensar que creía que estaban contribuyendo a las celebraciones por amabilidad, aportando el pelele y poniéndolo en la hoguera ustedes mismos!

—Por supuesto, el problema fue que Sampson era muy pesado –dijo Faye Cole–. Nos dimos cuenta demasiado tarde, cuando la hoguera comenzó a arder, y el peso del cuerpo hizo que rodara. De otro modo, nadie lo habría sabido. Habría quedado reducido a cenizas, y nadie se hubiera enterado.

—Pero aun así, todo fue bien para ustedes, porque Tom Fortune fue acusado del crimen debido al anillo que le había dado a Lydia –dijo Alice–. Debieron pensar que estaban a salvo.

—Oh, sí –dijo Faye–. Lo suficiente como para no preocuparnos porque tú pudieras recordar algo. Sin embargo, esos incompetentes permitieron que Fortune escapara de la cárcel, y nos enteramos de que había vuelto. Teníamos miedo de que eso te hiciera recordar aquella noche y por eso... tenías que morir.

—Fallé en Fortune Row –dijo Henry–. Antes tenía muy buena puntería, maldita sea. Practicaba mucho con los conejos. Vickery fue demasiado rápido y te salvó. Maldito contratiempo.

—Y consiguieron que me metieran en la cárcel –dijo Alice–. Como no pudieron librarse de mí de una manera, intentaron otra.

—Henry te vio con lady Elizabeth aquella noche

La dama inocente

–dijo Faye–. Nos quedamos asombrados. ¡La hija del conde de Scarlet comportándose como una ladrona! Le pagamos a la modista para que lo denunciara y dijera que ella fue la que te vio, pero Vickery consiguió salvarte de nuevo con la ayuda de ese maldito abogado.

–Pero Vickery no está aquí para salvarte ahora –dijo Henry. Le agarró el cuello del vestido a Alice y se lo rasgó–. Quizá te tire también a una zanja cuando termine...

–Muy al contrario, señor –dijo alguien con frialdad–. Estoy aquí, y usted está arrestado.

Hubo un arañazo de piedra, y un rayo de luz cuando Miles se dejó caer, con agilidad, por un agujero del techo de paja. Aterrizó como un gato y al tiempo que se erguía le propinó a Henry Cole un puñetazo perfecto en la mandíbula. El duque se desplomó.

–Levántese –dijo Miles, con la cara pálida de furia–. Levántese para que pueda pegarle de nuevo.

La puerta de metal se abrió, y entraron Lowell, Nat Waterhouse y Dexter Anstruther. El duque intentó ponerse en pie, y Miles le dio otro puñetazo con tanta fuerza concentrada que Alice se encogió.

–Eso –le dijo Miles a Henry Cole–, es por Alice.

Después la tomó en brazos. Ella sintió la furia tensa en él, pero también el miedo, el alivio y el amor. Estaba en sus manos cuando la tocaban, en la presión de su cuerpo y en su voz.

–Alice –dijo–. Alice.

Eso fue todo, pero fue suficiente. Sus ojos echaban destellos. Él inclinó la cabeza para besarle el pelo, y Alice se sintió tan segura y tan aliviada que le flaquearon las rodillas.

NICOLA CORNICK

La duquesa estaba llorando y quejándose como si se le fuera a romper el corazón. Miles soltó de mala gana a Alice y se acercó a ella, y en el último momento, Alice vio brillar la hoja del cuchillo en la manga de Faye Cole, que se movió con rapidez, como había hecho en el carruaje.

—¡Miles, tiene un cuchillo! —gritó Alice.

Entonces, tomó un bloque de hielo que había en una pila, a su lado, y lo lanzó formando un arco bajo. Golpeó a la duquesa en la parte trasera de las rodillas y consiguió que cayera como un toldo desinflado. El cuchillo se deslizó por el suelo. El duque lo agarró y se levantó, lanzándole una cuchillada al corazón a Miles, pero Lowell le golpeó la muñeca y el cuchillo cayó de nuevo. El duque se volvió a caer, gruñendo de dolor.

—Gracias, Lister —dijo Miles, agarrando sin ceremonias a la duquesa para ponerla en pie y entregársela a Dexter Anstruther.

—Un placer —dijo Lowell, y sonrió—. Es muy justo que una antigua sirvienta haya derribado a la duquesa de Cole y que un granjero haya desarmado al duque.

—Alice, has estado magnífica —dijo Miles, y se volvió hacia ella.

Entonces vio que Alice se tambaleaba, y tuvo que agarrarla de ambos brazos para evitar que cayera al suelo. Él se quedó muy pálido.

—¡Alice! No me había dado cuenta… ¿Te han hecho daño?

—No —respondió Alice—. Solo estoy un poco mareada. Me han dado opio…

Miles se enfureció.

La dama inocente

Miró de nuevo a Henry Cole.

–Si ese maldito canalla no estuviera ya en el suelo...

–Creo que ya lo has golpeado bastante –dijo Alice, temblando de frío en mitad de aquella nevera–. Además, fue la duquesa quien me dio el opio. Ella es la que lo planeó todo –dijo, y se estremeció–. Hay algo... monstruoso en ella.

–¡No pueden arrestarme! –gritaba Faye, mientras Nat y Dexter se la llevaban–. ¿Es que no saben quién soy? ¡Soy la duquesa de Cole!

–Vamos a sacarte de aquí, querida –le dijo Miles a Alice–. Está abarrotado, y tú estás helada.

La miró, y aunque su voz era muy suave, de nuevo había algo primitivo en su semblante. Alice pensó que nunca olvidaría el momento en el que Miles había derribado a Henry Cole de un puñetazo y ella había pensado que iba a matarlo.

–¿Puedes caminar, o estás muy mareada?

–Puedo arreglármelas –dijo Alice, agarrándose a su brazo mientras él la dirigía hacia la puerta. Tenía las piernas como si fueran de gelatina.

–¿Tenías que traerte a todo Fortune's Folly? –le preguntó en broma, débilmente, al ver a algunos de los trabajadores de la granja de Lowell llevándose al mozo–. Me sorprende que hayas podido convencer a mi madre para que se quedara en casa. Supongo que le habría encantado tener la oportunidad de darle un bolsazo a la duquesa.

–Bueno, tú has hecho el trabajo por ella –dijo Miles–. Y un buen trabajo. ¿Es otra de las maniobras que aprendiste para escapar de los caballeros lascivos?

—Más o menos —dijo Alice con un escalofrío—. Miles, ¿cómo es que ha venido Lowell?

—Lowell fue quien nos avisó —respondió él—. Lydia vio a sus padres traerte aquí, y fue a buscar a tu hermano a la granja para decírselo. Lowell envió a un hombre a avisarnos, vino aquí directamente y despachó al mozo que custodiaba la puerta.

Lowell se acercó a ellos en aquel momento y le estrechó la mano a Miles.

—Entonces, ¿ahora sois amigos? —le preguntó Alice a su hermano.

—Él te cuidará —respondió Lowell de mala gana.

—Creo que eso cuenta como una aprobación por parte de un hombre de Yorkshire —dijo Alice, mientras su hermano le besaba la mejilla y se alejaba—. No sabía que habías vuelto ya —añadió—. Si lo hubiera sabido...

—Si lo hubieras sabido, quizá no hubieras cometido la estupidez de salir a buscar a Lydia tú sola —dijo Miles—. Acababa de volver y había ido a El Viejo Palacio a buscarte, cuando me dieron la noticia.

—Dijiste que fue Lydia la que dio la noticia. ¿Qué estaba haciendo ella aquí?

El semblante de Miles se ensombreció.

—Te lo contaré después —dijo. Su voz cambió de tono—. Fortune la ha traicionado de nuevo, Alice. Está muy mal.

—¡No! —exclamó Alice, con el corazón roto por Lydia—. ¿Cómo ha podido hacerlo?

Miles la abrazó con tanta fuerza que ella tuvo miedo de no volver a respirar más. En su abrazo había consuelo, y comprensión por la angustia que ella sentía por Lydia. Y había amor.

La dama inocente

—Supongo que, ahora, Tom es un hombre libre –dijo Alice con un suspiro–. Espero que no vuelva a aparecer por aquí.

—Fortune es un completo bastardo –dijo Miles entre dientes–. Al final, tendrá lo que se merece.

Entonces, la apartó un poco de sí y la miró fijamente.

—Me has dado un susto enorme, Alice –le dijo–. La próxima vez que te diga que no salgas sola cuando no estoy aquí, ¿me obedecerás?

—Espero –dijo Alice– que la situación no se produzca.

Miles se echó a reír.

—Bueno, ahora que tengo la licencia especial, te casarás conmigo dentro de muy poco tiempo. Y entonces tendrás que prometer que vas a obedecerme.

—Es una suerte que me salvaras antes de que Henry Cole me golpeara en la cabeza como a un conejo moribundo –dijo Alice–. Gracias por salvarme la vida otra vez –añadió con una sonrisa–. No querrías ver cómo te quitaban a tu heredera delante de las narices antes de tener la oportunidad de librarte de ir a prisión por tus deudas.

—Esa –dijo Miles, besándola con ternura– era la última de mis preocupaciones –añadió, y se echó a reír–. Vamos a casarnos.

Capítulo 22

Se casaron tres días después, en la pequeña iglesia de Fortune's Folly. Lizzie Scarlet fue dama de honor, y atrapó el ramo de Alice. Miles le pidió a Philip que fuera su padrino, junto a Dexter y a Nat. Philip se había sentido orgulloso por aquel honor, y lady Vickery había llorado de alegría. Lydia también había ido a la boda. Estaba pálida, silenciosa, y tenía los ojos muy rojos de llorar. Sin embargo, había ido a ver casarse a su amiga porque, tal y como le había susurrado al oído al felicitarla, una de las dos se merecía encontrar a un libertino que hubiera dejado a un lado su pasado por amor.

A Alice le dolía mucho el sufrimiento de su amiga, pero después había visto a Lydia alejarse para sentarse calladamente junto a la orilla del río, y Lowell la había seguido para hablar con ella. Alice se había

La dama inocente

extrañado un poco. Costaría mucho que Lydia volviera a confiar en un hombre, pero quizá algún día...

La única nota amarga del día fue el momento en el que sir Montague Fortune anunció que iba a reinstaurar El Tributo del Matrimonio, por el cual cobraría un impuesto a todas las parejas que se casaran. Dexter y Nat lo arrojaron al río Tune antes de volver a brindar por la salud de los novios.

–¡Un círculo con un punto en el centro! –dijo la señora Lister triunfalmente, mirando las hojas de té de su taza más tarde.

Alice y ella estaban en el salón de Spring House tomando una taza de té tranquilamente después del desayuno nupcial.

–¡Eso significa un bebé, Alice! ¡Un niño de luna de miel!

–Mamá –dijo Alice–, ese manchurrón de la taza parece mucho más un pez que un círculo...

–Pues un pez significa buenas noticias –dijo la señora Lister, mirando atentamente la taza–. Aunque quizá pudiera ser un corazón o un cuerno...

–Puede ser todo lo que tú quieras –dijo Alice, tomándole la mano a su madre. Se sentía tan feliz que no sabía si le importaba lo que saliera de aquella taza.

Alguien llamó a la puerta, y Frank Gaines asomó la cabeza. Él también había asistido a la boda, con Celia Vickery, pero después había llegado un mensaje para él desde Harrogate, y Alice lo había visto hablando con Celia de nuevo, después de leerlo. Aparentemente estaban discutiendo, y Alice se preguntó por qué, sobre todo al ver que Celia se alejaba airadamente con la cabeza muy alta, y había igno-

Nicola Cornick

rado a Gaines durante el resto de la celebración. Ahora, pensó Alice, Gaines tenía aspecto de cansado y de triste.

–Si me concediera unos minutos de su tiempo, lady Vickery –dijo Gaines.

Ocupó la silla que le indicó Alice y se sentó lentamente. Tenía una expresión rara, una mezcla de pena y de vergüenza. Incluso la señora Lister lo notó, porque volcó la taza sobre el platillo de golpe.

–Un cuervo –susurró–. Malas noticias.

–Mamá –dijo Alice con aspereza. Se le había formado un nudo en la garganta–. ¿Qué ocurre? –le preguntó a Frank Gaines.

Gaines sacudió la cabeza.

–El señor Churchward y yo hemos estado haciendo las transferencias de fondos necesarias para saldar las deudas de lord Vickery, milady –dijo él–. En el curso de nuestras conversaciones –añadió, y tuvo que carraspear–, se hizo evidente que el patrimonio Vickery tiene una carga que debe ser atendida. Preferiría que usted supiera de qué se trata...

–¿Acaso hay una lista de examantes de lord Vickery, y todas reciben una pensión? –preguntó ella, intentando que no le temblara la voz.

Tendría que ser muy madura con aquello, pensó. Iba a ser difícil tragarse el hecho de tener que mantener a las amantes del pasado de Miles. Sin embargo, todo aquello había terminado, y él la quería. Alice lo sabía.

–No, señora –dijo Gaines–. No exactamente –murmuró, y tomó aire–. Lord Vickery tiene a su cuidado a una mujer llamada Susan Gregory, que antiguamente fue sirvienta en la casa de su padre.

La dama inocente

La familia paga la renta y su mantenimiento, señora, y así ha sido durante once años. Tiene una hija, señora, una hija pequeña. Se dice que es hija de lord Vickery. La niña tiene diez años. Él las visita de vez en cuando.

Hubo un silencio eterno. Alice se puso en pie bruscamente y sin querer, tiró su taza de té vacía. Le daba vueltas la cabeza.

«Miles mantiene a una mujer. A una sirvienta. Hay una hija».

Él no se lo había dicho. Aunque decía que se había convertido en alguien honesto, le había ocultado aquel secreto.

Se agarró al respaldo de una silla para mantenerse en pie. Habían pasado once años, también, desde que Miles se había peleado con su padre y se había separado de su familia.

Se había alistado en el ejército y se había convertido en el hombre duro y amargado cuya alma ella había creído que, por fin, después de muchos esfuerzos, había conseguido alcanzar y acercar de nuevo a la luz. Sin embargo, parecía que se había equivocado, porque Miles le había ocultado el más importante de sus secretos, el de su hija.

La señora Lister emitió un suave quejido. Estaba encogida en su asiento, mirando a Alice. Después se volvió hacia Gaines.

–¡No debería habérselo dicho! ¡No necesitaba saberlo!

–Mamá –dijo Alice–. El señor Gaines es mi fiduciario, y tiene en mente mis intereses.

–Lo siento, señora –intervino Gaines–. Lo he descubierto hoy mismo. Demasiado tarde.

—Demasiado tarde para decírmelo antes de la boda —susurró Alice, y miró a su abogado—. Le dijo a Celia que iba a contármelo, y ella se disgustó. Ella sabía que había una examante y una hija.

—Lo siento, milady —dijo Gaines, y Alice sintió una punzada de dolor por el hecho de que él no la contradijera.

Celia lo sabía. Y seguramente, lady Vickery también. Todos sabían que, cuando tenía dieciocho años, Miles había seducido a una sirvienta y había tenido una hija con ella. Debían de saber también que mantenía a la madre y a la hija, pero todos lo pasaban por alto, con el desprecio típico de la aristocracia por los que estaban por debajo de ellos, y fingían que no importaba.

Pero a Alice sí le importaba, porque ella había confiado en Miles, y había pensado que lo conocía. Le importaba porque lo quería y porque pensaba que él la quería a ella. Le importaba porque él había jurado que se había vuelto honesto, y sin embargo, no se lo había contado.

—Necesito pensar —dijo—. Discúlpenme...

Salió al jardín. Hacía un día muy bonito, y comenzaban a verse brotes nuevos en los árboles, nuevas hojas que se abrían de un color verde brillante. El aire fresco le acarició la cara. Un pájaro cantó desde el espino.

«Una sirvienta», pensó Alice. «Podría haber sido yo».

Tenía el corazón tan dolorido que quería llorar. Pensó que él no le había mentido. Solo había omitido decirle la verdad. No era de extrañar que nunca hubiera querido hablarle de la pelea con su padre.

La dama inocente

–¿Alice?

Se volvió. Miles había salido al jardín y estaba a pocos metros de ella, mirándola. Durante un instante, su cara le fue tan querida y familiar que Alice quiso lanzarse a sus brazos y olvidar todo lo que sabía. Quería forjar un futuro sin lastres del pasado. Sin embargo, sabía que aquello sería un fraude basado en mentiras y en engaños. No podía cerrar los ojos y fingir que no lo sabía.

–¿Qué ocurre? –dijo Miles. Se acercó a ella y la tomó de la mano–. Tu madre me ha dicho que Frank Gaines te ha dado una noticia y te has disgustado mucho.

–El señor Gaines... –Alice tuvo que carraspear y comenzar de nuevo–. El señor Gaines me ha contado lo de Susan Gregory y su hija –dijo–. ¿Por qué no me lo habías contado, Miles? –Alice alzó la vista desde sus manos entrelazadas a la cara de Miles. Él se había puesto muy pálido–. ¿Por qué no me habías hablado de tu amante y de tu hija?

–Ella no era mi amante. Clara no es hija mía. Debería habértelo contado –dijo Miles–. Debería haberte hablado de mi padre y de nuestra pelea, y de por qué llevo tanto tiempo distanciado de mi familia. Susan era la amante de mi padre. Clara es hija de él.

–La amante de tu padre –repitió Alice.

–No puedo demostrarlo –dijo Miles rápidamente–. No puedo demostrarte que es la verdad, Alice. Mi nombre figura en todos los documentos.

Miles se sentía muy desdichado. Su futuro pendía de un hilo muy frágil, el de la confianza de Alice, y era terrible para él el saber que no se merecía tenerla a su lado, porque no le había dicho la verdad.

Ni siquiera le había dicho que la quería. Tenía intención de hacerlo. Cada día, fortalecía sus sentimientos un poco más, probaba su amor por ella y su capacidad de sentirlo, se alejaba más de su oscuro pasado. Sin embargo, en aquel momento el pasado había vuelto a alcanzarlo, y había sucedido demasiado pronto, porque él no le había dicho a Alice ninguna de las cosas que ella tenía que saber.

—Cuéntamelo —dijo ella, y por su tono de voz, él no fue capaz de juzgar si tenía una oportunidad o no.

—Yo estaba a punto de cumplir dieciocho años —dijo Miles—. Había terminado de estudiar en Eton, y seguramente iría a Oxford a estudiar teología al otoño siguiente —dijo, e hizo un gesto de repulsa—. Estudiar teología no fue elección mía, pero mi padre deseaba que lo siguiera en la iglesia —explicó, encogiéndose de hombros—. La verdad es que yo estaba disfrutando demasiado en Londres como para preocuparme de nada de eso. Era joven y tenía muy poco dinero y... tampoco era un santo.

No lo había sido. Había habido mujeres, bebida y juego, todas las tentaciones que ofrecía una ciudad nueva y excitante para un muchacho que pensaba que lo sabía todo, y que en realidad era joven e ingenuo y no sabía nada.

—Una noche llegué pronto a casa —continuó—. No había perdido demasiado dinero en las mesas de juego. Ni siquiera me había acostado con ninguna mujer. La vida era muy buena, sencilla, fácil. Quería irme a dormir, pero cuando entré en casa me pareció oír un ruido en el estudio de mi padre, y pensé que había entrado un ladrón. Fui a investigar. Ojalá... no lo hubiera hecho –dijo Miles, y miró a Alice a los ojos–. Tuve que derribar la puerta, y el ruido despertó a toda la casa.

–¿Y quién estaba allí? ¿Tu padre?

–Mi padre –confirmó Miles–. El moralista. Su excelencia, el obispo Vickery. El hombre al que yo admiraba y respetaba, el hombre que siempre predicaba en contra del pecado, estaba fornicando con una sirvienta en la mesa del despacho. Puedes imaginarte lo que pensé cuando lo vi. Pese a mi supuesta sofisticación, yo no era más que un chico de dieciocho años, y no daba crédito a lo que tenía ante mí –se interrumpió–. Fue un desastre –dijo, después de un momento–. La gente llegó corriendo. Todos se habían despertado por el ruido que yo había hecho al tirar la puerta abajo. Mi madre, mi hermana... –Miles tragó saliva–. Para ser un hombre que estaba sumido en la pasión, mi padre evaluó la situación muy rápidamente. Reaccionó mucho más rápidamente que yo. Se dio cuenta de que tenía público, y comenzó a denunciarme por libertino. Dijo que se había despertado debido a los sonidos de mi fornicación, y que había bajado al estudio a poner fin a la disipación de su hijo.

–Pero, ¿y la chica? ¿La sirvienta? ¿No dijo nada?

–Le tenía miedo –dijo Miles–. Yo vi su miedo. No dijo una palabra.

Vio a Alice cerrar los ojos durante un instante, como si quisiera alejar aquella imagen, y sabía que estaba pensando en que el terror y la tristeza de Susan Gregory podían haber sido los suyos.

—¿Y qué hiciste? —preguntó ella—. ¿Qué dijiste?

—No lo contradije —respondió Miles—. Al principio, porque no podía creer lo que estaba haciendo mi padre. Creía que lo había entendido mal, que todo era un terrible error. Esperé a que él dijera la verdad, pero él siguió despotricando contra mí por mi depravación y mi lujuria desvergonzada. Fue todo un sermón.

—Pero... Él era tu padre. ¿Por qué hizo algo así?

Miles apretó los labios con amargura.

—Era obispo. Debía tener en cuenta su posición. Piensa en el escándalo. Además, también tenía que pensar en mi madre. Su familia era muy influyente en la iglesia.

Miles miró sus manos unidas, y de repente se dio cuenta de que había estado agarrando a Alice con tanta fuerza que debía de haberle hecho daño. Intentó aflojar la presión, pero en cuanto lo hubo hecho, se sintió privado de algo.

—Lo siento —dijo—. Te he hecho daño.

Y las palabras cayeron torpemente entre los dos.

Siguió hablando apresuradamente, porque deseaba terminar con todo aquello para que Alice pudiera marcharse si lo deseaba.

—Mi padre despidió a la muchacha. Más tarde me enteré de que había quedado embarazada y que había tenido una hija. Mi padre hizo un gran espectáculo del hecho de mantenerlas, para expiar mis pecados, según él, mientras seguía hablando de aquellos pecados tan alto como podía. Pero para entonces, ya nos habíamos peleado y yo me había ido al extranjero. Nunca volví a verlo.

Se quedó callado. Esperó a que Alice dijera que

era la excusa más pobre que había oído en su vida y que él no había sido sincero ni una sola vez en la vida, y que no creía una sola palabra de todo ello. Esperó a que lo dejara. El silencio se hizo eterno.

–Lo hiciste por tu madre, ¿verdad? –le preguntó ella suavemente–. Lo hiciste porque la querías, y no querías que sufriera. Querías protegerla. Tenías dieciocho años y tu padre te había traicionado, pero te mantuviste en silencio por tu madre, y por eso nunca has vuelto a hablar de ello, y por eso rechazas el amor que te tiene...

Miles alzó la vista y se dio cuenta de que ella lo miraba con comprensión, con compasión. Se le rompió algo por dentro y la abrazó con fuerza, y sintió sus lágrimas calientes empapándole la chaqueta, y enterró la cara en su cuello, y no la soltó.

–Me preguntaba... –dijo Alice con la voz entrecortada–. No entendía por qué los apartabas a todos de ti. Me preguntaba por qué te dolía tanto hablar de ello, y por qué me rechazaste a mí también cuanto intenté que me lo explicaras.

–Ella lo adoraba –dijo Miles–. Todavía lo adora. Yo no podía arrebatárselo, ni entonces, ni ahora –cerró los ojos y le acarició la mejilla a Alice–. Él ya está muerto. La injusticia de todo lo que ocurrió no debería importarme más.

–Pero te importa –dijo Alice–. Has guardado este secreto durante muchos años, y has cargado con la culpa de un hombre cuyo deber era protegerte. Eras un niño, ¡su hijo! Y te obligó a hacerte cargo de esa responsabilidad, y a cargar con el secreto para siempre.

–Yo no podía vivir con esa hipocresía –dijo Miles–.

Por eso nos peleamos. Él dijo que no importaba nada porque podría haber sido yo, y era cierto –suspiró–. Como ya te he dicho, yo no era un santo ni siquiera a los dieciocho años. Podría haber seducido a una sirvienta y haberla dejado encinta, y haber sido tan cruel e insensible como tú dijiste que era, una vez.

–Pero no fuiste tú –replicó Alice, y lo besó–. No fue culpa tuya. Tu padre era el débil, y el que te falló. Quizá tú fueras un poco salvaje, pero no eras cruel, como tu padre.

Miles la miró fijamente.

–Tenía que habértelo contado. Debería haberte confiado el secreto, pero la verdad es que tenía miedo, Alice. Tenía miedo de amar y de confiar otra vez, porque había dado por sentado el amor de mi familia, y de repente desapareció. No podía soportar que volviera a ocurrirme.

–Y no te ocurrirá –dijo ella, y lo abrazó–. Y el resto... todas las cosas que siguieron. Tu carrera en el ejército...

–Me alisté porque tenía que alejarme. Estaba furioso y desilusionado, y más cuando mi padre murió y supe lo increíblemente extravagante que había sido, además de hipócrita. Supongo que, por algún extraño motivo, me convertí en la persona que él me había descrito. Me juré que no iba a preocuparme más por nadie, así que adopté el papel que te he contado, y a cada paso que daba me hacía más duro y más cínico.

–Estás mintiendo –le dijo Alice suavemente, sonriéndole–. Llevas desde el principio preocupándote por la gente, Miles. Protegiendo a tu familia, ahorrándole a tu madre la decepción de la verdad. Y

La dama inocente

Laura me ha dicho lo mucho que la has ayudado, y cuánto quieres a Hattie. Incluso visitas a la amante de tu padre para asegurarte de que la niña y ella están bien. El señor Gaines me lo dijo.

—Y tú pensabas que estaba visitando a mi amante y a mi hija.

—Al principio, sí. ¿Qué otra cosa podía pensar, con unas pruebas que parecían tan sólidas en tu contra? Pero cuando me has dicho la verdad, no he dudado de ti ni por un instante.

—Esto es un milagro —dijo Miles—. ¿Cómo es posible que confíes en mí, Alice, después de todo lo que he hecho?

—Creo que es porque te quiero —dijo Alice, y sonrió—. Y, después de todo, te has reformado. Te has convertido en un hombre honesto —le dijo, y le acarició la mejilla con ternura—. Te quiero, Miles, y nunca dejaré de quererte.

—Yo también te quiero —respondió él.

Se atragantó un poco con las palabras. Todavía le sonaban extrañas, pero también le sonaban verdaderas, como una promesa y una bendición. Alice lo miró a la cara, y él la besó con alegría y delicadeza, y ella lloró. Miles esperaba que fueran lágrimas de alegría, y se las besó en las mejillas, y probó su sabor salado.

—Me quieres —repitió ella, sin aliento, ruborizada y brillante, cuando él la soltó por fin—. ¡Me quieres!

Miles se echó a reír.

—¿Y por qué te sorprende tanto, cariño? Deberías saberlo ya.

—Tenía la esperanza —dijo Alice—. Pero no lo sabía.

—Bueno, a partir de ahora lo sabrás siempre, porque tengo intención de decírtelo varias veces al día —le aseguró Miles, y la tomó en brazos de improviso—. Y de demostrártelo.

Caminó hacia la casa, entró por la puerta de la terraza y se dirigió a las escaleras, pasando por delante de los invitados escandalizados, evitando las preguntas angustiadas de la señora Lister. Subió los escalones de dos en dos.

—¿Qué estás haciendo? —le preguntó Alice, cuando él abrió de par en par la puerta del dormitorio y la depositó sobre la cama.

—Vamos a consumar el matrimonio —dijo Miles. Se quitó el pañuelo del cuello y se abrió la chaqueta y la camisa—. Necesito demostrarte mi amor cuanto antes.

—Pero, Miles —dijo Alice—, los invitados todavía están abajo. Se estarán preguntando qué demonios pasa. ¡No podemos abandonarlos así!

Miles se unió a ella en la cama y comenzó a desabotonarle el vestido de novia.

—Claro que sí —le dijo con una sonrisa perversa—. Y no creas que tendrán ninguna duda de por qué lo hemos hecho.

La besó apasionadamente, con amor.

—¡Oh! —susurró Alice, saliendo de su abrazo con una mirada tan enamorada como él deseaba.

—Sí —dijo Miles—. Ahora, deja que te ayude a quitarte el vestido. Tenemos un matrimonio que celebrar.

Bastante tiempo después, Alice estaba entre los brazos de su marido, y observaba soñadoramente cómo la brisa de primavera movía los cortinajes de la cama.

—¿Cómo te sientes ahora? —susurró contra los labios de Miles, cuando él se inclinó para besarla.

—Muy bien —respondió Miles, y la abrazó con fuerza—. No puedo creer que confiaras en mí —añadió. Estaba seguro de que ibas a dejarme porque hubiera tardado tanto en decirte la verdad. Y en decirte que te quiero.

—Tenía fe en ti —dijo Alice, acurrucándose contra él.

—Todavía no creo que yo sea un hombre digno de ti, Alice —dijo Miles un poco más tarde—, pero quizá con tu influencia pueda reformarme más.

—No quiero que seas demasiado bueno —dijo Alice, pasándole la mano por el pecho, y más abajo, por los planos duros de su estómago—. De hecho, algunas veces me gusta más que seas malo —añadió, y con los dedos, buscó y encontró su erección. Tenía un miembro grande y duro, pero suave como el terciopelo. Alice suspiró de placer. Suavemente, lo acarició, aprendiendo cómo era, sintiéndose tan femenina y tan poderosa que los labios se le curvaron en una pequeña sonrisa.

Miles gruñó y volvió a besarla, profundamente, con seguridad, y Alice sintió que su amor por él se extendía como las alas de una mariposa al sol. Él había confiado en ella y le había dicho la verdad, pensó, mientras se deslizaba más hacia el interior del refugio de su lecho y hacia la calidez de sus caricias, y los había unido más al hacerlo. Quizá, con el tiempo, él se curara por completo. Por el momento, lo que quería hacer Alice era derramar todo el amor que sentía por Miles y acariciarle el alma. Se estiró voluptuosamente mientras su contacto se hacía más y más apremiante. Miles encontró su pecho con los labios, y Alice dejó de pensar. No podía sentir otra cosa que la succión caliente de su boca. El placer que le producía era exquisito.

Sus miradas se cruzaron, oscurecidas de deseo. Lentamente, él se movió por encima del cuerpo de Alice, lamiendo y besando todas sus curvas, más y más abajo.

—Miles —murmuró ella—, ¿qué vas a...?

La voz se le quebró cuando él le pasó las manos por debajo de las nalgas y la alzó. Su pelo le hizo cosquillas en los muslos.

—Quiero besarte —le dijo Miles—, justo ahí.

Posó su boca en ella, y Alice gritó al sentirla. Él se introdujo en su cuerpo, con roces de su lengua que seguían el ritmo que había impuesto al tomarla antes. Alice notó que la espiral de placer de su cuerpo se tensaba hasta el límite, y entonces, deslizando por última vez la lengua por su cuerpo, Miles la llevó al clímax.

Todavía estaba jadeando de placer cuando Miles giró con ella y se la colocó a horcajadas sobre el cuerpo, y después la penetró, agarrándola por las caderas, con ansia y desesperación. Ella se inclinó a besarlo y sus lenguas se enredaron, y él la embistió con fiereza. Entrelazó las manos en su pelo y le sujetó la cara para besarla más profundamente mientras ella se unía a él en su orgasmo y sentía las convulsiones de nuevo en su propio cuerpo.

—Protesto —dijo entrecortadamente, cuando por fin recuperó el aliento—. Ser marquesa de Drummond es un trabajo muy arduo.

La dama inocente

Miles se movió a su lado.
—En cuanto a eso...
Su voz tenía un tono que le llamó la atención a Alice. Lo miró con los ojos muy abiertos.
—¿Miles?
Su marido parecía un poco nervioso.
—Tengo que decirte una cosa. No más secretos, mi amor. Te lo juro.
Alice se relajó de nuevo.
—Entonces, ¿qué pasa?
—He recibido una carta —le dijo él—. La recibí justo antes de ir a hablar contigo. Iba a contarte antes cuál es su contenido, pero con nuestra conversación, se me olvidó.
—¿Son malas noticias?
—Buenas y malas noticias —respondió Miles, sonriendo un poco. La abrazó y apoyó la cara contra la curva cálida de su cuello, y Alice inhaló su esencia y se sintió ahíta de amor por él.
—Las malas noticias primero —murmuró—. Me siento lo suficientemente fuerte como para soportarlas.
—Me temo que tu madre no podrá soportarlo tan fácilmente. No eres marquesa.
Alice se echó un poco hacia atrás y lo miró con perplejidad.
—¿Qué quieres decir, Miles?
Él se echó a reír.
—Mi estimado primo Freddie, el décimo sexto marqués de Drummond, está vivo y coleando, de camino a las Indias Orientales. En su carta, me dice que fingió su propia muerte para escapar de las deudas, y que se ha casado con su amante, con la que va a tener un hijo.

NICOLA CORNICK

Alice se sentó de golpe.

—¡Cómo se atreve! —exclamó con indignación—. ¡Ese granuja mentiroso e irresponsable! ¡Me gustaría decirle cuatro cosas! Iba a desentenderse de sus obligaciones para que tú te vieras obligado a pagar sus deudas. ¡Es horrible! Espero que renuncies a su título y a sus deudas al mismo tiempo, Miles, y envíes a los acreedores a perseguirlo a la India.

Miles la abrazó y la tendió a su lado. El calor de su cuerpo calmó algo de la furia que sentía.

—Y la buena noticia —prosiguió él—, es que no tengo tantas deudas como había pensado. Y que no pesa sobre mí la Maldición de Drum, así que vamos a librarnos de las supersticiones de nuestras madres.

Frotó su mejilla, suavemente, contra la mejilla de Alice, y ella se relajó más entre sus brazos.

—Solo puedo decir que le agradezco una cosa a Freddie —dijo Miles—, porque si no hubiera creído que era el marqués de Drummond, y no hubiera necesitado tan desesperadamente el dinero, entonces no me habría empeñado en casarme contigo, Alice, y no sería el hombre más feliz del mundo.

Alice sonrió de mala gana. Era difícil resistirse a sus palabras. Hacían que sintiera mucha calidez por dentro.

—Mmmm, en eso tienes razón.

—Espero —dijo Miles—, que ahora que sabes que no eres marquesa, sino solo la esposa de un simple barón, todavía quieras estar casada conmigo. ¿Podrás soportarlo?

Alice le rodeó el cuello con los brazos y lo atrajo hacia sí.

La dama inocente

—Creo que tendré que aguantarlo –susurró contra sus labios–, aunque no tenga derecho a ninguna hoja de fresa en la corona.

—Entonces, creo que debes de quererme mucho –dijo Miles–, y hay algo que quiero que sepas.

—¿Qué?

—Quizá recuerdes que, antes de que nos casáramos, me preguntaste si podría serte fiel, y yo te dije que no estaba seguro. Eso no era suficiente. Así que ahora, te doy mi palabra, Alice Vickery. Te querré a ti, y solamente a ti, durante el resto de mis días. Intenté convencerme de que lo que quería era tu dinero, pero era mentira. Eras tú, Alice, lo que no quería perder. No quiero a ninguna otra, y nunca la querré.

—Creo que me has convencido, amor mío –susurró Alice–. Hablas muy bien para ser un simple barón. Y después de todo –añadió con una sonrisa–, yo solo soy una sirvienta convertida en heredera. Te dije que no era una dama.

—Y yo te dije que nunca quise una dama –respondió Miles, y la besó de nuevo.

TÍTULOS DE LA COLECCIÓN

BRENDA JOYCE ✦ *El premio*

CANDACE CAMP ✦ *Secretos de una dama*

NICOLA CORNICK ✦ *Confesiones de una duquesa*

SHANNON DRAKE ✦ *Baile de máscaras*

BRENDA JOYCE ✦ *La farsa*

CANDACE CAMP ✦ *Secretos de un caballero*

NICOLA CORNICK ✦ *La dama inocente*

SHANNON DRAKE ✦ *Sombras en el desierto*

BRENDA JOYCE ✦ *La novia robada*

CANDACE CAMP ✦ *Secretos de sociedad*

NICOLA CORNICK ✦ *Una pasión inesperada*

SHANNON DRAKE ✦ *Ladrón de corazones*

www.ingramcontent.com/pod-product-compliance
Lightning Source LLC
LaVergne TN
LVHW091622070526
838199LV00044B/893